Josef F. Spiegel

Lydia
Purpurhändlerin in Philippi

Josef F. Spiegel

Lydia

Purpurhändlerin in Philippi

Ein biblischer Frauenroman

Für Magdalena, meine liebe Frau

Bibliografische Information der Deutschen Nationalbibliothek
Die Deutsche Nationalbibliothek verzeichnet diese Publikation in der Deutschen Nationalbibliografie; detaillierte bibliografische Daten sind im Internet über http://dnb.d-nb.de abrufbar.

ISBN: 978-3-7462-6131-7

Umschlaggestaltung: Ulrike Vetter, Leipzig
Umschlagfoto: © Arcangel/Stephen Mulcahey
Gesamtherstellung: Arnold & Domnick, Leipzig (G)

Inhalt

Die Apostelgeschichte berichtet, wie sich Paulus und Lydia in Philippi begegneten:

So brachen wir von Troas auf und fuhren auf dem kürzesten Weg nach Samothrake und am folgenden Tag nach Neapolis. Von dort gingen wir nach Philippi, in eine Stadt im ersten Bezirk von Mazedonien, eine Kolonie. In dieser Stadt hielten wir uns einige Tage auf. Am Sabbat gingen wir durch das Stadttor hinaus an den Fluss, wo wir eine Gebetsstätte vermuteten. Wir setzten uns und sprachen zu den Frauen, die sich eingefunden hatten.

Eine Frau namens Lydia, eine Purpurhändlerin aus der Stadt Thyatira, hörte zu; sie war eine Gottesfürchtige, und der Herr öffnete ihr das Herz, so dass sie den Worten des Paulus aufmerksam lauschte. Als sie und alle, die zu ihrem Haus gehörten, getauft waren, bat sie: Wenn ihr überzeugt seid, dass ich fest an den Herrn glaube, kommt in mein Haus, und bleibt da. Und sie drängte uns.
Apg 16,11-15

Vom Gefängnis aus gingen die beiden zu Lydia. Dort fanden sie die Brüder, sprachen ihnen Mut zu und zogen dann weiter.
Apg 16,40

Evodia, die Lydierin

Als Prinzessin auf den Sklavenmarkt

Lässig fuhr Syntyche mit dem Staubwedel im Zimmer herum. Es war Evodias Schlafzimmer. Als die junge Frau beim Putzen in die Nähe der Kleidertruhe kam, wurden ihre Bewegungen heftiger. Sie sah sich flüchtig um, dann streckte sie ihre Hand beinahe hektisch nach dem Schlüssel aus, der über der Truhe an der Wand hing. Sie rückte das schwere Möbel aus Pinienholz ein wenig von der Wand ab und hob vorsichtig den Deckel. Endlich! Gierig sog sie den Lavendelduft ein, der ihr entgegenströmte. Er setzte Gefühle frei, die sich mit ihrer Kindheit verbanden, weckte die Erinnerung an ein unbeschwertes, heiteres Leben mit den Geschwistern im Hause der Eltern. Die Jahre in der Sklaverei hatten diese Erfahrungen nicht auslöschen können.

Syntyche schob ihre Arme unter den schweren weißen Leinenstoff, hob ihn behutsam aus der Truhe und breitete ihn auf dem Steinboden aus. Das Leinen sollte die viel kostbarere Seide vor Knitterfalten schützen, einen langen, schmalen Streifen reiner, schwerer Seide aus dem fernen China. Im gedämpften Licht des Raumes spielte die mit Purpur gefärbte Seide in allen Schattierungen vom dunklen Violett bis zum feurigen Weinrot.

Geschickt warf sich die Sklavin die seidene Stoffbahn über die linke Schulter, führte sie wie eine Girlande über den Rücken, um sie von der rechten Schulter kommend in ihrem Gürtel festzustecken. Die Seide floss förmlich am Körper hinunter und umschmeichelte ihn. Die junge Frau freute sich am Spiel des Lichtes, dem jede neu gelegte Falte antwortete. Sie drehte und wendete sich, um ja keine Wirkung des Farbenspiels zu verpassen. Dabei staute sich die Stoffbahn am Truhendeckel, so dass der krachend ins Schloss fiel. Der Nachhall war noch nicht verklungen, als auch schon Evthymia im Zimmer stand, die ebenfalls zu den dienstbaren Sklavinnen im Hause gehörte.

»Beim Zeus, Syntyche, was ist passiert?«, fragte sie besorgt.

»Was soll schon passiert sein? Der blöde Deckel ist zugefallen«, antwortete die Angesprochene gereizt. Sie fühlte sich ertappt. Bewundernd blickte Evthymia die Freundin an. »Der Purpur kleidet dich ausgezeichnet, so als wärest du dafür geschaffen. Doch sag, Syntyche, findest du es denn richtig, einfach so Evodias Kleid anzuziehen?«, wandte sie schüchtern ein.

Das reizte Syntyche nur noch mehr. »Evodia, Evodia! In unserem Hause gibt es wohl nur noch diesen Namen. ›Evodia!‹, ruft unser Herr. ›Wir wollen von Lydia, der Lydierin, bedient werden, von niemand anderem!‹, verlangen die ausländischen Kunden, und wen meinen sie wohl? Evodia! Unsereins ist nicht einmal gut genug, um auch nur ein Töpfchen purpurner Augenschminke zu verkaufen. Und nun kommst auch du noch mit Evodia!«

Evthymia ließ sich nicht aus der Ruhe bringen. Sie wollte Syntyche bei der Hand fassen, doch die entzog sich ihr. Da blickte sie die Eifernde ruhig und fragend an.

»Syntyche, bist du nicht ungerecht? Evodia ist einfach die Tüchtigste von uns allen. Ob uns das passt oder nicht: So wie sie kriegt keine von uns den gewünschten Farbton beim Purpurfärben raus. Und du weißt es auch ganz genau: Wer ist die Geschickteste bei Verkaufsgesprächen? Wer bedient die römische Kundschaft in makellosem Latein? Außerdem hat sie unserem Herrn

Alexandros vier Kinder geboren.« Syntyche hatte nur widerwillig zugehört. Jetzt schimpfte sie hemmungslos: »Evodia, Evodia, was bildet sich die Frau eigentlich ein! Ist sie nicht eine Sklavin wie wir? Hat sie etwa mehr Rechte als wir? Was hat sie denn aufzuweisen außer diesen vier Bankerten, die sie ihrem Herrn geboren hat? Dabei spielt sie sich auf wie die Herrin des Hauses – die Götter mögen ihr ewigen Frieden gönnen! Sie lässt sich von unserem Herrn einen Purpurstoff aus Seide schenken und trägt ihn so, als wäre sie die Augusta in Rom. Wenn sie sich damit auf der Straße sehen ließe, kämen die Liktoren und führten sie ab. Auch wenn Rom weit weg ist, so weiß doch sogar in Thyatira jedes Kind, dass ein ganzes Purpurkleid nur dem Kyrios und der Kyria in Rom vorbehalten ist.«

Die sensible Evthymia zuckte zusammen, richtete sich aber sofort wieder auf: »Syntyche, du weißt doch, dass Evodia den Purpur nicht zum eigenen Vergnügen, sondern nur bei Vorführungen für die Kundschaft trägt. Und dasselbe tun wir beide dann ja auch.«

Als Syntyche die Argumente ausgingen, schrie sie voller Wut: »Ach, du bist wohl ihre Freundin!«

Im Laufe der Auseinandersetzung war ihre Stimme immer lauter geworden, so laut, dass der alte Syzygos aus seinem Mittagsschlaf gerissen wurde, den er an diesem sonnigen Herbsttag auf einer Bank im Gartenhof gehalten hatte. Er stand auf, schüttelte die Falten aus seinem Himation, band die Sandalen fest und schlurfte in die Richtung, aus der der Lärm kam. Ohne anzuklopfen, was gar nicht seiner Gewohnheit entsprach, betrat er Evodias Zimmer. Er hatte zwar nicht das ganze Gespräch mitbekommen, doch die letzten Worte genügten ihm, um zu wissen, dass es Syntyche wieder einmal um Evodia ging. Deshalb blieb er im Türrahmen stehen und stellte nicht ohne Ironie in der Stimme fest: »Wieder einmal Evodia! Kommt lieber heute nach dem Nachtmahl in meine Pfortenstube. Wie ihr wisst, habe ich immer einen guten Samos auf Lager, der sonst nur für Gäste und Kunden bestimmt ist. Bei einem Becher Wein werde ich euch etwas von Evodia erzählen, was ihr noch nicht wissen könnt und was euch sicher interessieren wird.«

Ohne Evthymias und Syntyches Zustimmung abzuwarten, schlurfte Syzygos in Richtung Hauseingang davon.

»Ach, der Alte hat mir mit seinen langweiligen Geschichten gerade noch gefehlt.« Syntyche konnte sich lange Zeit nicht beruhigen. Doch je näher der Abend kam, desto öfter musste sie an Syzygos und seine Einladung denken. Sie ertappte sich dabei, dass ihre Neugier sie regelrecht umtrieb. Was würde der Alte wohl zu erzählen haben? Keiner kannte das Haus und seine Geschichte so gut wie er, denn er war hier von einer Sklavin geboren worden. Und als der Hausherr nach dem ausgedehnten Nachtmahl endlich die Tafel aufgehoben hatte, strebte Syntyche auf Umwegen eiligst der Pfortenstube zu, wo Evthymia bereits wartete.

Der Alte strahlte. Er genoss seine Rolle als Gastgeber. Zunächst hieß er die beiden jungen Frauen sich setzen. Er bot ihnen die korbgeflochtenen Hocker an, auf die er noch schnell abgewetzte Lederkissen schob. Für sich zog er einen Lehnstuhl aus Pinienholz hervor, der beim Hineinsetzen bedenklich wackelte und knirschte, dessen Lehne mit dem aufwändigen Schnitzwerk aber doch einige Autorität ausstrahlte. Dann holte Syzygos bedächtig drei Glaspokale aus dem Wandregal, wendete sich dem kleinen Fenster zu und blies den Staub aus den dunkelgrünen Schalen in das letzte Licht des Tages. »Beim Bacchus, wie umständlich«, dachte Syntyche. Ihr ging das Gehabe des Alten auf die Nerven, und das war ihr auch anzusehen.

Der Gastgeber goss unbeirrt rubinroten Samos aus einer bauchigen Glaskaraffe in die Pokale und mischte ihn mit Wasser aus einem irdenen Krug, wobei er sich durch Blickkontakt mit seinen Gästen über den Mischungsgrad vergewisserte. Der Wein verbreitete einen fruchtig-süßen Geruch. Syzygos gefiel sich in seiner Rolle. Er hob seinen Pokal und brachte den Trinkspruch aus: »Auf eure Gesundheit!« Die Frauen antworteten gewohnheitsmäßig.

»Wenn Syzygos nicht bald anfängt, platze ich noch vor Neugier«, sagte Syntyche zu sich selbst. Sie konnte ihre Füße kaum noch ruhig halten. Evthymia aber saß ganz still da, hielt ihre Hände im Schoß und wartete auf den Beginn der Erzählung. Sie liebte Syzygos‹ Erzählungen, auch wenn manchmal die Phantasie mit ihm durchging.

Der Alte umfasste die Lehne mit seinen Händen, als suche er Halt. Er raffte sein Gewand auf dem Schoß zusammen, als ob er ein Gefäß benötige, aus dem er seine Geschichte schöpfen könne. Dann schloss er die Augen, um jene Bilder zu sehen, die nun unaufhörlich in ihm aufsteigen sollten. Jetzt blickte er auf und suchte die Blicke seiner Zuhörerinnen. Erst als er sicher war, dass sie ihm das Wort überlassen hatten, begann er.

»Ich hatte euch heute Morgen versprochen, von Evodia zu erzählen. Eure Mitsklavin wurde vor 25 Jahren als Tochter eines thrakischen Stammesfürsten geboren. Da staunt ihr, ich sehe es. Erzogen wurde sie, wie eine Prinzessin eben erzogen wird – streng, vornehm, fast unnahbar und griechisch gebildet. Die Thraker wollten ja keine Barbaren sein, auch wenn sie von den Griechen und Römern so genannt wurden.«

Als das Stichwort »Thrakien« zum ersten Male fiel, wurden Syntyches Augen groß. Sie konnte ihre Erregung kaum verbergen. Der alte Mann bemerkte das, fuhr jedoch in seiner Erzählung fort: »Die Thraker versuchten damals, die Vorherrschaft der Römer abzuschütteln. Als die Aufstände gegen die Römer ausbrachen, änderte sich das Leben in Evodias Elternhaus schlagartig. Der Vater führte als Befehlshaber der thrakischen Streitkräfte den Kampf gegen die überlegenen römischen Truppen an. Er fand den Tod auf dem Schlachtfeld. Den Römern gelang der Sieg über das letzte freie Volk im Mittelmeerraum. Sie nahmen zum letzten Mal die Gelegenheit wahr, Sklaven in großer Anzahl fortzuführen. Unter ihnen waren auch Evodia und ihre fünf Geschwister mit ihrer Mutter.«

Atemlos lauschten die beiden jungen Sklavinnen, als der Alte fortfuhr: »In Smyrna, einem der größten Sklavenmärkte des Ostens, wurde die ganze Familie ausgeboten. Das geschah vor einer neugierigen, schaulustigen Menge. Ihr kennt das ja. Der Sklavenhändler hatte seine prominente Ware auf ein drehbares Podest gestellt. Während seine Helfer die Bühne drehten, schrie er: ›Ihr Leute, das ist hier eine einmalige Gelegenheit, die so schnell nicht wiederkommt. Seht euch das an: Eine leibhaftige thrakische Fürstin mitsamt ihren sechs Kindern für sage und schreibe nur 1000 Denare! Wo gibt es so etwas schon? Das Geld ist allein die älteste Tochter wert. Sie verspricht, ein rassiges Weib zu werden.‹

Bei diesen Worten riss der Rohling Evodia das Gewand vom Oberkörper, so dass ihre Brüste für jedermann sichtbar wurden.

›Außerdem spricht sie ebenso gut griechisch wie lateinisch. Ein solches Angebot gibt es nicht alle Tage!‹

In der Menge standen auch zwei Bevollmächtigte des Stadtpräfekten von Smyrna. Sie hatten den Auftrag, prominente Sklaven aufzukaufen, wenn der Preis angemessen sein sollte. Die beiden boten sofort mit und erhielten den Zuschlag. Die Menge nickte beifällig. Der Händler hatte nicht übertrieben. Das war erstklassige Ware.

Evodia – verschreckt und vor Scham fast gestorben – war froh, als sie endlich mit ihrer Mutter und den Geschwistern das Podest verlassen konnte. Die anzüglichen Bemerkungen der Gaffer klangen ihr noch lange in den Ohren. Allen fiel ein Stein vom Herzen, dass die Familie wenigstens zusammenbleiben durfte. Die Mutter – gefasst und ernst – machte ihren Kindern Mut. Auf Thrakisch sagte sie: ›Habt keine Angst, Kinder. Artemis, die Schutzgöttin unseres Volkes, wird uns beschützen. Also fasst Vertrauen.‹

Die Käufer zahlten den ausgehandelten Preis, banden zum Erstaunen aller die neugekauften Sklaven von ihren Stricken los und führten sie geradewegs in das Haus des Stadtpräfekten, wo sie vom Hausherrn freundlich und von seiner Gemahlin mit unverhohlener Neugier empfangen wurden.«

Syzygos hielt ein wenig in seiner Erzählung inne. Er blickte zum schmalen Fenster und sah, dass es dunkelte. Dann suchte er wieder die Blicke seiner Zuhörerinnen. Aus Syntyches Augen war die Aggression geschwunden, sie waren nur noch eine einzige Frage.

»Ja, liebe Syntyche, jetzt weißt du, dass Evodia das gleiche Schicksal erlitten hat wie du.«

Der Alte fuhr in seiner Erzählung fort: »Evodias Mutter wurde in dem Vertrauen, das sie ihrer Schutzgöttin entgegengebracht hatte, nicht enttäuscht, denn sie hätte es als Sklavin mit ihren Kindern kaum besser treffen können. Sie selbst brauchte sich als ehemalige Fürstin nicht unter die ›Allerweltssklaven‹ einzureihen, die für alle möglichen, meistens schmutzigen Arbeiten herhalten mussten. Im Gegenteil, sie stand der Gattin des Präfekten als persönliche Gesellschafterin zu Verfügung. Die drei jüngeren Töchter nahmen zusammen mit den Hauskindern am Elementarunterricht teil. Er bestand aus Lesen und Schreiben. Die Hauslehrerin, ebenfalls eine Sklavin, schlug die Hände über den Kopf zusammen, als sie die Lücken bemerkte, die diese Ausländerkinder in der griechischen Sprache hatten. Als sie aber deren Lerneifer und schnelle Auffassungsgabe gewahrte, machte ihr das Unterrichten wieder richtig Spass, jedenfalls mehr als bei den verwöhnten Sprösslingen ihres Herrn.«

Syzygos versetzte sich wohl selbst in die Lehrerrolle. Etwas schulmeisterlich berichtete er weiter: »Die beiden zehnjährigen Jungen, Zwillinge, wurden mit den gleichaltrigen legitimen und illegitimen Söhnen des Präfekten auf eine Privatschule in die Stadt geschickt. Evodia war traurig, weil sie nicht mit ihren Brüdern in die Schule gehen durfte. Für Mädchen war eine höhere Bildung nicht vorgesehen. Ihre Mutter litt mit ihr. Sie wusste, dass eine gute Bildung die einzige Mitgift war, die sie ihren Kindern in der Sklaverei mitgeben konnte. Und so verlegte sie sich bei ihrer Herrin aufs Bitten. Als Evodia bei einem Gastmahl vierzig Verse des göttlichen Homer im klassischen daktylischen Versmass auswendig vorgetragen hatte, erntete sie den Beifall aller Gäste. Das veranlasste den Hausherrn, Evodia von nun an mit den Jungen in die Stadt zur Schule zu schicken.

Der erfahrene Magister war nicht gerade begeistert, als er davon hörte. Er fürchtete Schwierigkeiten. Und dem Paidagogos, der die Jungen täglich zur Schule bringen musste, um sie vor Zudringlichkeiten zu schützen, kam es ziemlich komisch vor, unter seinen Schützlingen ein fast erwachsenenes Mädchen zu haben. Die Jungen gaben sich redlich Mühe, Evodia den Spaß an der Schule zu vergällen. Doch ehe sie sich's versahen, hatte Evodia die Rechenaufgaben mit Hilfe des Abakus, den sie souverän beherrschte, gelöst. Bei den lateinischen Dichtern ließ sie die Jungen völlig hinter sich. Diesen Knaben – denen ohnehin Latein ein Gräuel war – fehlte einfach der Sinn für dichterische Sprache. Sie waren außerstande, Evodias symbolische Interpretation von Horaz' Ode vom verstaubten Buch nachzuvollziehen: Das alte Buch, das im Bücherregal vor sich hin staubte, stand für eine betagte Hauslehrerin, die, aufs Altenteil abgeschoben, vor sich hin dämmerte, bis sie in Zeiten der Not wieder hervorgeholt wurde und erneut zu Ehren kommen sollte. Bei solchen Leistungen blieb es nicht aus, dass der Lehrer sich auf den Unterricht mit seiner Schülerin freute. Er fühlte sich durch das gescheite und anmutige Mädchen täglich neu beschenkt. Die Jungen akzeptierten bald Evodias Sonderrolle, nachdem sich schnell herausgestellt hatte, dass das Mädchen sich als guter Kamerad erwies, auch bei Prüfungsarbeiten.«

Hier zwinkerte der Alte verschwörerisch. Syntyche aber dachte schon gelangweilt, er solle endlich zum Kern der Geschichte kommen, und unterdrückte ein leichtes Gähnen.

Evthymia dagegen zeigte durch die Sprache ihres Körpers, dass sie von der Erzählung gefesselt war: Ihre Augen, die an den Lippen des Erzählers hingen, wurden immer größer, ihr Mund war leicht geöffnet und ihr Atem so flach, dass er sich hin und wieder in einem Stoßseufzer Luft verschaffen musste. Gelegentlich lief sogar eine Träne an der Nase herunter. Das verlieh dem unscheinbaren Gesicht einen Ausdruck von Innerlichkeit.

Wenn Syzygos bei seinen Zuhörern solche Zeichen wahrnahm, kam er jedesmal in Fahrt. Dann scheute er sich nicht, im Interesse seiner Geschichte kleine Übertreibungen zuzulassen: »Als Evodia zwei Jahre in der Schule verbracht hatte, gab es für sie dort nichts mehr zu lernen, jedenfalls nicht im vorgeschriebenen Pensum. Der Lehrer fütterte sie deshalb mit philosophischen Texten. Am liebsten las sie die Schriften Platons. Besonders der ›Phaidon‹ hatte es ihr angetan: ›Wenn wir den Sinnen und der sinnlichen Welt sterben, dann kann sich die unsterbliche Seele aufschwingen in das Reich der ewigen Ideen. Dort findet sie ihre Freiheit.‹ Nach dieser Freiheit trachtete Evodia. Sie wollte mit Hilfe der Philosophie Platons die Ketten der Sklaverei innerlich abschütteln. Evodia war inzwischen achtzehn Jahre alt geworden und zu einer aparten Schönheit herangereift.« Jetzt verließ Syzygos die Schulmeisterei. »Bei Gastmählern durfte sie zum Entzücken besonders der männlichen Gäste die Verse griechischer und sogar lateinischer Dichter vortragen. Dabei trug sie ein Gewand im klassischen griechischen Stil, so dass sie im faltenreichen, plissierten Obergewand aussah wie ein Standbild von Phidias.« Syzygos schien sich im Anblick des jungen Mädchens zu verlieren, aber dann winkte er mit einer Handbewegung ab und erinnerte sich an die Folgen von Evodias Auftritten.

»Um diese Zeit kam der älteste Sohn des Präfekten, Demosthenes, wieder nach Hause. Er hatte seine rhetorischen und philosophischen Studien in Athen abgeschlossen. Aus Briefen kannte er schon die prominente Sklavenfamilie, die sein Vater ins Haus geholt hatte. Als er jetzt Evodia zum erstenmal sah, war er so von ihr fasziniert, dass er an nichts anderes denken mochte als an die schöne Sklavin. Er hatte sehr schnell herausgefunden, dass das Mädchen an philosophischen Fragen interessiert war. So gab es immer wieder einen scheinbaren Grund, Evodia zu sehen. Wenn er allein war, trat ihre Gestalt ungerufen vor sein inneres Auge: Alles an ihr war schmal, der Kopf, die feingliedrigen Hände, die ganze Figur. Ja, auch die Nase, besonders die Nase. Von der Wurzel bis zur Spitze eine gerade Linie bildend, trat sie aus dem Gesicht hervor wie bei allen vornehmen Leuten aus Thrakien. Aber eigentlich war es gar nicht die Nase, die an diesem Gesicht auffiel. Es war die frische Gesichtsfarbe und ein voller roter Mund.«

Bei den letzten Sätzen hatte der Erzähler Syntyche angeschaut und einfach deren typisch byzantinische Nase beschrieben.

»Der Gattin des Präfekten war das Interesse ihres Ältesten an der aparten thrakischen Prinzessin nicht entgangen. Das passte gar nicht in die Heiratspläne, die die Mutter nicht nur geschmiedet, sondern schon fest abgesprochen hatte. Aus familiendynastischen und besonders wirtschaftlichen Interessen sollte der Achtundzwanzigjährige die Tochter des Reeders und Getreidehändlers Polypraktikos aus Ephesos heiraten. Demosthenes wusste von diesen Heiratsplänen. Er hatte bisher auch nichts dagegen einzuwenden gehabt. Als ihn seine Mutter aber jetzt an das Heiratsversprechen der Familien erinnerte, reagierte er zornig: ›Mutter, du weißt genau, dass ich Evodia liebe. Ich werde sie heiraten. Als geborene Prinzessin ist sie mir wahrlich ebenbürtig. Ihre Freilassung werde ich beim Vater durchsetzen.‹

Die Mutter merkte, dass sie ihre Pläne nicht auf direktem Wege verwirklichen konnte, und sann auf eine Intrige. Sie sagte zu ihrem Gatten: ›Wir müssen unseren Sohn von der thrakischen Sklavin ablenken. Stell dir den Skandal in der Stadt vor: Der Sohn des Präfekten heiratet eine Sklavin! Wenn das in Rom ruchbar wird, kostet es dich deine Stellung. Wir schicken Demosthenes für ein Jahr nach Rom. Dort mag er sich eine zeitlang dem Römischen Recht und den schönen Mädchen widmen. Danach stehen ihm die Türen für alle Beamtenstellen im Römischen Reich offen. Nach einem Jahr hat er die Sklavin vergessen. Und damit wir sicher gehen, werde ich Evodia gleich nach seiner Abreise verkaufen.‹ Der Gatte stimmte nur missmutig den Ränken seiner Frau zu, denn ihm gefiel das Mädchen.«

Syzygos zog scheinbar traurig die Stirn in Falten, bevor er theatralisch fortfuhr: »Könnt ihr euch den Schmerz von Evodias Mutter ausmalen, die eines Tages vergeblich nach ihrer Tochter suchte? Die Herrin eröffnete ihr, dass sie von ihrem Recht Gebrauch gemacht hätte, die älteste Tochter zu verkaufen. Die Mutter warf sich ihrer Herrin zu Füßen: ›Ich flehe dich im Namen der Muttergöttin Artemis an, die dir und mir heilig ist: Mach den Verkauf rückgängig!‹

Die Herrin bedauerte: ›Selbst wenn ich das wollte, könnte ich es nicht. Ein fahrender Sklavenhändler hat für sie bezahlt und sie mitgenommen. Er wird sie in einer anderen Stadt des Römischen Reiches verkaufen, dort, wo er das meiste Geld für das schöne Kind herausholen kann.‹

Ich brauche euch nicht zu erzählen, wie die Geschichte weiterging. Evodia landete hier im lydischen Thyatira auf dem Sklavenmarkt. Unser Herr, Alexandros, musste tatsächlich 1000 Denare, das Fünffache des für eine junge Sklavin üblichen Preises, auf den Tisch legen. Er tat das bereitwillig. Er war überzeugt, einen Schatz für sich und sein Geschäft erworben zu haben.«

Als der Alte seine Erzählung beendet hatte, schwiegen die Zuhörerinnen lange.

»Warum hat Evodia mir nie erzählt, dass sie – wie ich – aus Thrakien stammt, noch dazu aus der Fürstenfamilie?«, unterbrach Syntyche das Schweigen.

»Evodias Vertrauen in die Menschheit ist nach ihren traurigen Erfahrungen, die sie mit ihrer früheren Herrin machen musste, sehr getrübt. Ich alter Mann bin der einzige, dem sie sich anvertraut hat. Ich dachte mir, es wäre wohl gerechtfertigt, wenn ich euch gegenüber mein Schweigen bräche, um die Beziehungen zwischen dir, liebe Syntyche, und ihr zu verbessern. Du trägst deinen Namen Syntyche zu Recht. Er bedeutet ja ›Schicksalsgemeinschaft‹. Wenn ich richtig sehe, müsstet ihr sogar verwandt sein.«

»Wir sind Cousinen«, flüsterte Syntyche. Sie war von ihren Gefühlen hin und her gerissen. Sie wusste nicht, ob ihr Syzygos' Enthüllungen Glück oder Unglück bringen würden. Ohne sich zu bedanken, verließ sie mit der ebenfalls völlig verstörten Evthymia das Pfortenzimmer.

Alles Echte ist zart

Der Architriklinios warf noch einmal einen prüfenden Blick auf die gedeckte Tafel. Er rückte hier einen Glaspokal, dort einen Teller zurecht. Dann klatschte er rasch und ungeduldig in die Hände, wie er es bei seinem Herrn abgeguckt hatte. Er rief dem eintretenden nubischen Tischsklaven zu: »Die Gästeliste!«

Als der Architriklinios die Liste mit den Namensschildern auf dem Papyrosstreifen verglichen hatte, sagte er vertraulich zu dem jungen Nubier: »Betuchte Herren, mein Lieber, da wird für unseren lieben Syzygos manches Trinkgeld abfallen und für unseren Herrn mancher Kaufabschluss. Denn deshalb hat doch wohl unser edler Alexandros die Damen mit eingeladen. Es sind ja immer dieselben Gäste: Menelaos, der Quästor der Stadtkasse, Archälaos, der Müßiggänger, der sich für einen Philosophen hält, und schließlich Sophistokles, der zwar etwas von Philosophie versteht, aber noch viel mehr von Frauen. Dann sind da noch die jungen Männer aus den vornehmen Häusern unserer Stadt, die vor Bildungseifer fast platzen. Sie haben zur Vorbereitung auf diesen Abend wieder einmal ihren Platon verschlungen und doch nichts kapiert. Du wirst ja heute Abend beim Bedienen alles gut beobachten können.«

Alexandros, der Gastgeber, lief nervös und ziellos im ganzen Haus herum, um sich in den wenigen Augenblicken vor dem Eintreffen der Gäste zu vergewissern, dass alles in Ordnung sei. Im Peristyl traf er auf Evodia.

»Evodia, hast du dich auf die Lesung von Platons ›Symposion‹ auch gut vorbereitet? Du weißt, wie sehr das Verständnis des Textes von seinem guten Vortrag abhängt. Heute Abend wird übrigens auch Sophistokles unser Gast sein.«

Als der Hausherr den mürrischen Zug auf dem Gesicht der Frau bemerkte, versuchte er, bei ihr für diesen Gast um Verständnis zu werben: »Ich weiß, du magst ihn nicht. Aber du musst zugeben, dass er sehr belesen ist. Er kennt seinen Platon durch und durch.«

»Edler Alexandros, du weißt, dass ich mich nicht vor der Belesenheit dieses Mannes fürchte, sondern vor seiner Zudringlichkeit. Ich hoffe, dass man ihm heute Abend nicht wieder den Platz an meiner Seite anweist.«

»Ich werde es zu verhindern wissen«, beruhigte Alexandros die Frau, von der das Gelingen dieses Symposions und der nachfolgenden Verkaufsveranstaltung abhängen würde.

Die letzten Strahlen der untergehenden Abendsonne tauchten Syzygos' Pfortenstube in ein unwirkliches rötliches Licht. Heute fand der alte Pförtner aber nicht die Muße, sich der Abendstimmung hinzugeben. Er spähte vielmehr aufgeregt durch das schmale Fenster, um ja keinen der Gäste zu verpassen, die sich zum Symposion der Philosophen im Hause seines Herrn einfinden würden. Es wäre einfach eine Schande für sein Haus, wenn einer der erlauchten Herren des Geistes ihn herausklopfen müsste. Und für seine Einkünfte müsste er heute Abend und vielleicht für immer mit empfindlichen Einbußen rechnen.

War das nicht schon Sophistokles mit Gattin, begleitet von zwei riesenhaften Sklaven? Der Philosoph war verabredungsgemäß mit der römischen Toga bekleidet, um dem Befehl des Imperators Claudius Folge zu leisten, der das klassische, aber unpraktische Gewand im ganzen Reich wieder zu Ehren bringen wollte. Syzygos musste lächeln. Der massige Mann sah in seiner römischen Verkleidung aus wie ein Bauer, der seine Schlafdecke über der linken Schulter trug. »Im ganzen Osten scheint es keinen einzigen Ankleidesklaven zu geben, der es versteht, dieses Stück Stoff geschickt und geschmackvoll in Falten zu legen«, amüsierte sich der Türhüter.

Die edle Gattin im besten Matronenalter trug ihre Haare zu einer Pyramide aufgetürmt, die selbst einen ägyptischen Pharao in Erstaunen versetzt hätte.

»Rom gibt eben auch bei uns im Osten in Modefragen den Ton an«, dachte der Alte, »und nicht immer zum Vorteil der Frauen.« Da hörte er schon die sonore, die Straße beherrschende Stimme des Sophistokles: »Kommt um die zweite Nachtwache wieder!«

Mit diesem Befehl verabschiedete er die beiden Sklaven, die ihm und seiner Frau das Geleit gegeben hatten. Der Alte war augenblicklich am Eingang. Während er die schwere Tür aus Zedernholz öffnete, beugte er seinen Oberkörper fast bis zum Boden, gleichzeitig fuhr seine Rechte zum Zeichen des Willkommensgrußes nach vorn, um das Trinkgeld in Empfang zu nehmen. Syzygos brauchte nur selten seinen Daumen, um die Münze eindeutig zu identifizieren. Diesmal war es ein leibhaftiger Denar, den Sophistokles ihm in seine aufnahmebereite Hand gedrückt hatte, ein Tagelohn! Fünf Sesterzen wäre die Taxe gewesen. Ehe der Alte noch darüber nachdenken konnte, was der Philosoph von ihm wollte, hörte er dessen Befehlston: »Den Platz zur Linken des Hausherrn für mich und den zur Rechten für meine Frau.«

Syzygos beeilte sich, diesen Wunsch an den Architriklinios weiterzugeben.

»Soll der alte Schmecklecker doch den Platz neben Evodia erhalten, Hauptsache, meine Kasse stimmt«, dachte er. Der Türhüter sah sich in Gedanken am nächsten Morgen zur Ephesinischen Bank gehen, um sich seinen Kontostand zeigen zu lassen. Waren es jetzt schon 300 Denare, die er im Laufe der Jahre zusammengebracht hatte? Was sollte er mit dem Geld machen? Er könnte sich damit freikaufen. Doch, was dann? Wo sollte er hin? Wovon sollte er leben? Wie wäre es denn, wenn er sich – ganz für sich allein – einen Sklaven kaufte? So wie neulich der Sklave Tachykos aus dem Nachbarhaus, der sich von seinen reichlichen Trinkgeldern einen Sklaven angeschafft hatte, den er nun die Arbeit als Türhüter verrichten ließ? Diese Vorstellung entlockte dem alten Mann ein belustigtes Lächeln. Nein, wahrscheinlich würde er das Geld nach seinem Tode den jungen Sklavinnen im Hause seines Herrn vermachen, dachte Syzygos gerührt. Beim Gedanken an seine Güte wurde ihm warm ums Herz.

Der geräumige Speiseraum, der mit einem Fußbodenmosaik des efeubekränzten Weingottes Dionysos geschmückt war, füllte sich nach und nach mit den geladenen Gästen. Als Alexandros erschien, um Sophistokles von Evodia fernzuhalten, war es schon zu spät. Dank des geschäftstüchtigen Einsatzes des alten Türhüters hatte der gefürchtete Mann schon seinen Platz auf dem Triklinium neben Evodia eingenommen. Er wandte seiner Ehefrau, der er den Ehrenplatz neben dem Hausherrn verschafft hatte, den Rücken zu und versuchte, die Aufmerksamkeit der schönen und gescheiten Sklavin auf sich zu ziehen. Die aber vertiefte sich, um ihren Abscheu zu verdrängen, in ihre Schriftrolle mit Platons »Symposion«. Sie las mit einer Aufmerksamkeit, die sie alles, was um sie geschah, vergessen ließ. Evodia hatte auch nicht wahrgenommen, dass Alexandros, der Hausherr, die Gäste begrüßt, das Thema des Symposions genannt und mit einem Schluck des kredenzten Mischweines den Abend eröffnet hatte. Erst als ihr Name fiel, merkte sie auf.

»Evodia wird uns nun die Stelle aus dem ›Symposion‹ vorlesen, in der die Priesterin Diotima den Sokrates in den wahren und schönen Eros einführt. Die Jüngeren unter euch darf ich um Verständnis dafür bitten, dass der Text schon über 400 Jahre alt ist und in einer Sprache geschrieben wurde, die so heute keiner mehr von uns spricht.«

Noch während sie zum Lesepult schritt, trat jene Stille ein, die Evodia liebte, ja, die sie brauchte, um in Stimmung zu kommen. Am Pult angelangt, sog sie durch die Nase tief Luft ein, so tief, dass sie den Atem in ihrem Bauch spürte. Das gab ihr Sicherheit und vertrieb jenen Anflug von Angst, der sich jedesmal einstellte, wenn sie so viele Augen auf sich gerichtet sah. Auch dieses Gefühl brauchte sie.

Wenn ihr Atem, ihre angenehme Altstimme und der Text des Dichters oder Philosophen zu einer Einheit verschmolzen, dann geschah an den Zuhörern eine Verwandlung: Keiner der Männer starrte mehr auf Evodias körperliche Reize. Ihre Schönheit, ihr Vortrag und die Sprache des Schriftstellers bildeten eine solche Harmonie, dass sich bei den Zuhörern die Überzeugung einstellte, sie begegneten in diesem Augenblick dem Wahren, Schönen und Guten. Der Text, den Evodia gerade vortrug, war wie kein anderer geeignet, diese Wirkung hervorzubringen:

»Diotima sagte: ›Und hier, wo er das Schöne selbst schaut, mein lieber Sokrates, ist das Leben für den Menschen lebenswert. Das Schöne – wenn du es denn überhaupt schauen darfst – ist nicht so wie Gold und kostbare Gewänder oder wie schöne Knaben und Jünglinge, bei deren Anblick du hingerissen bist und die du immerfort anschauen möchtest, dabei das Essen und Trinken vergessend. Was aber sollen wir glauben, wenn einer das Schöne selbst sonnenhaft rein und ungemischt sehen dürfte, aber nicht vermischt mit menschlichem Fleisch und Farben und anderem sterblichen Tand, sondern das Göttlich-Schöne in seiner Eigengestalt zu erschauen vermöchte, glaubst du, das Leben eines solchen Menschen könnte gering sein?‹

Solchermaßen durch Diotima, seinen guten Geist, belehrt, sprach Sokrates zu seinen Tischgenossen: ›Das war es, Phaidros und ihr anderen, was Diotima sagte. Ich bin für den Eros gewonnen und als Anhänger versuche ich, auch die anderen für die Einsicht zu gewinnen, dass man keinen besseren Helfer zur Erreichung dieses hohen Gutes finden könnte als den Eros. Ich selbst ehre alles Erotische und übe mich darin und ich empfehle es auch den anderen. Auch singe ich jetzt und überall das Lob der Kraft und der Kühnheit des Eros, soviel ich nur kann.‹«

Als Evodia ihren Vortrag beendet hatte, trat wieder Stille ein. Dieser Stille vertraute die Frau die Schritte ihrer Sandalen auf dem Mosaikboden und das Rauschen ihres Gewandes an, das sich faltenreich um ihre Gestalt schmiegte. Sie nahm ihren Platz neben Sophistokles so ein, dass sie auf den größtmöglichen Abstand bedacht war. Als ihr Nachbar das dezente Veilchenparfüm an Evodia wahrnahm, flammte seine Begierde auf. Er wollte sie unbedingt für sich gewinnen, und wenn es einen Weg gab, dann den von Sokrates so gepriesenen Eros.

Während der Lesung hatte Sophistokles‹ Frau unentwegt auf Evodias Gewand gestarrt. Es war ein schneeweißes Himation ohne Ärmel. Die beiden Ärmelausschnitte und der Halsausschnitt waren mit einem schmalen Streifen violetten Purpurs geschmückt. Die Matrone hatte nur noch Purpur im Kopf, nur noch Purpur im Auge. Durch ihre gezielten Beobachtungen hatte sie sich einen untrüglichen Blick für Echtheit und Qualität der kostbaren Ware erworben. Sie besaß selbst mehrere purpurbesetze Kleider. Ihrem Gatten stand als hohem römischen Beamten ein Staatsgewand mit Purpursaum zu, und selbst ihr jüngster Sohn trug auf seiner Knabentoga Purpurstreifen von höchster Qualität. Jetzt wünschte sich die Matrone ein ganzes Purpurkleid aus echter Seide.

Kaiserliches Verbot hin oder her, es gab in Thyatira mindestens sieben Frauen von Stand, die ein solches Gewand im Hause zu tragen wagten – selbstverständlich nur zu Ehren der kaiserlichen Gottheiten. Die Matrone war so mit dem Purpur beschäftigt, dass sie gar nicht wahrnahm, wie auffällig sich ihr Gatte um Evodia bemühte.

Inzwischen hatte sich Alexandros erhoben, um einen Trinkspruch auf Platon auszubringen. Auch er fühlte sich dessen Philosophie verbunden. Die Tischrunde gab ihm zu verstehen, dass sie das erwartete, und alle Blicke richteten sich auf den Herrn des Hauses. Wie würde er heute Abend das Gespräch eröffnen? Er schien auf einmal alt und verbraucht, immerhin hatte er die Fünfzig bereits weit hinter sich gelassen.

»Wir haben in der vorigen Woche Platons ›Lysias‹ gelesen und diskutiert. Dabei haben wir erkannt, dass Eros der Gott des Begehrens ist. Das Begehren richtet sich immer auf ein höchstes Gut. Ich denke, diese Erkenntnis ist eine gute Grundlage für unser heutiges Symposion über Platons ›Symposion‹.« Alexandros lächelte über die Doppelung.

Sophistokles, der gern den Belesenen herauskehrte, nahm den jungen Philosophenschülern die Angst vor der ersten Wortmeldung: »Ich verstehe den großen Aristoteles nicht, wenn er in seiner ›Nikomachischen Ethik‹, Buch 7, dem Platon vorwirft, er lehne die Lust radikal ab. Im ›Lysias‹ und im ›Symposion‹ haben wir nun endlich den Beweis, dass auch unser verehrter Meister die Lust verherrlicht hat.«

Auf den jungen Gesichtern zeigte sich Ratlosigkeit. Während der Lesung hatten die Schüler versucht, wissend dreinzuschauen, als hätten sie wirklich verstanden, worum es Platon ging. Jetzt blickte jeder angestrengt nach unten, um nicht nach seiner Meinung gefragt zu werden. Zum Glück hatte Alexandros die

Tradition des sokratischen Symposions aufgegeben, die Teilnehmer der Reihe nach referieren zu lassen. Heimlich und hilfeheischend sahen die jungen Gäste zu Evodia hin, die mit unbewegter Miene dasaß. Als niemand den Gesprächsfaden aufgriff, wagte sich Sophistokles noch weiter vor: »Es läge durchaus auf der Linie unserer philosophischen Traditionen, wenn wir die Einrichtung des Hetärenmahles wieder aufnähmen.«

Dabei schaute er Evodia auf herausfordernde Weise an. Auf seine Frau nahm er schon lange keine Rücksicht mehr und bemühte sich gar nicht erst, das zu verbergen. Auf Evodias Wangenknochen kam jetzt jene Röte, die den Tischgenossen anzeigte, dass sie den Fehdehandschuh annehmen würde. Sie wandte sich direkt ihrem Gegenspieler zu, der nun seinerseits ein wenig Abstand nahm:

»Sophistokles, du hast sicher deinen Aristoteles fleißig studiert. Allerdings hast du den Platon ebensowenig verstanden wie Aristoteles seinen großen Lehrer. Wenn du soeben deine Aufmerksamkeit mehr auf die Lesung gerichtet hättest, wäre es dir nicht entgangen, dass Platon – durch den Mund der Diotima – sehr wohl zu unterscheiden weiß zwischen der triebhaften Lust und dem Begehren, das grundsätzlich auf das höchste Gut gerichtet ist. Das Ur-Schöne ist nicht deshalb gut, weil wir es lieben, sondern genau umgekehrt: Wir lieben es, weil es schön und gut ist. Übrigens hat Platon schon in seinem ›Gorgias‹ Sokrates so sprechen lassen. Für ein Hetärenmahl besteht bei dieser philosophischen Grundhaltung absolut kein Bedarf.« Triumph lag in Evodias Blick, als sie ihrem aufdringlichen Nachbarn ins Gesicht sah. Die meisten Tischgenossen gönnten dem arroganten Sophistokles die Niederlage. Keiner wagte es indes, die Attacke zu verstärken oder auch nur Schadenfreude zu zeigen. Alle schauten verlegen drein. In seiner Hilflosigkeit befahl Alexandros dem Speisemeister gegen alle Gewohnheit, schon jetzt die erste der drei Vorspeisen auftragen zu lassen. Der Hausherr war in seinen Gefühlen gespalten: Auf der einen Seite war er stolz auf seine Evodia, auf der anderen Seite wollte er es auch nicht mit dem einflussreichen Ratsherrn und Kunden verderben. Während Sklavinnen hartgekochte Eier auftrugen, die als erster Gang der Vorspeisen unverzichtbar waren, versuchte Alexandros mit einer Anspielung, die Atmosphäre aufzulockern: »Wir werden alles – ›ab ovo‹[1], wie der Lateiner sagt – noch einmal durchdiskutieren.«

Der Hausherr zeigte gern, dass er auch die Sprache der »barbarischen Eroberer« beherrschte. Er hatte die Vorurteile der Griechen gegenüber den Römern als überheblich entlarvt, nachdem er die Schriften römischer Philosophen wie Seneca und römischer Dichter wie Horaz gelesen hatte. Die angekündigte Disputation »ab ovo« verlief dann so schulmäßig und trocken, dass sich nur die jungen Männer daran beteiligten, um sich in die Kunst des Philosophierens einzuüben. Die anderen – Sophistokles eingeschlossen – gaben sich dem Genuss des Mahles hin. Besonders der schwere süße Samos-Wein hatte es ihm angetan. Sein Gaumen war gar nicht mehr imstande, die drei Hauptgänge geschmacklich voneinander zu unterscheiden. Erst als beim dritten die gefiederten Fasane hereingetragen wurden, schaute er auf, um sich an dem prächtigen Farbspiel zu ergötzen. Evodia war in die Rolle der Hausfrau geschlüpft. Sie dirigierte ihre Mitsklavinnen und -sklaven mehr mit Blicken als mit Worten. Dabei genoss sie das Einvernehmen, das zwischen ihnen bestand. Es war ein Zusammenspiel, das den Gästen, zumindest den Männern unter ihnen, verborgen blieb.

Das philosophische Gespräch plätscherte dahin. Alexandros befiel ein Unbehagen, aus dem ihn nur Evodia hätte befreien können. Die aber mochte nicht. Die Reste des dritten Hauptganges bestanden nur noch aus Fasanenfedern und -knochen. Als die Sklaven sie abgetragen hatten, entspannten sich die Gesichtszüge fast aller Teilnehmer des Festmahles, und endlich fand die Quälerei mit den philosophischen Anfängern ein Ende. Denn jetzt – nach den Hauptgängen und vor den Nachtischen – erfolgte nach altem Brauch eine religiöse Zeremonie, weil jedes Mahl nach der Tradition kultischen Charakter haben sollte. Für die meisten Teilnehmer freilich war das, was jetzt kommen sollte, eine Pflichtübung.

Alexander verstand es immer wieder, seine Purpurgeschäfte stilvoll abzuwickeln. Für heute hatte er sich etwas Besonderes einfallen lassen: Die drei Hausgötter sollten von drei Sklavinnen hereingetragen werden, die in Purpurgewänder gekleidet waren. Den ersten präsentierte Evthymia. Es war ein uraltes Götterbild, das mehr einem Holzscheit als einer Plastik glich. Die junge Frau war mit der »Praetexta« genannten Leinentoga eines unmündigen Knaben bekleidet, dessen Rolle sie mit ihrer kleinen und zarten Gestalt gut übernehmen konnte. Die Streifen waren von einem auffallend hellroten Purpur, wie man ihn nur selten zu

1 ovum – Ei, sinngemäß »vom Urschleim«

Gesicht bekam. Der spontane verhaltene Beifall – der heiligen Handlung völlig unangemessen – kam von den Müttern kleiner Knaben, die ihre Sprösslinge gerne mit solch einem kostbaren Gewand geschmückt gesehen hätten.

Die zweite Statue trug Syntyche herein. Die Sklavin war in einen Mantel gehüllt, der aus tiefvioletter Purpurwolle gewebt war. Das Kleidungsstück verlieh ihr einen Hauch von Vornehmheit, die bewundernden Beifall hervorrief. Diesmal applaudierten auch die jungen Männer.

Die dritte Figur brachte Evodia. Sie war mit jenem seidenen Purpurkleid angetan, dem schon Syntyche neulich nicht widerstehen konnte. Als die Gäste sahen, mit welcher Anmut die junge Frau das Seidenkleid trug, konnten sie ihr Entzücken nicht verbergen. Sie sprangen auf und spendeten laut Beifall.

Alexandros nahm als Pater familias die Penaten, die Hausgötter, entgegen und stellte sie in ein längliches, flaches Gefäß. Als Stille eingetreten war, zelebrierte er die Libatio, indem er die Hausgötter mit Wein übergoss. Dann erst gab er das Zeichen für die Nachtischgänge.

Während sich die jungen Männer begierig über das Fruchtmus aus armenischen Aprikosen und makedonischem Honig hermachten, sprang Sophistokles‹ Gattin mit einer Behendigkeit, die man ihr nicht zugetraut hätte, vom Liegesofa und stürzte sich auf Evodia. Mit ihren fleischigen, beringten Fingern betastete sie den Körper der Frau in Purpur, um die kühle, glatte Seide zu fühlen. Sie schürzte die Stoffbahn und schob sie zusammen in der Hoffnung, das leichte Knirschen echter Seide zu hören. Der Lärm der Tischgemeinschaft hinderte sie jedoch daran. Sie drehte Evodia gegen die Öllampe der Wandbeleuchtung, um das Farbspiel des Purpurs zu betrachten. Dabei hatte sie nicht einmal versucht, mit der Frau Kontakt aufzunehmen oder sie gar um Erlaubnis für ihre Zudringlichkeit zu bitten.

Jetzt wandte sich die Matrone an ihren Gatten Sophistokles. Solche Bittgänge empfand sie jedesmal als demütigend. Sie war nämlich nicht geschäftsfähig, weil sie ihrem Gatten nur zwei Kinder geboren hatte. Des Kaisers Bevölkerungspolitik sah wenigstens vier Kinder vor. Die Frau legte viel Ergebenheit in ihre Stimme: »Edelster Sophistokles, das ist das Kleid, das ich mir so sehr wünsche. Bitte, kaufe es mir. Du kannst ja meine Ankleidesklavin und meine beiden Badesklavinnen verkaufen. Diese Verrichtungen werde ich in Zukunft selbst vornehmen. Du hast doch nicht etwa Angst vor dem Erlass des Kaisers, wonach der Purpur nur ihm und der Kaiserin vorbehalten ist? Ich werde das Kleid nur im Hause tragen – selbstverständlich zu Ehren des Kyrios und der Kyria.«

Sophistokles, sonst so beredt, konnte nicht zu Worte kommen. Seine Zunge gehorchte ihm nicht mehr, nachdem er den Samos seit dem dritten Hauptgang nur noch pur trank. »Ich ... ich ... zahle alles!«, stammelte er. Dabei versuchte er, mit der rechten Hand eine großzügige Geste zu machen, die nicht sehr elegant ausfiel. Seine Worte waren unkontrolliert laut geraten. So blieb es nicht aus, dass die ganze Tafelrunde hinter Evodia und ihrer begierigen Kundin herschaute, als sie sich offensichtlich in die Geschäftsräume begeben wollten.

Evodia gab einem Sklaven das Zeichen, mit der Öllampe voranzugehen. Dieser führte die Frauen über eine Treppe ins untere Stockwerk vor die verriegelte Tür des Gewölbes. Evodia schloss auf, der Sklave entzündete an seiner Lampe so viele Öllichter, dass die purpurgefärbten Seidenrollen anfingen, in verschiedenen Farbtönen zu leuchten. Die Matrone griff hastig nach einer Rolle mit einem leuchtenden Rot und drehte sie, um ihr das Geräusch zu entreißen, das allein Zeichen für die Echtheit der Seide sein sollte. Die Rolle blieb stumm.

»Edle Herrin, alles Echte ist zart und bedarf einer achtsamen Behandlung.« Mit diesen Worten nahm Evodia der eigenmächtigen Kundin die Seidenrolle aus der Hand, ergriff sie an ihren beiden Enden und drückte mit einer leichten Drehbewegung die Seidenfäden gegeneinander. Ein leises Knirschen machte sich hörbar.

»So hört sich Seide an, die entbastet und im selben Gewichtsverhältnis metallisch beschwert wurde. Mit dieser Ware wärest du gut bedient.«

Die Matrone nickte beifällig, obwohl sie kaum etwas von Evodias Erklärung verstanden hatte. »Wann kann ich das Seidenkleid abholen lassen?«, fragte sie ungeduldig.

»So schnell schießen die skytischen Bogenschützen auch wieder nicht«, entgegnete die Purpurhändlerin. »Dies ist die letzte Seidenrolle in dem von dir gewünschten roten Purpurton. Um einen einheitlichen Farbton zu erzielen, muss ich fünf Docken in ein und dasselbe Farbbad tauchen. Wenn du auf diesem hellen Rot bestehst, muss ich mit dem Kiemensaft der Purpura-Truncula-Schnecke färben. Ich müsste diese Schnecken allerdings noch bei den Purpurschneckenfischern in Elaia bestellen. Das Färben geht ziemlich schnell. Für das Weben müssen wir allerdings ein Vierteljahr einkalkulieren. Evthymia ist eine sehr sorgfältige Weberin, die niemals auf Kosten der Qualität schludern würde.«

Die Matrone war überzeugt, dass sie in dem purpurnen Seidenkleid ebenso jung und anmutig aussähe wie Evodia. Deshalb ergab sie sich in ihr Schicksal und legte den Zeitplan vertrauensvoll in die Hände der Frau vom Fach. Diese kam jetzt zum Geschäftsabschluss. »Da wäre noch die Frage der Finanzierung zu besprechen. Ein Purpurkleid aus Seide in dieser Qualität wird teuer. Ich zweifle keinen Augenblick daran, dass dein edler Gatte den Preis sofort nach Lieferung begleichen wird. Mit dem Verkauf von drei Leibsklavinnen wirst du allerdings das Kleid nicht bezahlen können«, meinte Evodia mit einem vielsagenden Lächeln auf den Lippen. Sie empfand keinerlei Peinlichkeit bei solchen Verkaufsgesprächen.

»Wieviel wird's denn werden?«, fragte kleinlaut die Gattin des mächtigen Ratsherren.

»Den endgültigen Preis kann ich noch nicht sagen. Ich will dennoch versuchen, den Preis zu kalkulieren: Da ist zunächst einmal die Seide. Sie wird nach gegenwärtiger Währung mit Gold aufgewogen. Bei deiner Figur brauchen wir etwa ein Pfund Seide. Das macht nach dem Weben 40 Goldmünzen oder 1000 Denare. Dafür müsstest du allein fünf Allerweltssklavinnen verkaufen. Für die Purpurfärbung rechne ich dann noch einmal 1000 Denare, vorausgesetzt, dass die Purpurschneckenfischer bei ihren Preisen von der vorigen Saison bleiben. Der Schneiderlohn fällt nicht mehr ins Gewicht. Die Goldwährung ist Geschäftsbedingung in dieser Zeit der laufenden Geldentwertung.«

Die Matrone schluckte einmal und nickte tapfer ihre Zustimmung, wie es bei Leuten üblich ist, für die Geld kein Thema zu sein scheint. Die Purpurhändlerin zog einen vorbereiteten Papyrosbogen hervor, schrieb die Daten hinein, unterschrieb eigenhändig und reichte ihn der vornehmen Herrin, damit der Gatte den Vertrag signieren konnte.

Faszination Seide

Seide; ein Pfund Seidenstoff!« Evodia sprach, was sich schon tagelang in ihrem Kopf, mehr noch in ihrer Seele eingenistet hatte, lauter aus, als es ihr lieb war. Syntyche griff das Reizwort, auf das sie schon gelauert zu haben schien, sofort auf: »Ein Pfund Seidenstoff kauft man am besten in Ephesos. Dort endet die Seidenstraße. Auf dem Embolos, der Geschäftsstraße, sitzt ein Seidenhändler neben dem anderen.«

Evodia fühlte sich von dem aggressiven Ton ihrer Cousine verletzt. Sie konnte so etwas schlecht verbergen. Die Falte, die von der Nase zu ihrem linken Mundwinkel lief, verschärfte sich und nahm dem rassigen Gesicht etwas von seiner Faszination.

»Wir wollten doch das Seidengarn mit Purpur färben.« Die leise, ein wenig verlegen-heisere Stimme gehörte Evthymia. »Wenn wir färben wollen, können wir das nur mit Garn tun und erst nach dem Färben weben.« Es tat ihr gut, Evodias Dankbarkeit aus ihren Augen lesen zu können.

»Ich reise morgen früh nach Elaia, dem Hafen von Pergamon, um ein Schiff nach Ephesos zu bekommen«, entschied Evodia spontan. »Müssen wir bei diesem Geschäft wirklich so weit von einem Welthafen entfernt wohnen?«, fragte sie sich ärgerlich. Als die Purpurhändlerin zwei Tage später endlich das Kaïki, das ihr auf See wie eine Nussschale vorgekommen war, in Ephesos verlassen konnte, wollte sie sich im Hafen schon ihren Mitreisenden anschließen, die eine Wallfahrt zum Heiligtum der Artemis machten. Das Weltwunder hatte sie schon von See aus in der Niederung links neben der eigentlichen Stadt ausgemacht. Sie hielt aber inne, lenkte ihre Schritte energisch auf das Amphitheater zu und erreichte es bald am Ende der schnurgeraden, arkadengeschmückten Hafenstraße. Dann bog sie halbrechts in den Embolos ein. Evodia war so von den schicken Sachen fasziniert, die vor und in den Gewölben der weltberühmten Flanierstraße auslagen, dass ihr gar nicht auffiel, wie passend die Straße ihren Namen trug. Denn wie ein Keil trieb sie sich schräg durch die übrigen rechtwinklig angelegten Seitenstraßen. Nach wenigen Schritten – dem Rundtempel gegenüber – stieß Evodia auf die Läden der Seidenhändler. Beim näheren Hinsehen entdeckte sie nur zwei. Im ersten Gewölbe – es war das Untergeschoss eines vornehmen Patrizierhauses mit Gartenhof – wurde nur ungefärbte Seide als Garn angeboten. Im benachbarten Gewölbe lagerten die fertig gewebten und durchgefärbten Seidenstoffe.

Evodia betrat, obwohl sie eigentlich schon fest entschlossen war, Garn zu kaufen, zunächst das Gewölbe mit den fertigen Seidenstoffen. Die Verkäuferin, die ihr aus dem Halbdunkel entgegentrat, wirkte gepflegt, fast ein wenig aufdringlich. Sie trug ein plissiertes Seidengewand, das so dünn war, dass es die weiße Haut der Trägerin hindurchschimmern ließ. Sie erinnerte Evodia an Marmorstatuen, deren Meister sich höchsten Herausforderungen in der Behandlung der Oberfläche ihrer Skulptur gestellt hatten. Die Haare waren hochgesteckt, sie wirkten dennoch natürlich als Lockenfrisur. Ledersandalen, deren Lederriemen die gleiche zartgrüne Farbe zeigten wie das Kleid, schmückten die schmalen Füße.

Die beiden Frauen brauchten nur einen Augenblick, um sich gegenseitig zu taxieren. Beide empfanden sich als Rivalinnen. Evodia fühlte sich sehr bald als die Unterlegene. Erstaunt bemerkte sie dieses Gefühl, das ihr bisher fremd geblieben war, hatten doch ihre Schönheit und ihr Verstand bisher jedem Vergleich mit anderen Frauen standgehalten.

»Das ist bestimmt eine Freigelassene, die ihrem ehemaligem Herrn vier Kinder geboren hat, um Geschäftsfrau werden zu können«, dachte die Sklavin.«Warum lässt Alexandros mich nicht frei?«, fragte sie sich bitter. In diesem Augenblick wurde ihr bewusst, dass der Vater ihrer Kinder sie niemals wirklich geliebt hatte. Doch gleich war sie wieder ganz die Geschäftsfrau.

»Dieser Ballen ist mit Murex haemastoma gefärbt.« Dabei zeigte Evodia auf einen dunkelrot leuchtenden Seidenstoff.

»Du hast Recht.« Anerkennung lag in der Stimme der Verkäuferin, die jetzt wusste, dass sie es mit einer Purpurhändlerin zu tun hatte. Sie gab einem jungen Mädchen, einer schönen Sklavin, einen Wink. »Schauen wir uns das Stöffchen einmal bei Tageslicht an.« Mit einer eleganten Handbewegung wies sie die Interessentin vor das Gewölbe. Sie warf sich eine Bahn des kostbaren Stoffes, den das Mädchen ihr darreichte, togaartig um ihren Körper. Die Seide floss wie Wasser und leuchtete in allen Schattierungen des edlen Rot. Evodia war von dem Stoff und seiner Wirkung hingerissen. Sie selbst war ein einziger Schrei nach Schönheit. War das das absolut Schöne, von dem Plato in seiner Schrift »Phaidon« gesprochen hatte und das sie nun heftig begehrte? Tief in ihrem Herzen sagte sie »Nein«. Denn sie war sich bewusst, dass sich ihr Verlangen auf nichts Materielles bezog.

Im Nu bildete sich um die beiden Händlerinnen ein kleiner Auflauf. Es waren Frauen, die der Magie der Purpurfarbe erlagen. Ihre Männer hielten mit verschlossenen Mienen Abstand. Waren sie über die Unziemlichkeit empört, das Privileg des Kaisers und der Kaiserin zu tangieren, oder dachten sie eher an die horrenden Summen, die auf sie zukommen könnten?

»Wieviel kostet ein Pfund von diesem Ballen?«, erkundigte sich Evodia vorsichtig, als sie wieder in das Halbdunkel des Gewölbes zurückgekehrt waren.

»Dir als Fachfrau brauche ich wohl nicht zu erläutern, wie der immense Preis für eine so hochwertige Purpurseide zustande kommt«, antwortete die weißhäutige Verkäuferin und blickte ihre Kundin diskret abschätzend an. »Allein der Transport der Rohseide aus dem fernen Osten treibt die Kosten in die Höhe. Seit einem halben Jahr ist keine Lieferung dieser begehrten Ware bis Ephesos durchgekommen. Das ist mein letzter Ballen. Ich weiß nicht, ob und wann ich eine gleichwertige Ware nachbekomme. Angesichts dieser Tatsache muss ich schon 500 Denare nehmen.« Soviel Geld hatte Evodia nicht einmal in ihrem Lederbeutel, den sie auf der Haut unter ihrem Untergewand trug.

»Das muss ich mir noch einmal überlegen. Chärete.« Mit diesem Gruß verließ sie das Gewölbe, ohne ihre Konkurrentin noch eines Blickes zu würdigen. Ihr Entschluss, das Risiko einer Purpurfärbung bei so einem kostbaren Stoff selbst vorzunehmen, war nun fester denn je.

Bevor Evodia das Gewölbe mit dem Seidengarn nebenan betrat, schlenderte sie erst einmal um den kleinen Rundtempel der Minerva. Dabei suchte sie nicht – jedenfalls nicht bewusst – den Beistand der Göttin für ein aufregendes Geschäft. Das wäre der Philosophin wie Aberglaube vorgekommen. Sie wollte sich auf ihre eigenen Fähigkeiten, auf ihre Fachkompetenz und auf ihr Verhandlungsgeschick konzentrieren. Die Begegnung mit der selbstbewussten Frau im ersten Gewölbe hatte ihr Selbstbewusstsein ganz schön angekratzt. Jetzt brauchte sie eine Ersatzhandlung, um seelisch wieder ins Gleichgewicht zu kommen. Sie fuhr mit den Fingerspitzen ihrer rechten Hand an den dorischen Säulen entlang, erspürte die Hohlkehlen und den Widerstand der schmalen Stege zwischen ihnen, ließ sie los und atmete erst einmal tief durch, um Sicherheit zu speichern.

Als sie in das benachbarte Gewölbe eingetreten war, kam ihr aus dem Halbdunkel eine nicht mehr ganz junge Frau entgegen. Deren Schönheit hatte ihren Urspung in einer außergewöhnlich hellen Haut, die so dünn war, dass die Adern durchschimmerten. Die Haare waren blond, richtig blond, ganz ungewöhnlich für diese Gegend. Für Evodia gab es keinen Zeifel: Diese Frau gehörte einem Stamm aus dem fernen Nordland an, eine exotische Schönheit. Sie war eine Sklavin wie sie. Ihr Herr musste sicher für sie den dreifachen Preis einer Allerweltssklavin hinlegen, mindestens 900 Denare. Während Evodia diese Gedanken blitzschnell durch den Kopf schossen, spürte sie sofort, dass es diese Frau im Gegensatz zu ihrer Kollegin nicht darauf angelegt hatte, die Kundschaft zu faszinieren. Sie trug – ihrer Zunft entsprechend – ein zartblaus Seidenkleid, das sich in ihren Augen spiegelte. Es war in der Taille gegürtet und floss in vielen Falten an ihrem schlanken Körper hinab bis fast auf die Sandalen. Das sah elegant aus. Trotzdem gab sie der Kundin das Gefühl, die Vornehmere, die Wichtigere, die Königin zu sein. Das tat Evodia gut. Deshalb konnte sie auch sofort zur Sache kommen und traute sich sogar, ihre Unsicherheit einzugestehen: »Eine füllige Matrone hat bei mir ein seidenes Purpurkleid in Auftrag gegeben. Ich suche das geeignete Garn dafür. Offen gestanden, ich habe bisher nur Leinen und Wolle mit Purpursäumen gefärbt, nie ein ganzes Purpurkleid, und dann noch aus Seide! Es ist ja auch verboten«, fügte Evodia fast flüsternd hinzu. Das schien die Seidenhändlerin jedoch nicht zu interessieren. Sie lächelte. »Natürlich gibt es gewaltige Qualitätsunterschiede, wie du weißt.« Dabei griff die Seidenhändlerin eine Docke Rohseide, die genau so hellblond war wie sie selbst. »Diese Rohseide zum Beispiel ist schon aus sechs Fäden gesponnen.«

Evodia war von ihrer eigenen Unwissenheit überrascht. Von Fachkompetenz in Sachen Seide konnte bei ihr wohl nicht die Rede sein. Dieses Gefühl schärfte ihre Aufmerksamkeit. Sie hätte gern mehr darüber erfahren, wie die Seide gewonnen wurde. Aber das war das Geheimnis der Menschen, die im Lande der aufgehenden Sonne lebten.

Evodias ungeteilte Aufmerksamkeit spornte die Seidenhändlerin zu weiteren Erklärungen an: »Wenn du die Seide weben lassen willst, brauchst du zunächst die ›Kette‹. Um die Kettfäden herzustellen, dreht man zunächst zwei Rohseidenfäden sehr schnell um sich selbst. Dabei verzwirnen sie sich. Auf diese Weise erhalten wir ein stabiles Gerüst für den Webvorgang. Die Schussseide wird im ersten Arbeitsgang aus drei Rohseidenfäden gesponnen, die nur leicht gedreht werden. Das gibt dann der Seide den einmaligen Glanz und dem Gewebe Fülle. Aber das Schwerste kommt noch. Rohseide wird ja ganz selten unbehandelt verarbeitet. Sie muss zuerst entbastet werden. Wir entbasten die Rohseide, indem wir das Material bei gleichmäßiger Hitze in einer milden Seifenlauge kochen und ihm dadurch die hornartigen Bestandteile entziehen. Danach wird die entbastete Seide gewaschen und getrocknet. Das ist eine schwierige Prozedur, die ich jedesmal persönlich über wache. Wir haben unsere Werkstatt übrigens außerhalb der Stadt am Fluss Kaiseros, der die stinkige Brühe schnell ins Meer führt. Das Salzmeer reinigt sich ja selbst.«

Dabei wies die Seidenhändlerin weit hinaus aufs Meer, das gerade noch von der Geschäftsstraße aus zu sehen war. Evodia glaubte sogar die Schmutzbahn in der Bucht zu sehen. Angesichts der vielen Färbereien am Fluss geriet ihr Glaube an die Selbstreinigungskraft des Salzmeeres ins Wanken. Die Stimme der blonden Frau holte sie aber schnell wieder zurück: »Um die entbastete Seide weiter verarbeiten zu können, muss sie dem verlorenen Gewicht entsprechend – wir gebrauchen dafür den lateinischen Begriff ›pari pari‹ – mit flüssigem Metall beschwert werden. Das geschieht beim Färben. Das wäre also deine Arbeit. Die Rohseide hat ein Viertel ihres Gewichtes beim Entbasten verloren. Du musst also dieses Viertel durch Metallsalze wieder zusetzen. Ich schwöre auf eine Mischung von Zinn, Wismut und Eisen. Ich habe sie auch nach Gewicht abgepackt vorrätig. Du kannst das bei mir bekommen.« Nichts von dem, was die Händlerin gesagt hatte, war Evodia entgangen, und nicht alles war ihr bis dahin unbekannt gewesen. Aber ihr gefiel die sachliche und bescheidene Art, mit der die junge Frau ihre Informationen im Griechisch der Gebildeten mit leicht fremdländischem Akzent überbrachte.

»Ich zeige dir, gnädige Frau, eine Seide, die pari-pari-beschwert ist.« Dabei griff die blonde Geschäftsfrau nach einer Docke, drehte die zusammen und ließ sie schnell wieder los. Dabei gab die Seide einen Ton von sich, der einem leisen Aufschrei nicht unähnlich klang.

»Der ›Seidenschrei‹ gilt Fachleuten als ein Zeichen für Echtheit«, bemerkte die Händlerin.

»Ja, der Schrei ist ein Zeichen für Echtheit«, wiederholte Evodia. Dabei dachte sie an das Gewebe ihrer eigenen Lebensgeschichte. »Wieviele Schussfäden sollten denn für mein kostbares Gewand letztendlich versponnen sein?«, fragte sie.

»Je mehr Fäden, desto haltbarer, aber auch steifer wird der Stoff. Ich schlage in diesem Falle vor, 18 Seidenfäden zu verspinnen. Das macht einerseits das Garn webbar und das Kleid tragbar, andererseits lässt es die Seide fließen. Ich habe hier so eine Ware.« Dabei reichte sie Evodia mit der ihr eigenen Flinkheit eine Docke. Die strich mit dem Rücken ihrer schmalen Hand darüber und fragte ganz unvermittelt: »Wieviel kostet ein Pfund davon?«

Ohne Kommentar griff die Händlerin nach dem Abakus und errechnete im Handumdrehen den Tagespreis: »260 Denare das Pfund. Davon ziehen wir ein Viertel ab, denn du bekommst, da du beim Färben auch entbasten musst, die Seide roh. Ich schlage vor, dieses Viertel, also 65 Denare, als Ware zu nehmen. Dann kommst du nicht in Verlegenheit, wenn bei deiner fülligen Matrone noch etwas an Stoff für das Staatskleid fehlen sollte.« Die beiden Frauen lächelten in stillem Einvernehmen. Ein ganzes Purpurgewand stand keiner Sterblichen zu, nur dem Kyrios und der Kyria, und die waren ja auch Götter. Evodia kam nicht einmal auf die Idee, den Preis herunterzuhandeln oder die Echtheit der Ware anzuzweifeln. Die Frau aus dem Norden strahlte eine solche Lauterkeit aus, dass ihr ein Zweifel daran wie Frevel vorkam.

»Du hast mir einen guten Preis gemacht. Ich bin überrascht«, gab Evodia zu.

»Vorige Woche ist eine Kamelkarawane aus dem Osten hier in Ephesos, wo die Seidenstraße endet, angekommen. Die hat unseren Markt überschwemmt und die Preise gedrückt. Gut für unsere Kunden.« Die Lydierin musste lächeln. Sie dachte an die dreiste Lüge der Verkäuferin von nebenan. Sie bat die Seidenhändlerin: »Ich möchte mich entkleiden, um an meinen Geldbeutel zu gelangen. Gleichzeitig möchte ich dich bitten, mir das kostbare Seidengarn um den Leib zu binden, damit ich es vor dem Raubgesindel schütze. Ich nehme es in Kauf, in den nächsten Tagen auszusehen wie meine Kundin, die Gattin des Finanzsenators von Thyatira.«

Als Evodia auf der Rückreise die Nussschale in Elaia verließ, um an Land zu gehen, suchte sie nicht gleich ein Fuhrwerk nach Thyatira oder wenigstens nach Pergamon, sondern lenkte ihre Schritte zum Fischereihafen. Obwohl sie schon oft in diesem Teil des Hafens gewesen war, widerte sie der penetrante Geruch der Muscheln immer wieder an. Sie musste erst nach dem Muschelfischer Demosthenes fragen, bis sie ihn im Gewirr der Netze fand. Er verdiente den Namen eines Redners. Mit einem ganzen Wortschwall überschüttete er Evodia, den er aus seinen schwarzen lückenhaften Zähnen herausspuckte: »Du bist zur rechten Zeit gekommen. Ich habe Berge von der Purpura haemastoma. Sie ist stark im Preis gefallen.« »Ich suche nicht die Purpura haemastoma, auch nicht den Murex branduaris, sondern den Murex trunculus, und den in großen Mengen.«

»Diese Schnecke ist in diesem Jahr noch gar nicht aufgetaucht«, wehrte der Fischer mit theatralischer Gebärde ab. »Fangzeit ist ab Mai. Wir haben gerade erst die Reusen mit den Ködern für die Aasfresser ausgelegt. Du staunst? Ja, die Tiere, die den kostbarsten Farbstoff produzieren, ernähren sich von toten Muscheln. Wieviel brauchst du von der Königin der Purpurschnecken?« »Ich will damit ein Pfund Seide einfärben.«

»Beim Zeus, hast du eine Vorstellung, wieviel von diesen Viechern dafür benötigt werden? Für ein Gramm Purpurfarbe muss ich achttausend Purpurschnecken einsammeln. Du brauchst mindestens vier Millionen! Komm in zehn Jahren nochmal wieder. Bring viel Geld mit. Du hast ja zehn Jahre Zeit, darauf zu sparen.« Demosthenes kicherte, gleichzeitig kam ein lauernder Ausdruck in sein Gesicht.

»Demosthenes, ich habe einen dicken Auftrag von einer Senatorengattin. Sie wird die Schnecken bezahlen. Wo du sie herholst, ist mir gleich. Was kosten sie?« Evodia kannte den alten Gauner.

»250 Denare muss ich schon dafür haben«, erwiderte Demosthenes schnell.

»225 Denare!«, handelte Evodia den Preis herunter, »oder ich gehe zu deiner Konkurrenz. Es ist schlimm genug, dass man euch Kerlen ausgeliefert ist, nur weil ihr in die Zunft der Purpurfischer hineingeboren wurdet. Am liebsten würde ich dich und deinen ganzen Laden aufkaufen.« Die vornehme Evodia wunderte sich über sich selbst, dass sie den rüden Ton dieses Mannes so gut getroffen hatte.

Der von der Sonne gegerbte Fischer lachte laut und freundlich aus seinen Zahnlücken: »Wann soll ich die Ware liefern?«

»Lieber heute als morgen!«

»Wo denkst du hin? Neptun hat auch noch ein Wörtchen mitzureden. Wir müssen die Schnecken noch fangen. Wenn die Götter uns wohl gesonnen sind, hast du sie in vier Wochen in Thyatira. Musst du denn auch so weit im Lande wohnen, dass die Stachelviecher unterwegs fast schlecht werden! Ich werde sie einsalzen müssen!«

Evodia ließ sich nicht beeindrucken. »Ich bin davon überzeugt, dass du auch diesmal pünktlich lieferst und dass du keine minderwertigen Schnecken dazwischenmogelst. Chäre!« Dabei drückte sie dem Mann fest die Hand, um das Geschäft rechtskräftig zu machen.

Während der ruhigen Seereise hatte Evodia oft an ihre Kinder gedacht und sich vorgenommen, sich mehr um sie zu kümmern. Nach ihrer Rückkehr suchte sie sofort das Zimmer ihres Ältesten auf. Sie fand ihn bei seinem Lieblingsspiel »Kriegsschiffe versenken«.

»Um diese Zeit steht Latein auf deinem Plan«, stellte die Mutter sachlich und streng fest. An eine herzliche Begrüßung war bei dem aufgeschossenen Jungen nicht zu denken.

»Ich habe einfach keine Lust, diese barbarische Sprache zu büffeln, die bei uns gebildeten Griechen ohnehin keiner spricht.«

»Ich kann das Wort ›keine Lust‹ nicht mehr hören«, fauchte die Frau ihren dreizehnjährigen Telemachos an. »Wenn du einmal im Purpurhandel Erfolg haben willst, musst du nicht nur fließend und akzentfrei lateinisch sprechen können, du musst dich auch in die Literatur der Römer vertiefen. Dann wirst du auch Respekt vor ihrer Literatur, ihrer Rede- und Baukunst bekommen. Ob du die Lateiner magst oder nicht, sie sind unsere wichtigsten Handelspartner. Vielleicht müssen wir auch später einmal unser Geschäft in der römischen Kolonie Philippi übernehmen. Ich werde noch mit deinem Paidagogos reden.«

Der Gescholtene zog den Kopf ein und begab sich wieder hinter seine lateinische Grammatik.

»Bei all der Arbeit muss man noch die Hausaufgaben seiner Kinder kontrollieren. Wofür haben wir für viel Geld einen Hauslehrer gekauft?«, fragte sich Evodia ärgerlich und schaute durch den geöffneten Türspalt ins Kinderzimmer. Dort sah sie die Köpfe der Zwillinge Charis und Chrysis über ihre Wachstafeln gebeugt. Pollux, der Jüngste, kaute wieder an seinem hölzernen

Schreibstift und guckte in die Luft. Der Hauslehrer hatte die Mutter entdeckt und nickte ihr zu. Evodia legte den Finger an den Mund und verschwand.

Übler Trick um echte Ware

Drei Wochen, nachdem Evodia von ihrer Einkaufsfahrt nach Ephesos zurückgekehrt war, hielt ein Pferdegespann vor dem Haus des Purpurhändlers Alexandros in Thyatira. Purpurschnecken wurden in großen Bottichen angeliefert. Evodia machte sofort mit einem riesigen Holzlöffel Stichproben, noch bevor die Ware abgeladen wurde. Erleichtert stellte sie fest: »Ja, das ist der Murex trunculus. Nicht eine Schnecke einer anderen Sorte ist darunter!«

Erst jetzt wandte sie sich dem Fischer zu: »Chäre, Demosthenes, du bist zuverlässig.«

»Auf mein Wort kann sich eine schöne Frau immer verlassen«, grinste der Fischer. »Evodia, zähl nach.«

Evodia zweifelte nicht an der korrekten Lieferung. Die vier großen Bottiche entsprachen nach ihrer Erfahrung der Bestellung. Sie zahlte Demosthenes 225 Denare aus und sagte dazu: »Geld stinkt nicht. Auch nicht, wenn es sich um die begehrteste Purpurschnecke handelt. Wie hast du nur in der kurzen Zeit so viele Exemplare auftreiben können? Ich hoffe, dass du mich beim nächsten Mal genauso pünktlich beliefern kannst. Chäre, Demosthenes.«

Kaum war das leere Gefährt des Purpurschneckenfischers zum Hof hinaus gerumpelt, begann Evodia mit den Vorbereitungen zum Färben. Sie überwachte die übel riechende Arbeit. Dabei war sie ängstlich darauf bedacht, die Schnecken nicht selbst zu berühren. Denn der Purpurfarbstoff aus den Kiemen haftete so dauerhaft an den Fingern, dass er weder durch Waschen noch durch Bürsten entfernt werden konnte. Er blieb eben so lange an den Händen, bis er hinauswuchs.

Evodia aktivierte alle Haussklaven Alexanders, vierzig an der Zahl. Dazu engagierte sie noch die gleiche Anzahl an Tagelöhnern. Die Männer hatten ihre Aufgabe darin, auf großen Steinen mit kleinen Spezialhämmern die Schalen der Purpurschnecken zu knacken. Die Frauen entnahmen jeder Schnecke mit einem kleinen Messerchen geschickt die winzige Farbdrüse aus der Kiemenhöhle. Das war eine langwierige Arbeit, die bei vier Millionen Schnecken drei Tage lang bis in die Nächte hinein dauerte. Dieses aufwändige Verfahren fand nur bei höchster tyrischer Purpurqualität Anwendung. Bei niederer Qualität begnügte man sich damit, die Schneckenschale aufzuknacken, um sie dann mit dem ganzen Körperfleisch zu kochen. Evodia versorgte die Arbeiterinnen und Arbeiter gut mit Speis und Trank, damit sie nicht mit dem übel riechenden Fleisch der Purpurschnecken ihren Hunger stillen mussten, wie es bei der Konkurrenz üblich war.

Endlich war die Geduldsarbeit geschafft. Syntyche hatte die Energie aufgebracht, über die ganze Zeit hinweg den Arbeitsrhythmus aufrecht zu erhalten. Sie selbst gab am Morgen des vierten Tages die Farbdrüsen in einen Kupferkessel, füllte ihn mit Wasser auf und ließ ihn einen Tag und eine Nacht lang auf kleinem Feuer kochen, bis die Masse bis auf ihren sechzehnten Teil verdampft war. Dann seihte Syntyche den Sud durch ein Stoffsieb in eine flache Pfanne, ängstlich darauf bedacht, kein Sonnenlicht an das kostbare Gut kommen zu lassen.

Nervös hatte Evodia zugeschaut. Sie hatte einen Krug mit Weinessig in der Hand, den sie jetzt im Verhältnis eins zu eins in die Pfanne schüttete. Evthymia stand mit einem Holzlöffel bereit und rührte so lange, bis alles zu einer homogenen Masse geworden war. »Die Eieruhr!«, rief Evodia. Dabei schaute sie gereizt auf Syntyche. Der Kommandoton war unüberhörbar.

»Da steht sie doch, wie immer, wenn du sie brauchst«, reagierte diese ebenso gereizt. Sie fühlte sich bei dieser ganzen Prozedur als fünftes Rad am Wagen. Evthymia, die freundliche Mitarbeiterin, brachte unterdessen beflissen die Stange, auf der einige Seidenfäden sorgfältig so aufgereiht waren, dass sie den Sonnenstrahlen ausgesetzt werden konnten. Zunächst aber tauchte Evodia die Stange mit den herunterhängenden Seidenfäden tief in den Sud aus den Kiemen der Purpurschnecken.

Als die Seide sich mit der kostbaren gelblichen Flüssigkeit vollgesogen hatte, legte Evthymia die Stange mit den Seidenfäden auf ein Tuch, das zuvor auf dem Boden ausgebreitet worden war. Evodia, die Meisterin, drehte die Eieruhr um, und just in dem Augenblick, der für ein hart gekochtes Ei vorgesehen wäre, rief sie mit heftiger Armbewegung: »Weg!« Evthymia riss die Stange so schnell sie nur konnte aus der Sonne und brachte sie mit dem kostbaren Gut in den Schatten.

Gespannt hatte Evodia den Trockenvorgang verfolgt. Zunächst hatten die Seidenfäden noch die milchige Färbung des Saftes der

Purpurschnecke, dann aber nahmen sie eine dunklere Färbung an, wirkten zunächst etwas schmutzig, um nach wenigen Minuten in das vornehme Hellrot des Murex trunculus überzugehen. Evodias Spannung löste sich. »Dem Hermes sei Dank!«, stieß sie erleichtert hervor und schaute befriedigt auf ihr Werk. In der Tiefe ihrer Seele empfand sie ein Unbehagen, ausgelöst durch die Anrufung des Gottes der Händler. Dabei war sie so stolz auf ihr aufgeklärtes Philosophentum! Doch im Stress des Purpurfärbens machte sich die Frau nicht bewusst, wie stark ihr Alltag vom Aberglauben durchdrungen war.

»Das war die Probe!«, ermunterte sie ihre Mitarbeiterinnen. »Jetzt wiederholen wir den Vorgang mit dem ganzen Garn. Zuvor müssen wir noch den Beutel mit der Metallsalzmischung beigeben, damit wir die Seide pari pari beschweren.«

Ein ganzes Pfund Seide war für das bestellte Seidengewand der fülligen Gattin des Sophistokles vorbereitet worden. Die Fäden wurden über Leisten hängend in den Sud der Purpurdrüsen getaucht. Als das Garn im Schatten durchgetrocknet war, hatte es genau jenen Farbton von Purpurrot, der die Herzen der Frauen höher schlagen ließ und den Ergeiz der Männer anstachelte.

Am nächsten Morgen betrat Evodia wieder die Werkstatt von Evthymia. Auf die erfahrene Weberin setzte sie jetzt ihre ganze Hoffnung. Die zarte Frau war gerade dabei, den Gewichtswebstuhl herzurichten. Sie hatte schon die Hälfte der Kettfäden dadurch gespannt, dass sie diese am unteren Ende mit Tongefäßen beschwert hatte, die mit Sand gefüllt waren. Nervös umschritt Evodia den Webstuhl. Sie prüfte die Spannung der verstärkten

Kettfäden. Das war bereits das dritte Mal an diesem Morgen – zuviel für die sensible Evthymia, die jetzt nicht mehr die »Wohlgestimmte« sein wollte. Tränen stürzten aus ihren Augen, Schluchzen nahm ihr den Atem. Der ganze Jammer dieser Welt schien sich in der zerbrechlichen Frau zu manifestieren. Auf der Stelle gewann Evodia ihre Fassung wieder: »Ich fahre morgen früh nach Ephesos und kaufe fertig gewebte Purpurseide. Mach dir keine Sorgen, meine Liebe. Sei nicht mehr traurig.« Als diese Worte bei Evthymia einen neuen Weinkrampf hervorriefen, merkte Evodia, dass ihre Reaktion nicht nur falsch, sondern herzlos gewesen war. Da nahm sie ihre zarte Mitsklavin in die Arme: »Verzeih, meine Gute, meine Nervosität war schuld. Ich habe einfach nicht geglaubt, dass du das feine Gewebe hinbekommst. Dabei weiß ich doch, dass du die beste Weberin in Thyatira, nein in ganz Lydien bist. Bitte, verzeih mir. Arbeite weiter. Ich verspreche dir, ich komme erst wieder in deine Werkstatt, wenn du mich rufst. Das wird sicher in acht Wochen sein, wenn der Stoff für das Purpurkleid fertig ist.«

Evodia trocknete der Kleinen die Tränen und küsste ihre Stirn zum Abschied.

Es dauerte lange, bis Evthymia sich beruhigt hatte. Erst dann drehte sie den nächsten Kettfaden. Sie brauchte eine sichere Hand und ein scharfes Auge, um die Drehung des Fadens im rechten Augenblick anzuhalten. Am Abend waren alle Kettfäden gespannt.

Mit Zuversicht und ein wenig Stolz – so weit es ihre angeborene Bescheidenhait zuließ – betrachtete die Weberin ihr Werk. Die untergehende Abendsonne ließ die Purpurfäden in allen Rotschattierungen aufleuchten. Doch der Seidenglanz fehlte noch. Den mussten die dünneren Schussfäden bringen. Sollte es wirklich noch acht Wochen dauern, bis sie Evodia rufen konnte? Morgen würde sie die »Fächer« einrichten. Das heißt, sie würde durch den jeweils übernächsten Kettfaden einen leichten Holzstab so hindurchschieben, dass sie diese Kettfäden nach vorn aufklappen konnte; die ersten Kettfäden würde sie auf diese Weise nach hinten drücken. Durch die so entstandenen Fächer würde sie das Weberschiffchen jagen. Der Gedanke an das quicklebendige Weberschiffchen machte Evthymia froh. Er verscheuchte beinahe den Schatten, den Evodias Vorstellung eben noch geworfen hatte.

Am nächsten Abend war die ganze Kette fertig. Das Gewebe hatte das doppelte Maß der Körperbreite der Kundin. Das Kleid sollte ja plissiert sein. Das meiste Garn, etwa zwei Drittel, war für den Schuss vorgesehen.

Evthymias Hände waren geschickt, ihre Augen scharf, ihr ganzer Körper passte sich dem Rhythmus der Arbeit an. Eigentlich schade, dass niemand zuschaute. Die Chefin hatte es sich selbst verboten. Wie elegant Evthymia das Weberschiffchen durch die Fächer schickte! Die Enden blieben gleichmäßig. Ihre freie, zarte Hand schlug mit der Kante den letzten Schussfaden oben am fertigen Gewebe fest. Das Webschwert wäre für das kostbare und zarte Material viel zu grobschlächtig gewesen.

Wenn am Ende eines Arbeitstages die Abendsonne ihre Strahlen durch das Westfenster schickte, begann die Purpurseide in einem Farbspiel zu leuchten, das Evthymia nicht von dieser Welt zu kommen schien. Die Weberin vergaß die Zeit, den Termindruck und auch ihren Kummer mit Evodia. Fast spielerisch vollendete sie ihr Werk. Schon nach fünf Wochen konnte sie die Prinzipalin in die Werkstatt rufen. Dazu wählte sie mit Bedacht die Stunde des Sonnenuntergangs.

Evodia war zunächst sprachlos vor Staunen. Dann aber musste sie ihre Ergriffenheit in Worte fassen: »Das ist ›das Schöne‹! Das hat Diotima in Platons Dialog über den Eros gemeint. Evthymia, Beste. Du hast ein Meisterstück vollbracht. Wie konnte ich nur an dir und deinen Fähigkeiten zweifeln!« Sie nahm die Verlegene in den Arm.

Ungeduldig hatte Sophistokles' füllige Gattin mehrere Male nach dem Fortgang der Arbeiten für das ersehnte Seidenkleid fragen lassen. Jetzt war der Zeitpunkt für die erste Anprobe gekommen. Sie konnte Tag und Stunde kaum erwarten. Seit ihrer Kinderzeit war ihr das Warten nicht mehr so schwer gefallen. Deshalb war sie auch froh, dass Evodia sie sogleich in Evthymias Werkstatt bestellt hatte. Schon während der Begrüßung hatte sie keinen Blick, weder für die Purpurhändlerin noch für die Weberin, sondern musterte den Raum nach dem Purpurseidenstoff ab.

Als der Ballen auf ein Glockenzeichen Evodias hereingebracht wurde, griff die Kundin gierig nach dem Stoff. Er floss ihr förmlich aus den Händen, schimmerte in allen Nuancen des Rot. Sie drückte ihr Gesicht hinein und küsste ihn immer wieder. Als sie die Seide schließlich ans Licht gehalten und mit Sonnenglut aufgeladen hatte, erinnerte sie sich an die beiden Frauen. Sie vergaß völlig, dass die beiden Sklavinnen das Produkt hergestellt hatten, dem sie fast göttliche Verehrung zuteil werden ließ.

»Wann ist es fertig?«, fragte die Matrone ungeduldig. »Jetzt nehmen wir erst einmal Maß«, bestimmte Evodia. Schon war Evthymia, die es nie gewagt hätte, in einem solchen Ton mit einer reichen Kundin zu sprechen, mit Elle und Bandmaß zur Stelle. Sie hielt alle Maße auf einem Schiefertäfelchen fest.

»Evthymia, wann wird das Kleid fertig sein, bei deiner sorgfältigen Arbeitsweise?« Evodia gönnte ihrer Kundin die Demütigung, in ihrer Begierde von einer kleinen Sklavin abhängig zu sein.

»In acht Tagen - heute um die gleiche Zeit - kann die edle Herrin schon zur nächsten Anprobe kommen. Dann kann sie, wenn nichts Gravierendes mehr dazwischen kommt, das Kleid nach weiteren acht Tagen abholen lassen«, antwortete Evthymia.

»An dem Tag ist auch der Kaufpreis fällig«, bemerkte Evodia betont sachlich.

Der Tag der Anprobe war gekommen. Die Matrone hatte sich verspätet, keiner wusste, weshalb. Statt ihrer betätigte ein Polizeibeamter, der Kommandant der städtischen Liktoren persönlich, den Türklopfer auf unmissverständliche Art. Er begehrte den Hausherrn, Alexandros, zu sprechen. Da dieser sich verleugnen ließ, wurde Evodia gerufen. Ihr war sofort klar, worum es hier ging. Sie hatte auch schon gemerkt, dass das Haus umstellt war. Äußerlich ruhig, innerlich rasend vor Zorn, nahm sie das Beglaubigungsschreiben des Beamten in Empfang. Sie las:

»Hausdurchsuchungsbefehl: Das Haus des Purpurhändlers Alexandros, des Philosophen, wird nach rotem Purpurstoff, der breiter ist als eine Handbreit, durchsucht, der Stoff wird gegebenenfalls eingezogen. Der Rat der Stadt hat den dringenden Verdacht, dass in diesem Hause unrechtmäßig Purpurstoff für ein ganzes Kleid hergestellt und verkauft wird.«

»Dieses Schwein!«, dachte Evodia bitter. »Weil er nicht bezahlen kann oder will, treibt Sophistokles mit mir dieses Spielchen. Das zahl ich ihm heim!«

Als Evthymia mit ansehen musste, wie die Polizei ihre Werkstatt verwüstete, fiel sie fast in Ohnmacht. Evodia drückte sich die Daumen wund in dem dringenden Wunsch, dass nicht auch die Privaträume durchwühlt würden. Doch darauf verzichteten die Beamten, als sie den Stoff gefunden hatten.

Die Razzia im Hause des Purpurhändlers Alexandros bot dem Provinznest Thyatyra Gesprächsstoff für die nächsten Wochen. Alle nahmen Partei für Evodia gegen den verhassten Sophistokles. Aber es nützte ihr wenig, denn das Gewand für dessen Gattin blieb für Alexanders Haus ein Verlustgeschäft.

Doch bei der Jahreswahl zum Zunftmeister der Zunft der Purpurfärber und Purpurhändler gab es in diesem Jahr wieder eine Meisterin. Sie hieß Evodia. Damit fühlte sich die Frau gerächt.

Purpurglanz und Straßenstaub

Wie jedes Jahr nach der Weinlese formierte sich der Festzug zu Ehren des Stadtgottes Thyrimnos am pergamenischen Tor im Westen der Stadt. Dort hatte der Gefeierte seinen Tempel. Mit gewichtigen Mienen stellten Tempeldiener den Zug in der überlieferten Reihenfolge auf: Zuerst kamen die

Kinder in ihren frisch gewaschenen, leinenen langen Himatien mit weinlaubbekränzten Haaren. Dann folgten die Jungfrauen, auch sie schneeweiß gewandet, mit Myrtenzweigen in den kunstvoll aufgetürmten Haarkronen. Junge Männer nahmen gern den Platz hinter ihnen ein. Sie waren leicht geschürzt, angetan mit dem Brustpanzer junger Krieger, bewaffnet mit Kurzschwert und Speer. Dann kamen die Zünfte, angeführt vom jeweiligen Zunftmeister. Die Bäcker zeigten Backwerk, die Schlachter einen frisch geschlachteten Ochsen, der noch nach Blut roch. Die Färber hatten auf ihrem Wagen eine Tonne mit Färberlauge, in die sie fortwährend Wolle eintauchten, die schon unzählige Male gefärbt war. Nach diesem Muster präsentierten sich alle Zünfte. Dem Publikum wurde das langweilig, denn es war in jedem Jahr und bei jedem Umzug dasselbe.

Die Zuschauer suchten das Neue, vielleicht die Sensation dieses Jahres. Fast gleichzeitig wandten sich aller Augen der letzten Zunft im Zuge zu. Ein Zwölfjähriger trug der kleinen Gruppe ein Schild voran, das die Zunft, die nicht einmal einen Wagen oder ein typisches Werkzeug mit sich führte, ankündigte: »Zunft der Purpurfärber und -händler«. Alle Blicke hefteten sich an die Gestalt, die die Zunft anführte. Es war eine Frau. Ja, die Purpurfärber hatten eine Frau zur Zunftmeisterin gemacht! Frauen als Zunftmeister hatte es in der Stadt gelegentlich schon gegeben. Aber, was sich da den geweiteten Augen bot, war das Erlesenste und Geschmackvollste, was sie je geschaut hatten. Ein Seidengewand aus rotem Purpur umfloss die edle Gestalt der jungen Frau, modellierte ihre Brüste und ihren Bauch und fiel plissiert zu ihren Füßen hinab. Ihr dunkles Haar war nicht nach der neuesten, römischen Mode zu einem kunstvollen Turm zusammengesteckt, sondern zu einem Lockenknoten gerafft, der von einem Seidenband in der Farbe des Kleides gehalten wurde. Die silberne Zunftkette hob sich vorteilhaft von der Seide ab, schien aber ein wenig zu groß zu sein für den zarten Frauenhals. Ein leises, anerkennendes Murmeln erhob sich. Mancher fragte sich auch ängstlich: »Wie kann diese Frau es wagen, sich über das kaiserliche Verbot, Purpurkleider zu tragen, hinwegzusetzen? Purpurkleider sind doch nur dem Kyrios und der Kyria in Rom vorbehalten!«

Doch jeder beruhigte sich bei dem Gedanken, dass dieses Gewand ja nur zu Ehren des Stadtgottes von Thyatira getragen wurde, der viel größer war als der römische Imperator, jedenfalls zu dessen Lebzeiten.

Einer der Tempeldiener schlug mit einem Holzhammer gegen ein ehernes Becken. Der gewaltige Gongschlag setzte die Prozession in Bewegung. Die Musikkapelle folgte den Purpurhändlern. Laut drangen die Schalmeien, Hörner, Pauken und Rasseln in Evodias Ohr. Sänger stimmten einen litaneiartigen Gesang an, in den alle, Teilnehmer und Zuschauer einfielen. Schon bemächtigte sich der Rhythmus der andächtigen Gemeinde. Sie fiel in einen Tanzschritt. Die gemeinsame Körperbewegung und der Gesang erzeugten bei den Menschen ein Gefühl der Zusammengehörigkeit: »Wir feiern den Schutzgott von Thyatira, wir feiern unsere Stadt, wir feiern uns.«

Auch Evodia gab sich diesem Gefühl hin. Ihr Kopf gab den Widerstand auf. Als der Rhythmus feuriger wurde, ließ sie sich mitreißen. Sie hob die Arme, ließ ihren Körper schwingen, ihren Bauch kreisen. Wo hatte sie das nur gelernt? War es das

Purpurkleid, das sie animierte, oder die silberne Kette der Zunftmeisterin, die sie nicht ohne Stolz trug? Die Zuschauer waren zunächst verdutzt. War das die vornehme, kühle Purpurhändlerin, die nur Reiche zu ihrer Kundschaft zählte? Hatte sie heilige Kräuter eingenommen oder deren Dämpfe eingeatmet? Doch dann freuten sie sich über die Menschlichkeit, die jetzt bei ihr zum Durchbruch kam. Eine dicke, vitale Frau feuerte die Tänzerin an, trieb sie in die Ekstase. Längst hatte der Zug seine geordnete Reihenfolge aufgegeben. Die Menschen am Straßenrand mischten sich unter die geschlossenen Gruppen des Zuges. Alle strebten der Akropolis zu, wo Thyrimnos seinen Altar hatte. Obwohl die Prozession jetzt stramm bergauf ging, verspürte die Zunftmeisterin der Purpurfärber keine Anstrengung. Sie fühlte sich von einer umfassenden Macht getragen. Das war der Gott. Fort waren alle Zweifel an der überkommenen Religion der Väter. Ihr Spott über das lächerliche Verhalten des Hauptgottes Zeus erschien ihr jetzt fast als Gottlosigkeit. Sie fühlte sich mit der ganzen Welt eins, vor allem aber mit sich selbst als Frau. Alle Bemühungen, es den Männern im Purpurhandel und in der Philosophie gleichzutun, ja sie zu übertreffen, hatten nicht das Gefühl auslöschen können, eine Frau zu sein. Evodia registrierte das jetzt bewusst, und sie genoss diese Erfahrung. An der Staats-Agora geriet der chaotische Zug ins Stocken. Um die Zunftmeisterin bildete sich ein Kreis junger Mädchen. Sie schwangen in den Rhythmus ein, ließen sich von Evodias Ekstase anstecken und riefen: »Groß ist Thyrimnos von Thyatira!« Dabei stampften sie mit ihren Füßen zum Takt der Tamburine.

Plötzlich hörte Evodia eine Stimme: »Du bist meine Priesterin!« Sie schaute ein gleißendes Licht und in diesem Licht die Gestalt des Gottes Thyrimnos mit der Doppelaxt. Audition und Vision waren wie eine Aura über sie gekommen. Sie wies geistesabwesend, aber mit bestimmender Geste ihren Begleiterinnen den Weg durch die Menge nach hinten, dorthin, wo muskelbepackte Männer sich unter das Traggestell mit dem gewaltigen Götterstandbild stemmten. Den begleitenden Priestern gelang es nicht, die jungen Frauen von ihrem ungebührlichen Treiben abzuhalten. Sie umtanzten jetzt den Träger der Doppelaxt, die dem Abbild des Gottes Thyrimnos vorangetragen wurde. Ihr Gesang wurde hysterisch und ihre Bewegungen obszön.

Plötzlich stürzte Evodia zu Boden wie ein Baum, der dem Beil geopfert worden war. Sie fiel auf die Seite, der rechte Arm lag ausgestreckt, der linke war angewinkelt, ihre Finger verkrampften sich ineinander. Die Augen waren starr nach innen gedreht, so dass das Weiße hervortrat. Konvulsivische Zuckungen durchliefen den Körper der Frau, aus ihrem Munde trat Schaum, den das Blut der durchbissenen Zunge rot färbte. Tauartiger Schweiß bildete sich am ganzen Körper, Urin besudelte das kostbare Purpurgewand.

Die Zuschauer erstarrten in ihrem Tanzschritt. Entsetzt suchten die Frommen Abstand zu gewinnen. Die Neugierigen traten näher an den zuckenden Körper heran, unter ihnen die dicke Frau. Der Oberpriester des Doppelaxtgottes beugte sich über die Epileptikerin und hielt ihr abwehrend seinen Stab entgegen: »Sie hat gefrevelt. Der Gott hat sie bestraft. Schafft sie fort aus unserer Mitte. Sie ist von einem bösen Dämon besessen!«

Als der Zug sich wieder in Bewegung gesetzt hatte, waren die Teilnehmer ernüchtert. Die Begeisterung war einer unbestimmten Furcht vor der Macht der Überirdischen gewichen. Den Musikanten und Sängern gelang es nicht mehr, die Stimmung anzuheizen.

Der Purpurfabrikant Alexandros, Evodias Herr und Vater ihrer Kinder, war der Prozession ferngeblieben. Diese religiösen Praktiken vertrugen sich nicht mit seiner philosophischen, aufgeklärten Weltanschauung. Er war völlig überrascht und schockiert, als zwei Sklaven in sein Privatgemach eindrangen, den Vorfall berichteten und ihm die bewusstlose Evodia vor die Füße legten. Bei ihrem Anblick überfiel ihn heftiger Ekel. Er drehte seinen Kopf weg und befahl mit erregter Stimme: »Bringt sie in ihr Zimmer! Es ist die Heilige Krankheit. Ruft einen Arzt vom Tempel des Asklepios. Syntyche soll sich um sie kümmern!«

In seiner Erregung war Alexandros entgangen, dass er bei dieser Anordnung in den alten Aberglauben zurück gefallen war, hatte doch bereits vor 500 Jahren der Arzt Hippokrates die Priesterärzte als Scharlatane entlarvt.

Als Syntyche in Evodias Zimmer trat, befiel sie beim Anblick ihrer Cousine heftiges Mitleid. Das Gefühl der Rivalität, das sie sonst nie verhindern konnte, stellte sich erst gar nicht ein. Sie zog die Vorhänge zu, um das unbarmherzige Sonnenlicht fernzuhalten. Dann rief sie nach heißem Wasser. Nur mit Mühe konnte sie der Bewusstlosen das besudelte Kleid und die eingenäßte Unterwäsche ausziehen. Sie tauchte ein Leinentuch in das aus der Küche herbeigebrachte Wasser und reinigte den Körper ihrer Cousine. Mit einem zweiten Tuch massierte sie die immer noch steifen Glieder. Mit einem dritten Tuch machte sie warme Umschläge, die sie Evodia auf den Leib legte. Daraufhin kehrte eine leichte Röte in das Gesicht zurück. Der Atem wurde ruhig, die Gesichtszüge entspannten sich. Syntyche hatte alles ohne großes Nachdenken getan, so wie es ihr eingegeben wurde.

Inzwischen war der Priesterarzt aus dem Tempel des Asklepios eingetroffen. Syntyche legte den Finger auf ihren Mund, um zu signalisieren, dass die Kranke nun schliefe. Das beeindruckte den beamteten Heiler in keiner Weise. Mit lauten Beschwörungen umschritt er das Lager der Kranken und schwenkte dabei sein Weihrauchfass. Ätzender Gestank verbreitete sich im Zimmer. Syntyche wehrte ihn instinktiv ab. Der Priester aber fauchte die Sklavin an: »Diese Krankheit ist eine Strafe der Götter. Die Ruchlose muss entsühnt werden. Sag deinem Herrn, er soll morgen früh in den Tempel kommen, um ein Sühneopfer für sie darzubringen. Dabei erwarte ich auch mein Honorar.«

Als der Priester des Heilgottes endlich gegangen war, versuchte Syntyche das Zimmer zu lüften, indem sie Fenster und Türen zum Durchzug öffnete. Vorher hatte sie Evodia warm zugedeckt. Ganz war der beißende Geruch der Heilkräuter aber nicht zu vertreiben. Als sie Fenster und Türen wieder geschlossen hatte, setzte sie sich zu der Kranken, hielt ihr die rechte Hand und wärmte sie. Wie lange mochte sie so gesessen haben, eine Stunde oder zwei? Auf einmal zuckte es in ihrer Hand. Langsam, ganz langsam kam Evodia zu sich. Sie öffnete die Augen, blickte erstaunt umher, suchte Orientierung: »Wo bin ich? Was ist mit mir geschehen?«

»Es ist alles gut, meine liebe Evodia. Du liegst in deinem Bett und ich bin bei dir. Schlaf noch ein wenig.«
Syntyches beruhigende Worte ließen die Patientin in einen tiefen, beschützten Schlaf fallen.

Auf der Suche

Die Heilige Krankheit

Alle Glieder schmerzten, wie sich Evodia auch drehte. »Halt an!«, rief sie dem Sklaven zu, der den Maultierkarren führte. »Ich gehe zu Fuß neben dem Wagen her.«

Nur zu gern befolgte das Maultier den Befehl. Die Frau stieg vom Wagen herab und bewegte sich noch ein wenig unsicher auf ihren Beinen. Der Anfall hatte sie körperlich doch sehr mitgenommen. Sie hatte sogar Mühe, dem langsamen Schritt des Tieres zu folgen, und spürte fast körperlich das Drängen der nachfolgenden Wagen in der ausgefahrenen Radspur. »Sollen sie warten, bis wir eine Ausweichspur erreicht haben«, dachte Evodia gleichmütig. Es konnte ja nicht mehr weit sein, bis die stolze Metropole Pergamon mit ihrem großen Zeusaltar in der fruchtbaren Ebene auftauchen würde.

Eigentlich war es Evodia gleichgültig, wann die Stadt auftauchte, ja ob sie überhaupt auftauchte. Alles war ihr gleichgültig. Sie war sich sogar selber gleichgültig. Sie hatte keinen Wunsch mehr in ihrem Herzen und kein Ziel mehr vor Augen. Sie war sich selber fremd geworden. Zwar hatte sie nicht bewusst miterlebt, was in dem Anfall während der Prozession zu Ehren des Doppelaxtgottes mit ihr geschehen war, doch was ihre Cousine Syntyche davon erzählt hatte, war schrecklich genug. Alexandros, ihr Herr, hatte sich vor ihr verleugnen lassen. Syntyche war es, die Evodia von dem Beschluss ihres Herrn unterrichtet hatte, sie schon nach drei Tagen zur Kur in das Asklepeion des nur fünf Meilen entfernten Pergamon zu schicken. Sie war so leer, dass sie sich nicht einmal die Kuranstalt, die sie schon einmal als Besucherin gesehen hatte, vorstellen wollte. Alles war ihr gleichgültig, nur die nachdrängenden Fahrzeuge nicht. Als der Sklave wieder auf das knochige Tier einschlug, befahl sie ihm, aus der Spur zu fahren und eine Pause einzulegen, um die Drängler vorbeizulassen.

Evodia musterte den römischen Meilenstein, bevor sie sich daraufsetzte. Nur noch eine Meile bis zur Metropole – eigentlich müsste sie schon zu sehen sein. Die erschöpfte Frau hatte aber gar keine Lust, nach der stolzen, hochgebauten Stadt Ausschau zu halten, deren Anblick sie immer fasziniert hatte. Ihr zerstreutes Interesse galt einer flinken kleinen braunen Eidechse, die so schnell den Meilenstein hochkletterte, dass Evodia mit einem kleinen Entsetzensschrei aufsprang. Inzwischen waren die Militärfahrzeuge, die Reisewagen und die Bauernkarren an ihnen vorbeigefahren. Evodia stieg wieder auf den Wagen, setzte sich zu dem Kutscher auf den Bock und konnte nun dem Anblick der Akropolis von Pergamon nicht mehr ausweichen. Die Septembersonne zeichnete die Konturen des großen Zeus-Altars mit solcher Schärfe, dass sie aus einer Entfernung von einer Meile überdeutlich hervortraten.

Evodia glaubte, die einzelnen Reliefs der Südseite erkennen zu können. Aber sie widerstand dem Impuls, die Augen scharf zu stellen. Mit einem Gott wollte sie nichts mehr zu tun haben, schon gar nicht mit diesem Zeus, über den sich nicht nur Aristophanes im Theater, sondern schon jedes Kind in der Gosse lustig machte. Als Frau überkam sie ein regelrechter Widerwillen, wenn sie an den göttlichen obersten Schürzenjäger dachte. Ihr

Auge nahm die Stadt als Ganze wahr, die dort oben ihren weißen Marmor in der Sonne gleißen ließ. Ihr Blick fiel auf die eleganten Häuser, die terrassenförmig in den Südabhang der Akropolis eingefügt waren. In einem solchen Haus – wenn auch vielleicht nicht ganz so vornehm – hatte auch sie in Thyatira gewohnt. Nie hatte sie daran gedacht, dass sich daran etwas ändern könnte. Sie war mit ihrem Leben und mit sich selbst zufrieden gewesen. Bis vorgestern wenigstens.

Zu gern hätte sich der Sklave von Evodia in eine Taverne der Unterstadt einladen lassen, um dort zum Hammelbraten Mischwein zu trinken. Evodia aber wollte nicht. Sie wies ihn an, weiter nach Südwesten zu fahren. Sie schaute sich nicht einmal um, um den grandiosen Treppenaufbau des berühmtesten Altars der Welt zu sehen. Stumpf suchte ihr Blick die Wegweiser, die zum Asklepeion führen sollten. Als sie ein halbe Meile in südwestliche Richtung bergauf gefahren waren, erreichten sie eine Stelle, an der die Straße von einem Ziegeldach überdeckt wurde, so dass sie einem Portikus glich. Er bot Schutz vor sengender Sonne und kaltem Regen.

Ein Wächter hielt sie an. Als er das Gepäck der jungen Frau sah, nickte er: »Neuzugang«, und winkte das Gefährt weiter. Nach zweihundert Maultiertritten erweiterte sich die überdachte Straße um kleine Geschäfte, die die Gehwege säumten. Auf ihnen flanierten Kurgäste, um ihre Langeweile auszufüllen. Evodia wich den neugierigen Blicken aus. Sie fand es unter ihrer Würde, mit einem Maultierkarren anstatt mit einem Pferdewagen gebracht zu werden. Mit den Augen der Kurgäste, Männer und vor allem Frauen, betrachtete sie sich und fragte sich: »Bin ich noch wer?«

Die Heilige Straße endete abrupt vor einer gewaltigen Mauer, durch die nur ein kleiner Eingang führte. Spätestens hier mussten Maultier und Wagen draußen bleiben. Der junge Sklave band das angeschirrte Tier an einem eisernen Ring fest, nahm das Gepäck vom Wagen und durchschritt mit Evodia die Maueröffnung. Unvermittelt fanden sie sich in einem großen quadratischen Säulenhof wieder, der an seiner Westseite einen kleinen offenen Vorhof hatte. Als sie ihn betraten, begegneten sie dem Heilgott. In der Mitte des Gebäudes stand eine Marmorsäule, die nichts zu tragen hatte. Sie war wunderschön mit den Insignien des Heilandes Asklepios geschmückt: zwei Schlangen, die an der Nabe eines Rades hochzüngelten. Der Sklave hielt unwillkürlich inne. Er hatte das Gefühl, sich unvorbereitet der Gottheit genähert zu haben. Evodia fühlte gar nichts. Sie nahm auch nicht wahr, dass sich ihnen ein rundlicher älterer Mann näherte.

»Willkommen im Asklepeion von Pergamon.«

Er sagte es nicht ohne Würde. Evodias Begleiter, der Sklave, empfand das als Aufforderung, den Auftrag seines Herrn zu vollenden: »Alexandros, unser edler Herr, der Purpurhändler von Thyatira, hat mir aufgetragen, diese Frau, Evodia mit Namen, hier für eine Kur einzuliefern. Sie leidet nämlich an der Heiligen Krankheit.«

Bei den letzten Worten traf ihn ein Blick seiner Mitsklavin, der ihn verstummen ließ. Der Mann im Dienste Äskulaps schien davon gänzlich unberührt. Bestimmt antwortete er dem Sklaven: »Du wirst noch das Gepäck in das Zimmer der Patientin bringen.«

Die neue Patientin fragte er freundlich, fast zärtlich: »Wo möchtest du wohnen: in der Nähe des Allerheiligsten oder im Olivenhain? Er befindet sich im Westen der Tempelanlage. Es ist sehr ruhig dort.«

»In den Olivenhain, bitte«, konnte Evodia gerade noch sagen.

Der freundliche Angestellte führte sie vom Propylon in westlicher Richtung an Gebäuden vorbei, die aus grauer Vorzeit zu stammen schienen. Am Schöpfbrunnen, der mit Marmor neu ausgekleidet worden war, hielt er inne und erklärte, zu Evodia gewandt: »Das ist das heilbringende Wasser, das hier schon seit urdenklichen Zeiten fließt, eine Spende der Gottheit. Hiervon wirst du jeden Tag trinken. Wieviel? Das wird dir dein Arzt, der Priester unseres Heilgottes Asklepios ist, verordnen.«

Evodia hatte ohne jedes Interesse zugehört. Als er aber mit gesenkter Stimme – fast geheimnisvoll – fortfuhr, horchte sie auf: »Es gibt viele Therapeuten hier, junge Frau, aber nur einer ist ein begnadeter Heiler. Es ist Eusebios. Ihn wähle. Er wird auch dich heilen.«

Evodia war nicht im Stande, dem Mann zu danken, der es wohl gut mit ihr meinte. Unterdessen waren sie zwischen dem Badebrunnen und dem uralten kleinen Asklepiostempel hindurch gegangen und hatten bereits die Westhalle erreicht, die die eigentliche Tempelanlage an der Westseite begrenzte. Sie nutzten den Durchgang und gelangten über eine kurze Treppe in die Lange Halle, die zweihundert Schritte weit in westliche Richtung führte. An ihrem Ende befand sich ein Hotel für die Patienten. Es genügte ein Blickkontakt mit dem Pförtner, und der rundliche Mann bekam einen Zimmerschlüssel ausgehändigt. Er führte die junge

Frau und den schwitzenden Sklaven in ein Zimmer am Ende des Ganges.

»Es blickt auf den Olivenhain hinaus«, stellte Evodia dankbar fest. »Ich will von Göttern nichts mehr wissen.«

Erleichtert stellte der Sklave das Gepäck ab. »Musste Evodia unbedingt die vielen Pergamentrollen mitnehmen«, dachte er mit leichtem Groll. »Studieren ist gar nicht gut für Kranke.« Dann zog er eine versiegelte Rolle aus seinem Himation und reichte sie dem Begleiter mit gewichtiger Geste. »Übrigens, ich soll diesen Brief meines Herrn hier abgeben. Er ist für den Arzt bestimmt, der Evodia behandeln wird.«

»Dein Auftrag ist beendet, du kannst jetzt gehen«, stellte der Hausbedienstete nüchtern fest.

»Gute Besserung, Evodia!« Der junge Sklave blickte die Frau verlegen an. Sie schien es zu überhören.

»Eusebios heißt der Therapeut, du kannst ihn morgen früh um die dritte Stunde in der Vorhalle des Asklepios-Tempel erreichen. Frage nach ihm. Chärete.« Mit diesem Gruß verließ sie der freundliche Mensch. Auch ihm schaut Evodia nicht nach. Sie schloss die Tür, warf sich aufs Ruhebett, presste ihr Gesicht in die Kissen und ließ den aufsteigenden Tränen ihren Lauf. Als diese versiegt waren, stand sie auf, trat ans Fenster und blickte hinaus. Die Sonne hatte den Horizont, der von sanften Hügeln begrenzt wurde, erreicht und beleuchtete mit ihrem schrägen, klaren Herbstlicht den Olivenhain. Zum erstenmal seit ihrem Anfall bemerkte Evodia wieder ihre Empfindungen. Sie wusste nicht, was sie davon halten sollte.

Die unfreiwillige Patientin wunderte sich über sich selbst, als sie am anderen Morgen pünktlich zur angegebenen Zeit die Stufen zum Asklepios-Tempel emporstieg. Sie trug ein einfach geschnittenes Seidengewand, dessen Faltenwurf auf aparte Weise ihre Figur zu Geltung brachte. Mit Verwunderung registrierte Evodia, dass sie beim Treppensteigen das Gewand auf eine gewisse gekonnte Art mit der linken Hand raffte. Als sie auf halber Treppe aufschaute, sah sie einen Mann mit weißen Haaren, der sie aus wasserblauen Augen ansah. Diese Augen waren gütig und fest zugleich.

»Das ist er!«, durchfuhr es sie. Bevor sie auf den alten Mann mit den Insignien eines Priesterarztes zuging, blieb sie in geziemender Entfernung noch auf den Stufen stehen, streckte die Rechte weit aus und hielt ihren Zeigefinger zum Gruß nach oben: »Chärete! Mein Name ist Evodia.«

»Chärete! Ich heiße Eusebios. Komm zu mir herauf, Evodia.«

Als die junge Frau mit dem alten Mann auf gleicher Höhe stand, merkte sie, dass dieser einen Kopf kleiner war als sie. Vielleicht gerade deshalb fielen alle große Gesten von ihr ab. Sie war sprachlos und senkte ihren Blick auf den Marmorboden der Tempelvorhalle. Noch ehe sich Verlegenheit bei ihr einnisten konnte, wies der alte Mann mit der Hand auf die Treppenstufen: »Steigen wir wieder hinab in das Leben der Sterblichen. Dort können wir besser miteinander sprechen.«

Evodia nickte befriedigt, denn der Tempel hatte ihr Unbehagen eingeflößt. Der Therapeut nahm sie mit in seinen Ordinationsraum, der sich im Inkubationsbau befand. Dort erhofften sich die Patienten Heilung durch göttlichen Schlaf. Eusebios setzte sich auf einen Stuhl und wies der jungen Frau den Platz gegenüber an. Dabei schaute er ihr freundlich und ohne Furcht vor etwaiger eigener Zudringlichkeit in die Augen.

»Du bist gestern eingewiesen worden, Evodia.«

»Eingewiesen ist der richtige Ausdruck. Ich bin nämlich nicht freiwillig gekommen. Mein Herr, Alexandros von Thyatira, hat mich nach Ausbruch der Heiligen Krankheit hierher bringen lassen. Er hat sicher alles in dem Brief geschrieben, den er dir senden ließ.«

»Ich habe den Brief zwar erhalten, aber noch nicht gelesen«, lächelte der Alte. Als er Evodias erstaunten Blick bemerkte, fuhr er fort: »Ich möchte nämlich nicht zuerst aus zweiter Hand unterrichtet werden, sondern zunächst durch die betroffene Patientin.«

Diese Bemerkung öffnete Evodias Herz und Mund. Sie fühlte sich ernst genommen. So etwas wie Selbstachtung stieg in ihr hoch, Hoffnung keimte auf. Evodias Widerstand gegen die Kur-Maßnahmen, gegen Alexandros und gegen den Therapeuten, den sie für einen bigotten Priesterarzt gehalten hatte, fiel in sich zusammen. »Ich werde mit der Heiligen Krankheit nicht fertig«, stieß sie gepresst hervor. »Was ist das für ein Ausdruck? Die einen sagen: Wer von ihr befallen wird, ist ein Liebling der Götter. Die anderen halten sie für eine Strafe der Götter für die Sünde der Asebeia, der Gottlosigkeit. Damit werde ich nicht fertig.«

Während Evodia ihr Herz ausschüttete, hatte der Therapeut Verständnis und Mitgefühl signalisiert. Als eine Pause eintrat, holte er eine Buchrolle, schnürte sie auf und reichte sie der Patientin. »Lies selbst.« Als die Frau wissbegierig nach der Pergamentrolle greifen wollte, stieß der Alte ihre Hand jedoch eine Nuance heftiger, als er es wollte, zur Seite.

»Nicht hier, auf deinem Zimmer magst du die Schrift des großen Arztes Hippokrates über die ›Heilige Krankheit‹ – wie du sie nennst – lesen. Wenn du des Lesens unkundig wärest, dann hätte ich mich schon sehr in dir getäuscht.« Dabei schaute Eusebios der Frau freundlich in die Augen.

Auf ihrem Zimmer vertiefte sich Evodia in die Lektüre der Rolle, die sie sofort in ihren Bann zog.

»Mit der sogenannten Heiligen Krankheit verhält es sich folgendermaßen: Um nichts halte ich sie für göttlicher als die anderen Krankheiten oder für heiliger, sondern sie hat eine natürliche Ursache wie die übrigen Krankheiten, aus der sie entsteht. Die Menschen sind zu der Ansicht, dass sie göttlich sei, infolge ihrer Ratlosigkeit und Verwunderung gelangt; denn in nichts gleiche sie anderen Krankheiten. Ich meine nun: Diejenigen, die diese Krankheit als erste für heilig erklärt haben, waren Leute von dem Schlage, wie es auch jetzt Zauberer, Entsühner, Bettelpriester und Aufschneider gibt, die alle beanspruchen, besonders gottesfürchtig zu sein und mehr als andere zu wissen. Diese Menschen wählten die Gottheit als Deckmantel für ihre Hilflosigkeit; denn sie hatten nichts, mit dessen Anwendung sie helfen konnten ...«

Evodia las und las. Sie sog die Worte des großen Arztes Hippokrates förmlich in sich hinein wie eine lebenserhaltende Medizin. Evodia wunderte sich nur, dass Hippokrates bereits vor 450 Jahren gegen den Aberglauben um die Heilige Krankheit gewettert hatte, ohne ihn zerstören zu können. Evodia hatte sich so in der Lektüre vertieft, dass sie das Mittagsmahl versäumte. Als sie die Rolle zuband, stand die Sonne schon ziemlich tief im Westen. Sie warf ihr warmes Licht in die Kammer. Die Lektüre hatte Evodia ohne Zweifel beruhigt. Sie war sehr angetan von den sachlichen Ausführungen des großen Hippokrates, des Lehrers aller Ärzte. Plötzlich entdeckte sie bei sich den Wunsch, geheilt zu werden. Und wenn sie nicht geheilt werden könnte, dann wollte sie lernen, mit der Krankheit zu leben. Leben wollte sie so, dass es ihr Leben wäre. Großes Vertrauen in ihren Therapeuten stieg in ihr hoch. Zum ersten Male nach dem Anfall verspürte sie richtigen Hunger. Und mit Erstaunen stellte sie fest, dass sie jetzt keine Angst mehr hatte, beim Nachtmahl anderen Patienten zu begegnen. Ja, sie war sogar ein wenig neugierig.

Fertig! Sorgfältig betrachtete Evodia ihr Gesicht im Silberspiegel, den sie vorher blank geputzt hatte. Sie überlegte, ob sie noch ein wenig mehr Purpurschminke auf ihre Wangen geben sollte. Mit einem entschlossenen »Nein« legte sie den Spiegel beiseite. Auf einmal kam es ihr albern vor, sich für einen Therapeuten schön zu machen, als ginge es darum, einem Manne zu gefallen. Als die vergeistigten Züge des alten Mannes vor ihrem inneren Auge auftauchten, schämte sie sich sogar. Sie legte sich noch ein wenig hin, schloss die Augen und stellte sich auf die Begegnung mit ihrem Therapeuten ein. Was er ihr auch sagen würde, sie war überzeugt, dass es gut wäre.

Wenig später wurde Evodia in das Ordinationszimmer gerufen. Da Eusebios noch nicht anwesend war, hatte sie Zeit, den

Raum wahrzunehmen. Der angenehme Geruch von Heilkräutern erfüllte die Luft. So hatte es zu Hause bei der Großmutter geduftet. Was war es nur? Ja, so duftet Lavendel!

Der Raum war spärlich möbliert. Außer einem kleinen Tisch und zwei Stühlen war da nur ein Wandbrett mit einigen Schriftrollen, die der lesehungrigen Evodia schon beim letzten Mal aufgefallen waren. Der Raum atmete Sachlichkeit. Offensichtlich sollte nichts von der Beziehung des Therapeuten zu seinem Patienten und umgekehrt ablenken. Evodia unterdrückte ihr starkes Verlangen, eine Schriftrolle herunterzunehmen. Alles Geschriebene zog sie magisch an. Während sie ihre Augen noch begierig auf eine der Schriftrollen richtete, war der Therapeut schon eingetreten. Mit einem Lächeln wies er auf das Brett: »Evodia, du suchst neuen Lesestoff. Offensichtlich hast du deinen Hippokrates schon durchstudiert?«

Die Angesprochene nickte. »Ich würde die Rolle gern noch behalten, um die Lehre des großen Meisters über die Heilige Krankheit noch einmal zu lesen. Sie hat mich sehr beeindruckt und überzeugt. Dadurch fühle ich mich richtig befreit.«

»Das sehe ich dir an, Evodia. Du bist schon eine andere geworden.« Bei diesen Worten blickte der Mann sie aufmunternd an.

»Er strahlt so viel Wärme aus«, dachte Evodia, »so stelle ich mir meinen Vater vor.« Sie fühlte sich ertappt, als er weitersprach: »Evodia, du bist kein Kind mehr. Für deine Heilung bist du fortan selbst verantwortlich.«

Doch das hörte Evodia nicht gern. »Was bedeutet das für mich?«, fragte sie mit einem leicht entrüsteten Unterton.

»Das weißt du selbst.« Die Antwort des Therapeuten klang bestimmt.

»Du meinst, ich müsste meine Heilung selbst in die Hand nehmen?« Eusebios nickte.

»An meine Genesung glauben?« Er nickte lebhafter.

»Die Schuld an meiner Krankheit nicht auf andere schieben, schon gar nicht auf die Götter?«

Der ganze Körper des Therapeuten signalisierte Zustimmung. Evodia hatte den Kern des Problems erkannt. Aber sie fühlte sich nicht wohl dabei. »Und was ist deine Aufgabe beim Heilungsprozess?«, fragte sie unsicher.

»Ich bin nur dein Helfer, dein Diakonos«, entgegnete der alte Mann freundlich. »Wir werden zunächst einen Heilungsplan aufstellen. Denn natürlich wollen wir die medizinischen Hilfen nutzen, die das Asklepeion bietet. Fangen wir mit der Trinkkur an: Morgens auf nüchternen Magen einen Becher aus der alten Quelle, dasselbe abends. Die bringen deine Körpersäfte ins Gleichgewicht. Wenn du dich nach Sonnenuntergang hingelegt hast, wird dir eine kundige Sklavin eine leicht angewärmte Heilkräuterpackung um deinen Kopf legen. Das soll die Erregungszustände in deinem Gehirn dämpfen. Denn von dort ging der Anfall aus.«

»Davor fürchte ich mich besonders, vor einem neuen Anfall. Er würde mir jede Hoffnung nehmen«, unterbrach ihn Evodia.

»Ein neuer Anfall, wenn er nicht eine Serie von todbringenden Anfällen auslösen würde – und dafür spricht in deinem Falle gar nichts –, bedeutet nicht viel. So unangenehm er auch für dich ist, vor allem, wenn er sich vor den Augen der Öffentlichkeit ereignet, dein Körper und deine Seele hätten ihn nach einem Ruhetag mühelos verkraftet. Wenn du das verstanden hast, verliert die sogenannte Heilige Krankheit ihren Schrecken und die Anfälle treten seltener oder gar nicht mehr auf.«

Die junge Frau nickte tapfer. Sie gab sich merklich Mühe, ihrem Therapeuten Glauben zu schenken.

»Ich halte auch viel von der Heilkraft des Lesens«, fuhr dieser fort. »Nicht von ungefähr steht auf dem Eingang zu unserer Bibliothek – du hast sie sicher schon an der Nordseite des alten Heiligtums entdeckt – Iatrion, Heilraum. Ich bitte dich nur: Meide den Sophokles und wie die Dramatiker alle heißen, lies lieber die Lustspiele von Aristophanes. Lachen ist gesund. Übrigens werden in der nächsten Woche in unserem Theater ›Die Wolken‹ von Aristophanes aufgeführt.« Der weise Mann schmunzelte bei dem Gedanken und sah für einen Augenblick wie ein kleiner Junge aus.

»Ich habe das Plakat schon gelesen, ich kenne das Stück. Aristophanes macht sich darin über Sokrates lustig. Ich muss gestehen, dass mir das Lachen auf Kosten meines verehrten Philosophen schwer fällt«, gab Evodia zu bedenken. Eusebios aber kehrte zur Ernsthaftigkeit zurück und dozierte ohne einen Hauch von Spaß in der Stimme: »Wir müssen lernen, auch einmal über uns selbst zu lachen. Doch nun zu einem ernsthafteren Thema. Wir sind ja dabei, deinen Heilplan aufzustellen. In unserer Kuranstalt gehört auch der Heilschlaf zur Therapie. Ja, die meisten Kurgäste suchen gerade seinetwegen unser Asklepeion auf.« »Ich möchte mich wohl auch dieser Therapie unterziehen, aber in meinem Inneren fühle ich einen deutlichen Widerstand. Ist das nicht alles Aberglauben? Warum soll sich die Wahrheit über mein Leben gerade in einem wirren Traum offenbaren? Wer sagt mir, dass die Deutung des Traumes durch den Therapeuten nicht reine Willkür ist?«, fragte die Frau beklommen mit einem Seitenblick auf Eusebios. Sie wusste, dass sie ihm – in dieser Sache wenigstens – kein Vertrauen schenken konnte. Wie würde er reagieren?

»Du selbst entscheidest, was für dich gut ist. So hatten wir es doch ausgemacht.« Der Alte zeigte sich in keiner Weise beleidigt. Er versuchte auch nicht, seine Patientin zu überreden. »Bis morgen um die gleiche Zeit. Chäre!« Ein freundliches Lächeln begleitete die Abschiedsworte.

Evodia war von dem Vielen, was in der letzten Dreiviertelstunde besprochen worden war, so erfüllt, dass sie vergaß, den Gruß zu erwidern. Fast wie im Traum legte sie den Weg vom Ordinationsraum zu ihrem Zimmer zurück. Erst als sie an der Bibliothek vorbeiging, las sie mit Bewusstsein »Iatrion«. Ja, darin war sie sich mit ihrem Arzt einig: Bücher sind nicht nur Freunde, sie sind auch Therapeuten. Heute Nachmittag, spätestens morgen würde sie der Bibliothek einen Besuch abstatten. Jetzt musste sie erst einmal auf ihr Zimmer gehen, um ihre Gedanken zu ordnen. Nichts von dem, was Eusebios gesagt hatte, durfte ihrem Gedächtnis entfliehen. Es ging ja um den Heilungsplan, genauer um sie selbst. Das hatte sie begriffen. Sie nahm auch nicht mehr das Theater wahr, das fast die ganze Nordseite über der Felsenbarre des alten Heiligtums einnahm. Den Aristophanes mit seinen »Wolken« hatte ihr Unterbewusstsein erfolgreich zur Seite geschoben, obwohl er ihr auf großen Plakaten entgegentrat. Evodia legte sich sofort auf ihr Ruhebett. Sie versuchte, sich auf den Gedankengang des Gespräches zu konzentrieren. Wie war das noch mit der Heiligen Krankheit? Was hatte der Therapeut genau gesagt, als sie ihre Angst vor weiteren Anfällen gestanden hatte? Sie hörte ihn in ihrem Inneren sprechen: »Ein neuer Anfall – wenn er nicht eine Serie von todbringenden Anfällen auslösen würde, und dafür spricht in deinem Falle gar nichts –, bedeutet nicht viel. So unangenehm er auch für dich wäre, vor allem, wenn er sich vor den Augen der Öffentlichkeit ereignete, dein Körper und deine Seele werden nach einem Ruhetag damit fertig.«

Die junge Frau ließ diese Worte tief auf sich wirken. Wenn sie das schaffte, wenn sie diese Krankheit, um derentwillen sie von dem Vater ihrer Kinder geächtet worden war, mit Gelassenheit anschauen könnte, dann hätte sie ihre Freiheit wiedererlangt.

»Die Krankheit annehmen«, hörte sie sich laut sprechen, »diese Krankheit aus der Hand der Götter annehmen. Nein, nicht der Götter: Ich will mir nicht untreu werden! Vielleicht einer Gottheit, eines Demiurgen?« So sehr sie auch nach philosophischen Begriffen für das höchste Wesen suchte, der Trost der Philosophie blieb aus. Hier könnte nur ein personales Gegenüber, das zu ihr in liebevoller Beziehung stünde, helfen. Doch davon war in Evodias Leben nirgendwo die Rede. Sie spürte eine tiefe Sehnsucht nach einer Beziehung, die sie als ganze Persönlichkeit umfing. Etwas ganz Neues war in ihr aufgebrochen.

Sie verbot sich, die östlichen Mysterienkulte, die jetzt massenweise auf den Markt kamen, auf diese Frage abzuklopfen.

Über den Wolken

Evodias Schlaf war in dieser Nacht erquickend und lang. Nach der Morgentoilette beschloss sie: »Das Frühstück kann warten.«

Mit schnellen Schritten durchmaß sie die Lange Halle und erreichte über die Westhalle die Nordhalle. Das Bühnenhaus versperrte ihr den Blick aufs Theater. Diesmal nahm sie das goße Plakat wahr, das auf Aristophanes' Stück »Die Wolken« mit einer Karikatur des Bauern Strepsiades, des Helden der Komödie, aufmerksam machte. Obwohl sie das Stück schon einmal gelesen hatte und gestern voller Abwehr war, kam jetzt der Wunsch in ihr hoch, es einmal auf der Bühne zu sehen. Sie rechtfertigte sich mit den Worten des Therapeuten. »Auch Philosophen müssen über sich lachen können«, hatte er gesagt.

Inzwischen hatte Evodia die Bibliothek erreicht, auf die die Nordhalle zulief. »Iatrion«, stand über der Tür. Warum hatte sie dieses Heilmittel nicht schon früher eingenommen? Zögernd trat sie ein.

»Kann ich dir helfen?«, fragte der Bibliothekar. Wohlwollen, Fürsorge und Hilfsbereitschaft drückten sowohl seine Stimme wie seine Haltung aus, ohne aufdringlich zu sein. Auch er fühlte sich als ein Vertreter des Heilandes Asklepios. Evodia tat das gut.

»Ich möchte die Komödie ›Die Wolken‹ noch einmal lesen, bevor ich morgen das Theaterstück sehe.«

»Hoffentlich ist sie wieder zurück.« Mit diesen Worten eilte der Mann zu dem Regal mit den Rollen des Aristophanes.

»Sie ist noch ausgeliehen«, stellte er mit Bedauern fest. »Aber warte, ich schaue nach, wer sie mitgenommen hat. Vielleicht ist es ein Patient unserer Heilanstalt.« Schnell hatte er die Karte gefunden.

»Es ist Kleisthenes, der Redner von Pergamon, der die Rolle ausgeliehen hat. Ich werde einen Sklaven schicken, ihn zu fragen, ob er die Komödie schon ausgelesen hat. Dann kann ich dir die Rolle schicken lassen, wenn du mir deinen Namen und die Nummer deines Zimmers nennen magst.« Dankbar nahm Evodia das Angebot an.

»Hoffentlich hast du schon eine Karte«, fragte der Bedienstete besorgt. »Der Andrang soll groß sein, wie immer, wenn Aristophanes auf dem Spielplan unseres Sanatoriums steht.« Evodia verneinte, dabei konnte sie ihre Enttäuschung kaum verbergen.

Als Evodia nach dem Mittagsmahl in ihr Zimmer kam, lag eine zugebundene Schriftrolle auf dem Tisch. Sie konnte es kaum erwarten, den Knoten zu lösen. Es waren die »Wolken«! Da fiel ihr auch ein Brief in die Hand: »Gnädige Frau, der Bibliothekar teilte mir mit, dass du noch keine Karte hättest. Ich erlaube mir, dir die Karte meiner Frau zu überreichen. Sie kann wegen einer Unpässlichkeit morgen Abend nicht mit mir ins Theater kommen. Chärete. Kleisthenes aus Pergamon.«

Ungeduldig sehnte Evodia den Beginn des Theaters herbei. Sie konnte sich gar nicht auf die Lektüre des Stückes konzentrieren, dabei wollte sie sich eigentlich so richtig über diesen Flegel Aristophanes ärgern, der ihr geliebtes Philosophen-Denkmal Sokrates vom Throne gestürzt hatte, indem er ihn zum Sophisten, zum Wahrheitsverdreher, machte.

Als endlich der Abend gekommen war, saß Evodia schon sehr zeitig auf ihrem Platz. Das Halbrund hatte sich erst spärlich gefüllt. Von der Linkskurve des obersten Ranges aus hätte sie einen wunderbaren Blick auf den Burgberg von Pergamon haben können, wenn ihre Augen nicht fortwährend nach einem Menschen Ausschau gehalten hätten, den sie gar nicht kannte. Erst als sich ein großer, etwas schlaksiger Mann mittleren Alters durch ihre inzwischen fast schon besetzte Reihe drängte, wusste sie: Das ist Kleisthenes, der Rhetor von Pergamon! Es kam selten vor, dass sie Verlegenheit spürte. Jetzt war das Gefühl da. Was sollte das werden?

»Chärete, ich bin Kleisthenes.« Damit wandte sich der Ankömmling an die aparte Frau, die schon den Platz neben seinem eingenommen hatte.

»Ich heiße Evodia, ich bedanke mich für die Karte. Ich möchte sie gleich bezahlen.« Etwas zu schnell hatte ihm die Angesprochene geantwortet.

»Warten wir doch damit, bis das Stück zu Ende ist. Vielleicht gefällt es dir ja gar nicht.«

Der lockere Dialog hatte Evodia aus der Verlegenheit befreit. Das Gesicht des Mannes an ihrer Seite und seine ganze Art wiesen ihn als Geistesarbeiter aus. Er war ihr sympatisch. Vorurteile und Vorsicht fielen von ihr ab. Evodia spürte, dass sie auf ihn ebenfalls Eindruck machte. Er musterte sie aus den Augenwinkeln heraus, das genoss sie. Noch mehr genoss sie die körperliche Nähe des Mannes, der sich nicht scheute, ihre Knie zu berühren.

Der Jubel des Volkes beim Auftritt des Bauerntölpels Strepsiades zog Evodias Aufmerksamkeit auf das Stück. Und als sie ihren verehrten Sokrates in einer Hängematte hoch oben in den Wolkenkulissen sah, hatte sie ihren Nachbarn vergessen.

»Platon hatte Recht, wenn er dem Aristophanes die Schuld an Sokrates' Tod gab,« sagte sie sich. Andererseits hatte Platon in seinem »Gastmahl« dem Aristophanes sogar einen Platz als Dialogpartner des Sokrates eingeräumt. Evodia war die ganze Zeit so sehr mit sich und ihrem Aristophanes-Sokrates-Problem beschäftigt, dass sie ihren Nachbarn tatsächlich vergessen hatte. Sie wurde erst wieder in die Wirklichkeit zurück gerufen, als sich der Rhetor von Pergamon neben ihr kräftig auf die Knie schlug und vor Lachen brüllte: »Ja, die Wolken sind die neuen Götter!«

Evodia schaute ihn verständnislos an. Sie hatte angenommen, dass jeder Pergamese ein Anhänger des alten Götterglaubens sei, zumal diese Stadt den größten Zeusaltar der Welt in ihren Mauern beherbergte. Kleisthenes schien ihre Gedanken zu erraten. »Es ist ein Wunder, dass unser berühmter, überdimensionaler Zeusaltar nach vierhundertjähriger Religionskritik vor allem durch Aristophanes noch nicht in den Kalkofen gewandert ist«, bemerkte er etwas verhalten.

Evodia wusste nun, woran sie mit ihrem Nachbarn war. Sie wurde ruhiger und konnte jetzt die geistreichen Anspielungen des Dichters auf die Schwächen der Demokratie, der Religion, aber auch der Philosophie mit herzlichem Lachen genießen. Nach der Aufführung begleitete Kleisthenes die elegante Frau, die im Theater neben ihm gesessen hatte und nach der sich jetzt fast alle umschauten, in die säulengeschmückte Nordhalle. Dort meinte Evodia, sich von ihrem Begleiter verabschieden zu müssen. Er aber lehnte das ab mit dem Hinweis auf die Eintrittskarte, die noch zu begleichen wäre, und lud sie zu einem Pokal Mischwein in die Theaterkneipe ein. Die Schauspieler saßen schon mitten unter dem Publikum. Sokrates, der Besitzer der »Denkfabrik«, wie Aristophanes dessen Schule tituliert hatte, trug noch sein altertümliches Philosophengewand mit kahler Brust. Das stürzte die Schülerin des großen Philosophen von neuem in Unbehagen.

»He, Sklave, zwei Halbe vom Samos!«, ließ sich Kleisthenes deutlich vernehmen. Sein sicheres Auftreten, seine herausragende Gestalt und wohl auch die schöne Frau an seiner Seite verschafften ihm auf der Stelle die Aufmerksamkeit des Obers. Sie wurden sofort bedient.

Ich bin eine anspruchsvolle und gescheite Frau, ich werde nicht sentimental, wenn ich einem sympathischen Mann begegne, auch nicht, wenn er gebildet ist, redete Evodia sich selbst zu. Sie wunderte sich, dass sie das nötig hatte. Nebenbei achtete sie darauf, dass das Mischungsverhältnis zwischen Wein und Wasser nicht zu ihren Lasten ging: »Danke, Kleisthenes, dass du mir den Theaterbesuch ermöglicht hast. Ich habe mich heute Abend ein wenig mit Aristophanes versöhnt, nachdem ich mit Platon der Meinung gewesen war, dass er an der Verurteilung und am Tode des Sokrates mitschuldig war.«

»Warum denn?«, fragte der Mann erstaunt.

»Weil er den Sokrates zum Sophisten, zum Wahrheitsverdreher, gemacht hat, und das gerade in den ›Wolken‹«, antwortete Evodia entrüstet. Sollte der Rhetor das nicht wissen?

»Von wem weißt du denn das?«, fragte er naiv. Evodia durchschaute ihn noch nicht.

»Ja, eben von Platon!«, antwortete sie.

»Könnte es nicht sein, dass dein Bild von Sokrates durch die platonische Vermittlung ein wenig gefärbt ist? Wenn nun Sokrates – etwa aus Gründen des Broterwerbes – tatsächlich Sophist gewesen ist? Denk an seine Frau Xanthippe. Die hat nicht umsonst so mit ihrem Alten herumgezetert.«

»Dann bräche in mir eine Welt zusammen.«

»Entschuldige, ich wollte dir nicht zu nahe treten. Ich wollte dich nur ein wenig kritischer machen. Verstehst du das?« Dabei griff Kleisthenes nach der rechten Hand der Frau, die sich am Weinpokal festhielt. Evodia ließ es geschehen. Sie dachte darüber nach, ob diese zärtliche Geste nicht ein wenig zu lange gewährt hatte.

»Evodia, mit dir lässt es sich trefflich philosophieren. Sollten wir uns nicht wiedertreffen? Es wäre mir eine große Freude.«

Evodia konnte darauf nicht antworten. Sie wich aus: »Ich muss jetzt gehen, um meine Kur nicht zu gefährden. Ausreichender und ruhiger Schlaf sind für mich lebenswichtig.« Das Wort von der »Heiligen Krankheit« lag ihr auf der Zunge, sie konnte es gerade noch unterdrücken. Ein wenig zu energisch stand sie auf, erhob ihre rechte Hand und verabschiedete sich: »Danke, chärete.« Damit ließ sie den Mann am Tisch sitzen, drehte sich um und strebte ihrem Zimmer zu, ohne sich umzusehen. Sie kehrte auch nicht zurück, als ihr beim Aufschließen die Eintrittskarte zu den »Wolken« einfiel, die sie immer noch nicht bezahlt hatte.

In dieser Nacht fand die Frau keinen Schlaf. Immer und immer wieder redete sie auf sich ein: »Kleisthenes ist ein verheirateter Mann. Er steht im öffentlichen Leben. Ich bin eine Sklavin, die an ihren Herrn gebunden ist, und besonders noch durch die

Kinder. Das führt zu nichts anderem als zu Ärger und Verdruss. Evodia, wo hast du deinen Verstand gelassen! Wo bleibt die Philosophie, der vermeintliche Halt in deinem Leben?«

Es half alles nichts. Ihre Gefühle für den gutaussehenden Rhetor schwemmten alle Bedenken beiseite. Sie musste sich eingestehen: »Ich bin in diesen Kleisthenes verliebt, verliebt wie ein junges Mädchen. Ja, es ist eine platonische Liebe.«

Es verwunderte Evodia sehr, dass sie solcher Gefühle, die sie schon vergessen hatte, noch fähig war. Sie stellte sich den Mann vor, versuchte, seine geistreichen Worte zu hören. Erst gegen Morgen schlief sie ein.

Zeus und der Schlüssel

Am nächsten Morgen erwachte Evodia aus einem schweren Albtraum. Nur mühsam erinnerte sie sich an seinen Inhalt. Sie hatte das Gesicht Alexandros', ihres Herrn, als eine abstoßende Maske vor sich gesehen. Sie hatte versucht, ihm zu entfliehen, doch der Abstand zwischen ihr und ihm wurde immer geringer. Evodia redete sich selbst gut zu, alles sei ja nur ein Traum gewesen, aber die Gefühle der Angst, der Erniedrigung und der Verzweiflung blieben. Vielleicht würde Kleisthenes sie ihrem Herrn abkaufen, dachte sie einen Augenblick lang. Hatte er überhaupt schon gemerkt, dass sie eine Sklavin war? Bei dem Gedanken schüttelte Evodia den Kopf. Das war keine Lösung, sondern nur eine Verlagerung des Problems. Sie sehnte sich nach einer partnerschaftlichen Beziehung und nicht nach einer neuen Sklavenhaltung.

Die Frau war ratlos. Ihr Inneres glich dem augenscheinlichen Chaos eines Ameisenhaufens. Sie warf ihren Bademantel über, steckte ihren elfenbeinernen Kamm und den Silberspiegel in die elegante Badetasche aus Ziegenleder und machte sich auf den Weg zu ihrem verordneten Heilbad. Hätte sie in der Nordhalle die Augen hochgehoben, wäre ihr Blick auf das Bühnenhaus des Theaters gefallen. Aber sie achtete betont sorgsam auf ihre Schritte, wollte wohl nicht an den Theaterabend mit dem pergamenischen Ratsherrn erinnert werden.

Als die behäbige Badesklavin sie mit ihrem warmen Alt begrüßte und ihr gleich eine Wanne anbot, wurde Evodia ruhiger. Der Duft der getrockneten Heilkräuter, die wohlige Wärme des Thermalbades und die beruhigende Stimme der Dienerin taten ihrem Körper gut und wirkten heilend auf ihre wunde Seele. Der kalte Guß aus dem Holzzuber zum Abschluss des Bades brachte Morgenfrische und einen klaren Kopf.

Evodia hatte wenig Zeit für das Frühstück, denn um die dritte Stunde erwartete sie ihr Therapeut. Sie wusste gar nicht oder wollte gar nicht wissen, warum sie der heutigen Sitzung mit gemischten Gefühlen entgegen sah. Deshalb fand sie sich auch nur knapp vor der Zeit im Ordinationszimmer ein, während sie gestern eine Viertelstunde auf Eusebios gewartet hatte.

Die Frau spürte, dass der Therapeut schon bei seinem Eintritt in den Ordinationsraum ihren Zustand wahrnahm. Das beeinflusste jedoch seine gelassene, wohlwollende und aufmerksame Gesprächsführung in keiner Weise: »Evodia, du bist ja noch ganz außer Atem.« Dabei sah er sie besorgt aus seinen gütigen Augen an. Das genügte, um bei der Patientin eine freimütige Äußerung über ihren Seelenzustand nach dem gestrigen Theaterbesuch auszulösen. Eusebios nickte, grunzte zustimmend und signalisierte auf diese Weise Verständnisbereitschaft. So fiel es Evodia auch nicht schwer, ihre Beziehung zu dem attraktiven und intelligenten Rhetor von Pergamon einzuordnen. Ohne Druck von Seiten des Therapeuten erklärte sie ihre Entschlossenheit, den Kontakt zu Kleisthenes abzubrechen. Sie würde einen Boten in das Haus des Mannes schicken, der einen offenen Brief mit dem Geld für die Eintrittskarte zu den »Wolken« und einen knappen Dankesgruß enthalten sollte.

Evodia schilderte auch ihren Albtraum mit Alexandros und deckte ihre Gefühle für ihren Herrn auf.

»Deine Beziehung zu Alexandros scheint dich sehr zu belasten, wie dein Traum anzeigt«, fasste Eusebios zusammen.

»Dieses Verhältnis macht mich ratlos«, entgegnete Evodia. »Eine persönliche Beziehung war das nie. Eine erotische kann ich mir nach allem, was passiert ist, schlechterdings nicht mehr vorstellen. Ich möchte ihn einfach nicht mehr sehen«, sagte die Frau rasch.

»Vielleicht gibt uns der Heilschlaf einen Hinweis auf dieses Problem«, lud Eusebios seine Patientin ein.

»Glaubst du, dass die Götter im Traum einen Blick in die Zukunft gewähren?«, fragte Evodia skeptisch zurück. »Ist unser Schicksal wirklich von den Göttern vorbestimmt, wie in einer Tragödie?«

»Zunächst geht es darum, in verschlüsselten Bildern die Gefühle, die Ängste, Wünsche und die Kräfte deiner Seele hochkommen zu lassen. Sind das nicht auch Ausblicke in die Zukunft? Darüber hinaus lehrt die Erfahrung, dass im Traum die Grenzen zwischen Vergangenheit, Gegenwart und Zukunft fließend sind.«

Da gab Evodia ihren Widerstand gegen den Heilschlaf auf. Schließlich hatte er dem Asklepeion von Pergamon seinen guten Ruf verschafft: »Ich denke, wir versuchen es mit dieser Therapie. So, wie du den Tiefschlaf betrachtest, ohne das ganze fromme Brimborium – Vereinigung mit der Gottheit und so weiter –, kann ich ihn gut akzeptieren.«

Ein wenig Erleichterung konnte Eusebios nicht verhehlen, als er den Griffel in die Hand nahm. »Schauen wir doch einmal auf den Belegungsplan. Die Plätze im Inkubationssaal sind gefragt. In diesem Monat ist schon nichts mehr frei. Ich trage dich für die Iden des März ein. Es ist der Tag, an dem vor hundert Jahren Julius Cäsar ermordet wurde. So ein Tag bringt Glück.« Schalkhaft blinzelnd schaute der Arzt der Frau ins Gesicht.

»Ich nehme an«, entschied sie mit gespieltem Trotz.

»Die Vorbereitungen beginnen schon in der Frühe des Tages. Du hast bis dahin noch zwei Wochen. Ich gebe dir frei. Ein Gespräch bei mir brauchst du bis dahin nicht mehr. Es genügen die üblichen Wasseranwendungen und die Diät, die dir bis jetzt jedenfalls einen Anfall erspart hat. Chäre.« Damit war die Kurpatientin entlassen.

Evodia nutzte die Pause, um sich den Burgberg von Pergamon anzuschauen. Sie hatte jetzt nicht nur die Zeit, sondern auch die innere Distanz, sich der Anhäufung von Tempeln und Heiligtümern zu stellen. So nahm sie sich auch vor, den riesigen Altar des Zeus, der als Weltwunder galt, zu besuchen.

Am nächsten Morgen machte sich die Frau vor der dritten Stunde auf, um die Akropolis von Pergamon noch am Vormittag besteigen zu können. Denn auch im Frühling konnte die Mittagssonne einen Aufenthalt dort oben unerträglich machen. Fröhlich durchschritt Evodia die Hallenstraße, deren Säulen für sie Spalier zu stehen schienen. Sie nahm den Burgberg fest in ihren Blick. Ihre Augen konzentrierten sich auf den Großen Altar. Fast konnte sie seinen vollplastischen Hauptfries erkennen. Die gebildete Lydierin nahm sich fest vor, die religiösen Inhalte beiseite zu lassen und sich auf die künstlerische Konzeption zu konzentrieren. Was sie erwartete, wusste sie bereits: Der Fries stellt den Kampf der Götter gegen die Heroen dar, die versucht hatten, sich an ihre Stelle zu setzen. Die wissbegierige Kurpatientin hatte sich bei dem freundlichen Bibliothekar die »Theogonie der Götter« von Hesiod ausgeliehen. Seine Schriften waren immerhin schon rund 500 Jahre alt. Aber das flößte Evodia wenig Respekt ein. Sie hoffte, mit Hilfe des Götterstammbaumes die Kampfhähne auf dem Fries zu identifizieren. Bei solchen Besichtigungen verließ sich Evodia lieber auf ihre eigenen Studien als auf bestellte Führer, die überall ihre Dienste anboten. Deren wichtigtuerisches Geschwätz ging ihr auf die Nerven.

Die Hallenstraße ging in den überdachten Weg über, der zwar keinen Weitblick, aber ein reizvolles Angebot schicker Läden eröffnete. Heute würdigte Evodia die Auslagen keines Blickes. Die drängenden Aufforderungen der Händlerinnen und Händler überhörte sie. Dort, wo der überdachte Weg in die Heilige Straße überging, standen zweirädrige Pferdedroschken bereit. Gewohnheitsmäßig rief sie einen Kutscher heran. Ihr Vorsatz, den Weg zur Stadt und den Aufstieg auf die Akropolis zu Fuß zu machen, war dahingeschmolzen. Sie hatte auch die bittere Tatsache verdrängt, dass sie nicht mehr die verwöhnte Nebenfrau des Purpurhändlers Alexandros von Thyatira war, sondern eine verstoßene Sklavin. Immerhin finanzierte ihr Herr ihren Kuraufenthalt und gewährte ihr darüber hinaus ein Taschengeld von einem Denar für den Tag. Das entsprach einem Tagelohn. Das konnte der Verstoßenen wenigstens den Alltag erleichtern.

Der Kutscher half der Dame beim Einsteigen. Seine Menschenkenntnis ließ ihn bei dieser Art Frauen auf ein großzügiges Trinkgeld hoffen. Diese hier musste bestimmt nicht auf die Sesterze schauen, dachte er sich. Sofort schlug er auf sein klapperdürres Tier ein, so dass es halb trabend, halb galoppierend durch die engen Gassen der Unterstadt preschte. Laut schimpfend flüchteten die Bewohner in die Hauseingänge. Zu gern hätte Evodia sich die pergamenischen Teppiche mit ihren typischen dunkelroten Mustern angesehen, die überall zum Verkauf an den Hauswänden hingen, aber sie verbot sich auch diesen Wunsch.

Am Eumenischen Tor im Süden der Stadt ließ der Kutscher das Pferd langsamer traben. Er lenkte es nach Nordwesten, um den steilen Felsen der Oberstadt großräumig zu umgehen. Im Norden hatte die Straße das Niveau der Akropolis erreicht, so dass die Kutsche im Osten auf der abfallenden Straße recht bequem auf das Burgtor zufahren konnte. Von hier aus führte eine schmale Straße direkt zu der kleinen Stiege, die den eigentlichen

Zugang zu dem Großen Altar bildete. Als Evodia den Kutscher mit einem halben Denar entlohnte, hatte sie seine Erwartungen bei weitem übertroffen.

»Unsereins hat eben Menschenkenntnis«, bestätigte sich der Kutscher selbstsicher. Sein Dank klang Evodia noch in den Ohren, als sie die Mauer durchschritten hatte und nun vor dem gewaltigen Gebäude stand.

Die Größe dieses Artefaktes, der der Göttin Athene und – wohl aus Berechnung – auch dem Göttervater Zeus geweiht war, sprengte jede Vorstellung von einem Opferaltar. Es wäre undenkbar gewesen, darüber einen Tempel zu bauen. Ja, er war fast doppelt so groß wie der eigentliche Tempel der Athene, der sich jenseits der nördlichen Mauer befand und den er wenigstens perspektivisch einschloss. Evodia wußte noch aus ihrer religiösen Praxis in der Kinderzeit, dass der Opferpriester den Altar von Westen her betreten muss, um die Tieropfer gegen die aufgehende Sonne darzubringen. Sie lief deshalb ganz bis an die Westmauer heran, um mit größtmöglichem Abstand das Kunstwerk in seiner Ganzheit zu bewundern. Seine Größe faszinierte sie und stieß sie zugleich in seiner Aufdringlichkeit ab. Ihr Blick konzentrierte sich jetzt auf die überlebensgroßen Figuren des Frieses. Die Dynamik und Vitalität der vollplastischen Figuren, besonders die muskulösen männlichen Körper, sprachen Evodia auf eigenartige Weise an. Auf den ersten Blick gelang es ihr nicht, die Gestalten zu identifizieren. Deshalb nestelte sie an ihrem Beutel, um die Pergamentrolle mit Hesiods »Götterentstehung« herauszuziehen. Sie begann mit dem Göttervater Zeus. Ihn auf dem Fries zu finden, fiel ihrem scharfen Verstand nicht schwer. Sie vermutete ihn auf der Ostseite, der Opferseite des Altars, was sie schnell bestätigt fand. Diese Seite war der Götterprominenz, wozu selbstverständlich auch Athene gehörte, vorbehalten. Als einziger Sterblicher war auch Herkules an dieser Seite in den Kampf mit den sterblichen Heroen verwickelt. Der Sage nach musste wenigstens ein Sterblicher auf Seiten der Götter kämpfen, wenn diesen der Sieg gegen die Sterblichen gelingen sollte. Der unbekannte Künstler hatte nicht von ungefähr Herkules für dieses Amt ausgewählt. Er war immerhin der Stammvater des pergamenischen Königsgeschlechtes. Von ihm stammte Telephos ab, der Stadtgründer von Pergamon.

Auf der Südseite des Frieses fand Evodia Helios, den Sonnengott, und Eos, die Göttin der Morgenröte. Auf der Westseite, der Meerseite, entdeckte sie bezeichnenderweise Poseidon, den Meeresgott, und Okeanos, seinen Kollegen. Die Frau ahnte schon, dass von der Nordseite nichts Positives zu erwarten war. Deshalb war sie auch nicht überrascht, Nyx, die Nachtgöttin, Eris, die Göttin des Streites, und die Moiren, die Schicksalsgöttinnen, vorzufinden.

Evodia freute sich, dass sie mit Hesiods Anleitung den Schlüssel für das Verständnis des mythologischen Programms des Zeusaltars gefunden hatte. Was aber bedeutete das Ganze? Es musste doch zumindest bei der Fertigstellung des Kunstwerkes vor einhundert Jahren einen aktuellen Bezug gegeben haben. Sie hielt inne, schirmte mit der linken Hand ihre Augen vor dem gleißenden Licht ab und dachte nach.

»Heureka, ich hab's gefunden«, sprach sie so laut, dass die anderen Besucher sich nach ihr umdrehten. »Der Kampf der Götter gegen die aufbegehrenden Heroen ist ein Sinnbild des permanenten Kampfes der Griechen gegen die Barbaren, vor allem gegen die Gallier, die die Griechen schon zu Tributzahlungen verpflichtet hatten. Politisch ist der Große Altar ein Denkmal zu größeren Ehren des pergamenischen Herrschergeschlechts, dessen Begründer Herkules den Sieg gegen die Feinde ja erst ermöglichte!«

Evodia war stolz auf ihre Einsichten. Auf keinen Fall wollte sie sich an diesem Tag noch mit einem zweitrangigen Bauwerk beschäftigen. Am Burgtor wartete eine Droschke, die sie pünktlich zum Mittagessen ins Asklepeion zurückbrachte. Da sie ihre Eindrücke verarbeiten wollte, ließ sie sich die Mahlzeit auf ihrem Zimmer servieren. Sie lächelte bei dem Gedanken an Kleisthenes, der so ganz anders als die muskelbepackten Streithähne auf dem Fries des Zeusaltars war. Dass sie den Mann, für den sie vor wenigen Stunden noch hätte sterben können, so schnell vergessen konnte!

Evodias Traum

Zwei Wochen waren im Nu vergangen. Evodia hatte keinen Tempel und keinen Palast auf der Akropolis ausgelassen. Ein wenig enttäuscht war sie danach immer wieder zum Großen Altar des Zeus zurückgekehrt. Seine künstlerische Qualität zog die ästhetisch hochsensible Frau immer aufs Neue in ihren Bann. Evodia wunderte sich über sich selbst, dass sie souverän mit dem herrschenden Aberglauben umgehen konnte, als den sie den Zeuskult einschätzte, so dass er ihr den Kunstgenuss kein bisschen schmälerte.

Wieder einmal war die Frau federnden Schrittes die Altarstufen hinaufgestiegen, während die untergehende Sonne Evodias Schatten lang vor ihr her laufen ließ. An der mannshohen Brüstung des Opferaltares hatte sie ihr Ziel erreicht. Evodia fühlte sich in einer Weise zu dem Altar hingezogen, die dem starken Bedürfnis gleichkam, ihr ganzes Leben, ihre ganze Existenz in der Art eines Opfers hinzugeben. Aber wem? Athene und Zeus gaben sich mit einer Ziege zufrieden. Evodia konnte dem Vergleich nichts Komisches abgewinnen. Er löste nur Bitternis in ihr aus. Im Gegenzug ließen die Götter sich dann herbei, den glücklichen Ausgang eines Geschäftes oder einer Reise zu garantieren. Ja, das war es, was sie so an der offiziellen Staatsreligion verachtete.

»Es muß doch etwas geben, was unsere ganze Hingabe verdient!«, dachte sie schmerzlich.

Der klare Morgen an den Iden des März ließ Evodia unwillkürlich an Homer denken, dessen altertümlich bildhafte Sprache sie liebte. »Als die rosenfingrige Morgenröte erwachte«, rezitierte sie melodisch vor sich hin, während sie sich besonders viel Zeit für die Morgentoilette gönnte. Danach nahm sie im Speisesaal ein leichtes Frühstück ein. Es tat ihr gut, mit der Dienerin allein zu sein. Evodia hatte schon ihre persönlichen Sachen dabei und begab sich sofort zu den Inkubationsräumen.

Die Zellen verliefen parallel zur Felsenbarre. Friedliche Ruhe, die jedem Anflug von Hektik keine Chance ließ, umfing Evodia sogleich, als sie die Vorhalle betrat. Sklavinnen und Sklaven, die hier Dienst taten, wussten sich als Gehilfen des »Heilandes«, des Heilgottes Asklepios. Sie verstanden es, eine Atmosphäre zu schaffen, die die Vereinigung des Schläfers mit der Gottheit im Traum ermöglichte.

Eine Sklavin führte Evodia schweigend in eine Schlafzelle und bedeutete ihr freundlich, sich zu entkleiden und auf das Bett zu legen. Dann begann sie, die Patientin mit Kräuteröl einzureiben und zu massieren. Besonders die Nackenmassage tat Evodia gut. So eingestimmt, bekam sie einen Schlaftrunk, der nach Baldrian schmeckte. Als ihre Augenlider schon schwer zu werden begannen, betrat ein Asklepios-Priester den Raum. Er verbrannte wohlriechenden Weihrauch in einer Kohlenschale. Dabei murmelte er Heilssprüche. Evodia ließ es geschehen. Ihr Widerstand gegen den »Aberglauben«, aber auch gegen den Schlaf war besiegt.

Evodia wusste nicht, wie lange sie geschlafen hatte, als sie irgendwann in dem abgedunkelten Raum erwachte. Die Sklavin hatte ihr nach dem Zudecken ein Glöckchen neben das Bett gestellt mit der Bitte, beim Erwachen zu läuten. Doch Evodia wollte noch nicht hellwach werden. Sie genoss die Wärme des Bettes und versuchte, die Traumbilder und die damit verbundenen Gefühle aus der Tiefe des Schlafes emporzuheben. Noch erinnerte sie sich nicht an Einzelheiten, und auch ihre Gefühle waren nicht eindeutig. Aber langsam wurden die Bilder schärfer. Sie sah sich mit Alexandros in einer Droschke sitzen, die von zwei Pferden gezogen wurde. Dabei hatte sie ein ungutes Gefühl. Die Fahrt wurde immer schneller, Evodias Angst immer größer. Zuerst ging es durch Athen, vorbei an dem Turm zu den Winden, durch die Säulenhalle mit den Büsten der Philosophen. Sie empfand es als unziemend, die heilige Wandelhalle der Peripatetiker mit einem Pferdewagen zu entweihen. Dann rasten sie durch Thyatira. An den Straßen standen Menschen, jubelten ihnen – beide in seidene Purpurgewänder gekleidet – begeistert zu. Auf ihrer immer rasender werdenden Fahrt waren sie plötzlich in die Prozession zu Ehren des Stadtgottes Thyrimnos geraten. Evodia schrie laut auf, als sie auf das Standbild des Gottes zu rasten. Thyrimnos hob seine Doppelaxt und schleuderte sie voller Zorn zwischen Alexandros und seine schöne Sklavin, die aus dem Wagen stürzte.

Dann sah sich die Träumerin durch Pergamon fahren, den Burgberg hinauf. Neben ihr saß der Rhetor. Er lachte sie auf seine jungenhafte Art an. Die vier Pferde stürmten die Stufen des Großen Altars empor, wurden oben aber von der Barriere des Opferaltars gestoppt. Dabei fiel Kleisthenes vom Wagen, als er versuchte, die Pferde zu bändigen.

Als die Pferde ruhiger wurden, kam eine große Sicherheit über Evodia. Sie merkte auch, dass inzwischen jemand mit fester Hand das Gespann lenkte. Sie versuchte ihn zu erkennen: Er trug die Züge des Therapeuten Eusebios, dann sah er auch wieder anders aus. Es war ein alter, weiser Mann.

Der Wagen fuhr jetzt durch eine andere, unbekannte Stadt. Die Inschriften an den Giebeln der Tempel und öffentlichen Gebäude trugen lateinische Buchstaben. Wenn sie versuchte, diese zu entziffern, waren sie schon vorbei geflogen. Es musste eine viel befahrene alte Straße sein. Die Radspuren waren tief eingeschnitten, so dass der Wagen wie in einer Schiene gelenkt wurde. Sie fuhren durch ein Stadttor und verließen die bevölkerte Straße. Dann kamen sie an einen kleinen Fluss, der schnell fließendes und klares Wasser führte. An seinen Ufern wuchsen sattgrüne Bäume.

Evodia bat ihren Begleiter anzuhalten. Der schien nur auf diesen Augenblick gewartet zu haben, denn er hatte bereits den zweirädrigen Pferdewagen aus der ausgefahrenen Spurrille in die Freiheit eines neuen Weges geführt. Die Frau zog ihre Sandalen aus, schürzte ihr Kleid und stieg in den Fluss, der an dieser Stelle nicht tief war. Belebend empfand sie die Kühle des Wassers. Sie nahm auch einen Schluck und erfrischte sich von innen. Als sie dem Wasser entstieg, bemerkte sie, dass ihr Begleiter ein anderer war oder ein anderes Aussehen angenommen hatte. Keine Worte konnten ihn so beschreiben, wie sie ihn sah und erlebte. Es war eine lichte Gestalt mit einer solchen realen Gegenwart, wie es nichts Wirklicheres auf der Welt gab. Sie spürte eine Hoheit, der sie alles zu opfern bereit war, auch sich selbst. Sie sah eine Schönheit, wie Diotima sie als das absolut Schöne besungen hatte, das es zu lieben galt.

Diese Bilder und Gefühle gewannen nun in Evodias Seele Oberhand, während sie noch mit geschlossenen Augen lag. Am liebsten wäre sie jetzt für immer so geblieben. Doch die Sklavin, die regelmäßig nach ihr geschaut hatte, ermunterte sie, aufzustehen. Sie kannte sich aus und wollte vermeiden, dass ein neuer Traum den ersten überdeckte, falls Evodia wieder einschlafen sollte. Die Sklavin, die den Schlaf der jungen Frau gehütet hatte, führte sie nun in die Badequelle. Evodia tauchte dreimal in das frische Wasser ein. Damit war alle Müdigkeit aus Körper, Seele und Geist verscheucht. Sorgsam hatte die Sklavin Evodias Kleidung mit in das Badehaus genommen, so dass sich ihre Patientin ankleiden konnte, ohne die anderen Schläfer zu stören. Sie nahm die Badesachen und führte Evodia gleich in die Ordinationsräume des Therapeuten Eusebios.

»Bei Eusebios bist du gut aufgehoben«, sagte die mütterliche Sklavin zu Evodia. Sie suchte das Gespräch, weil sie spürte, dass diese Patientin etwas Besonderes ausstrahlte.

»Wie spät ist es eigentlich?«, fragte Evodia neugierig. Sie hatte jedes Zeitgefühl verloren.

»Die vierte Stunde hat schon angefangen. Du hast sehr gut und lange geschlafen.« Mit einem Lächeln verabschiedete sich die Hüterin des Schlafes.

»Du hast also den Heilschlaf überlebt, Evodia«, schmunzelte Eusebios schon beim Eintreten. Evodia freute sich über den lockeren Gesprächsbeginn.

»Erzähle!«, forderte Eusebios seine Patientin auf. Er wusste, dass er bei ihr ohne Umschweife auf das Ziel des Gesprächs lossteuern konnte. Evodia lehnte sich im bequemen Sessel zurück, schloss die Augen ein wenig und ließ die inneren Traumbilder wieder aufsteigen. Als sie am Mienenspiel des Therapeuten erkannte, dass sie mit ihren Träumen ernst genommen wurde, erzählte sie alles ohne zu fürchten, sich etwa lächerlich zu machen.

Als sie fertig war, hielt der Therapeut immer noch zum Zeichen des Schweigens die Hand vor den Mund. Mit erkennbarer Ungeduld bat Evodia: »Nun deute mir meine Träume! Dazu bin ich ja hierher gekommen.«

»Liebe Evodia, du erinnerst dich vielleicht an ein Wort, das ich dir zu Beginn der Therapie gesagt hatte: Evodia, ohne dich läuft hier gar nichts! Ich bin doch kein Wahrsager, der Träume deuten kann. Und wenn ich es könnte, würde ich es nicht tun. Du selber bist es, die mit den Bildern des Traumes arbeitet. Meine Aufgabe besteht lediglich darin, dir bei der Traumarbeit zu helfen. Und im Grunde willst du das auch so. So habe ich dich jedenfalls erlebt.«

Jetzt lehnte sich der Therapeut zurück. Das war das Signal für die Patientin, aktiv zu werden. Evodia zögerte zunächst, dann wurde es ihr immer leichter, dem Lauf ihres Traumes zu folgen: »Der Wagen ist das Gefährt meines Lebens; die Lebensumstände, die mein äußeres Leben bestimmen. Die Kutscher, das sind die Menschen, Männer, denen ich anvertraut bin. Der erste, Alexandros, strebte zwar auf dem Gebiet der Philosophie ehrgeizige Ziele an, wie die Fahrt durch die Philosophenwandelhalle anzeigt, ebenso wie die Triumphfahrt durch Thyatira. Aber er kann die Pferde nicht bändigen, hat die Triebe nicht in seiner Gewalt. Im Zusammenprall mit dem wütenden Doppelaxt-Gott spiegelt sich mein Anfall bei der Stadtprozession zu seinen Ehren.« Evodia hielt kurz inne, bevor sie entschlossen fortfuhr: »Dieser ganze Vorfall beendet auch gefühlsmäßig meine Beziehung zu Alexandros.

Die rasante Fahrt mit dem Rhetor Kleisthenes weist in eine ähnliche Richtung. Die Pferde sind durchgebrannt. Er hat nicht die Kraft, mein Leben in die rechte Bahn zu lenken. Er scheitert an der religiösen Grundhaltung meines Lebens. Wobei ich noch gar nicht weiß, was das eigentlich bei mir ist«, schränkte die Frau mit verlegenem Lächeln ein.

»Dem weiteren Fortgang des Traumes kann ich nur sehr begrenzt Sinn abgewinnen. Da bin ich auf deine Hilfe angewiesen, wie es sich ja schon im Traum gezeigt hat. Als ich durch die fremde Stadt gefahren wurde, lenktest du die Pferde. Mit deiner Hilfe konnte ich mein Leben neu ordnen, lernte mit der Heiligen Krankheit, mit dem Anfallsleiden umzugehen.« Evodia wurde rot, als hätte sie etwas Unziemliches gesagt.

»Das Leben verlief in den geordneten Bahnen des Kurbetriebes. Aber was soll die fremde Stadt, die offensichtlich unter dem kulturellen Einfluss der lateinischen Sprache steht?«

»Du musst nicht sofort an Rom oder an Italien denken, denn auch bei uns gibt es Städte, in denen offiziell lateinisch gesprochen wird. Das sind die so genannten römischen Kolonien, wie du weißt«, half Eusebios.

»Genau!« Evodia kam eine Idee. »Mein Herr Alexandros von Thyatira hat vor drei Jahren eine kleine Filiale in Philippi gegründet, das ist eine Bezirksstadt von Makedonien. Ich war selbst noch nicht dort, aber ich weiß, dass unsere Leute in Philippi mit der Kundschaft lateinisch sprechen müssen. Das könnte es sein.«

»Vielleicht wirst du dahin versetzt. Damit hätte dein Herr, Alexandros, sich ein paar Probleme vom Hals geschafft«, bemerkte Eusebios belustigt. Evodia reagierte nicht auf die Anspielung, so sehr riss sie die Vorstellung des weiteren Traumes mit sich fort: »Doch dann das Abweichen vom gewohnten Weg, die neue Weichenstellung, der neue Begleiter! Könnte das etwa heißen, ich lerne einen neuen Mann kennen?«

Eusebios hob interessiert die Augenbrauen, aber Evodia dämpfte ihn sofort: »Ich meine das nicht erotisch! Einen weisen Mann, der mir einen neuen Weg weist. Einen Weg, der aus den ausgefahrenen Rinnen hinausführt.«

Als der Therapeut bestätigend nickte, traute sich die junge Frau fortzufahren: »Der Fluss führt das Wasser des Lebens – kein abgestandenes, nein, frisches klares Wasser. Es erquickt Leib und Seele. Aber der neue Begleiter, den ich erst sehen und fühlen konnte, nachdem ich aus dem Wasser gestiegen war, wer sollte das sein? Unsere Mythen stellen uns eine Menge von Göttererscheinungen zur Verfügung. Sollte ich in diese Richtung suchen?«

Eusebios legte nachdenklich die Stirn in Falten. Dann stellte er langsam und bestimmt fest: »Mit den vielen Göttern hast du doch Schluss gemacht, Evodia. Ich glaube nicht, dass sie jetzt durch die Hintertür wieder hereinkommen.«

Die Frau lächelte: »Dieser Gedanke beruhigt mich sehr. Ich darf also hoffen, dass ich dem Schönen, Heiligen und Wahren als Person begegnen darf? Das entspricht dem tiefen Wunsch meiner Seele.«

Der Therapeut breitete beide Arme aus. Es war eine geistige Umarmung: »Ich wusste doch, liebe Evodia, dass du immer ganze Arbeit machst. Ich bin überhaupt sehr zufrieden mit dir. Deine Kur hat ihr Ziel erreicht. Körperlich gesehen könnten wir mit Hilfe der Diät, den kalten Bädern und der neuen Einstellung die epileptischen Anfälle vermeiden. Seelisch bist du jetzt so weit stabilisiert, dass du wieder in das normale Leben zurückgehen könntest. Was mir Sorge macht, ist deine Zukunft im Hause des

Alexandros. Ich werde ihm einen Bericht schreiben und ihn bitten, um deiner Gesundheit willen eine Versetzung nach Philippi vorzunehmen. Bis wir seine Antwort in Händen haben, bleibst du hier im Asklepeion und erholst dich von der Kur und vor allem von mir.«

Diesmal verlor die beherrschte Frau die Fassung. Sie küsste dem alten Mann beide Hände und konnte nur immer wieder danken und »Evcharisto poli« stammeln.

»Nun ist es aber gut«, unterbrach Eusebios. Auch er musste mit seiner Rührung fertig werden.

Als Evodia auf ihr Zimmer kam, fand sie eine versiegelte Papyros-Rolle vor. Hastig brach sie das Siegel und las: »Am ersten Tag des Monats Januarius ist mein Vater, dein Herr Alexandros von Thyatira, gestorben. Er hat dir eine Freilassungsurkunde ausstellen lassen. Als Erbe für dich und deine Kinder hat er die Filiale von Philippi notariell bestimmt. Chärete! Alexandros Junior.«

Evodia brauchte lange, bis sie den Inhalt des Briefes begriffen hatte. Ein Teil des Traumes war in Erfüllung gegangen.

In Philippi

Ankunft der Prinzipalin

Evodia stand am Bug des Seglers, der sie von Troas nach Neapolis bringen sollte. Sie blickte auf die Wellen, die sich leicht kräuselten, und war froh, dass die Frühjahrsstürme, die das Küstenboot von Elaia bis Troas heftig auf den Wogen hatten tanzen lassen, endlich Ruhe gaben. Die Passagierin hatte schon drei Tage nichts mehr gegessen. Jetzt meldete sich der Hunger wieder. Es würde nicht mehr lange dauern bis zum Nachtmahl, dachte sie. Der Koch hatte schon die Holzkohle angezündet und fachte die hellrote Glut mit dem Blasebalg an. Erst jetzt merkte Evodia, dass die schwelende Holzkohle ihr Hungergefühl ausgelöst hatte. Das Schiff steuerte auf den großen feuerroten Sonnenball zu, der noch über dem Wasser schwebte. In wenigen Minuten würden Himmel und Erde verschmelzen und die Dämmerung den ganzen Kosmos in ein unwirkliches, warmes Licht tauchen. Für diesen kurzen Augenblick ertrug die Frau die Strapazen der Seefahrt gern. Sie hielt sich an der Reling fest und schaute. Sie schaute, dachte an nichts und wollte nichts. Als die letzte Spur des roten Sonnenlichts vom Wasser aufgesogen war und das Meer sich grau gefärbt hatte, rief der Koch zum Essen. Beim Anblick des gegrillten Fisches, den er Evodia mit einem Kompliment auf den Teller gab, war ihre Kontemplation hinweggeschmolzen wie Schnee in der Sonne.

Dann zog Evodia sich müde in die Koje unter Deck zurück. Nach dem Seegang der letzten Tage wollte sie nur noch schlafen. Vor ihrem inneren Auge erschien noch einmal der zauberhafte

Sonnenuntergang, und wie die Sonne im Meer versank, so sank die Reisende in Morpheus Arme.

Als Evodia am nächsten Morgen erwachte, schauderte ihr vor den schmutzigen Decken, in die sie sich für die kalte Nacht hatte einhüllen müssen. Unangenehm war ihr auch, dass sie ihre Notdurft in einen Eimer verrichten musste. Aber er war wenigstens sauber. Auch die Morgenwäsche mit Salzwasser förderte nicht gerade Evodias Wohlbefinden, und als sie an Deck getreten war, wurde sie von einer Sonne geblendet, die schon mehrere Stunden in Richtung Zenit gewandert war. Der Anblick einer Insel ganz in der Ferne lenkte Evodia ab.

»Samothrake«, sagte der Steuermann, als hätte er die Frage erahnt. Die Aufmerksamkeit der Seeleute tat Evodia gut. Galt sie ihrer Ausstrahlung oder ihrem vermuteten Geldbeutel? Wahrscheinlich beidem, dachte Evodia mit einiger Erfahrung.

Je näher sie der Insel kamen, die sich zu einem gewaltigen Massiv auftürmte, desto größer wurde die Unruhe an Deck. Am Heck des Schiffes war wie auf allen größeren Schiffen ein Altar aufgebaut. Auf ihm stand vor einem hölzernen Phallus ein Räuchergefäß mit glühenden Kohlen. Der Kapitän des Schiffes streute Weihrauch hinein. Das Opfer galt den Kabiren, Fruchtbarkeitsgöttern, die auf Samothrake schon von alters her verehrt wurden. Einige Matrosen trugen purpurne Schärpen. Sie waren in den Kult dieser Gottheiten, der streng geheim gehalten wurde, eingeweiht. Evodia hielt sich an der Bugreling fest und beobachtete das Landungsmanöver.

Sie sah, dass ungefähr die Hälfte der Passagiere – darunter viele junge Frauen – das Schiff verließ, um jenem engen tief eingeschnittenen Tal zuzustreben, in dem die Kabiren sich aufhalten sollten.

Evodia war froh, als das Schiff wieder ablegte und Kurs auf Thasos nahm. Die Insel tauchte schneller als erwartet am Horizont auf. Das bewirkte der Ostwind. Normalerweise machte ein steifer Nordwestwind die Überfahrt zu einem sehr langwierigen Kreuzfahrtabenteuer. Die Frau konzentrierte sich auf ihr Ziel: Philippi. Dass ihr nun die Niederlassung überschrieben war, erfüllte sie mit Stolz, aber auch mit leichter Furcht. Würde sie sich in dem fremden römischen Milieu einer Kolonie wohl fühlen? Wenn sie mit den ungebildeten Römern ins Geschäft kommen wollte, musste sie ihre Vorurteile überwinden. Das war ihr jetzt klar. Was ihr aber noch mehr im Magen lag, war die Tatsache, dass ihre Cousine Syntyche die Filiale seit kurzem leitete. Würde sie Evodia jemals als Prinzipalin akzeptieren? Konnte sie mit ihr auch Purpur produzieren, oder würde die Niederlassung Philippi nur eine Verkaufsstation des berühmten thyatirischen Purpurs bleiben?

Diese Gedanken hatte Evodia mit in ihre Koje genommen. Sie hielten sie lange wach. Als sie am anderen Morgen von lautem Rufen und Schreien geweckt wurde, wusste sie, dass der Kapitän schon in der Hafenstadt Thasos auf der gleichnamigen Insel angelegt hatte. Der junge Morgen hatte mit seinem geschäftigen Treiben die Sorgen, die sich in der Seele der jungen Frau einnisten wollten, hinweggefegt. Die üppige Vegetation, die die Hafenstadt umgab, tat ihr Übriges: Kastanien, Pinien, Oliven und Wein wuchsen in großen Mengen. Evodia konnte sich nicht satt sehen. Als der Kapitän den Befehl zum Ankerlichten gab, war das Schiff wieder voll besetzt mit Leuten, die nur leichtes Gepäck trugen.

Sie wollten in Neapolis oder in Philippi einkaufen. Manche waren auch mit Früchten, Gemüse oder gackernden Hühnern an Bord gekommen, um sie auf dem Markt feilzubieten.

»In drei Stunden sind wir in Neapolis«, hörte Evodia eine Mutter zu ihrer kleinen Tochter sagen, »dann holt uns der Opa am Hafen ab. Und von dort sind es nur noch zwei Stunden mit dem Pferdewagen nach Philippi.«

Zum ersten Mal hörte Evodia auf dieser Reise, dass jemand lateinisch sprach. Sie nickte dem kleinen Mädchen freundlich zu und sprach die Mutter an, dabei benutzte auch sie nach langer Zeit wieder die lateinische Sprache: »Der Großvater ist sicher Veteran des siegreichen Römischen Heeres?«

»Ja, er war Centurio in der 9. Legion«, antwortete die Mutter nicht ohne Stolz. »In Philippi fühlen wir uns wie zu Hause. Als Römer kann man gut dort leben. Es gibt alles zu kaufen, was wir im Westen lieben, und vor allem können wir in unserer Muttersprache sprechen und alle verstehen uns. Hier auf Thasos, wo wir ein paar Tage Ferien gemacht haben, ist das schon anders.«

Evodia nickte verständnisvoll und verbot es sich, die Vorzüge der griechischen Sprache anzupreisen. Jetzt suchte sie die nähere und weitere Umgebung des Schiffes nach Delphinen ab. Immer, wenn sie meinte, sie habe einige schwarze Köpfe entdeckt, waren es kleine Wellen, die sich vor dem Winde blähten. Hier in dieser Bucht, die im Süden von dem gewaltigen Bergmassiv des Athos begrenzt wurde, sollte es doch so viele von diesen lustigen Tieren geben! Sie brauchte jetzt Delphine, denn die sollten Glück bringen. Diesmal empörte sich ihre innere Stimme nicht gegen den Aberglauben.

Schon war in einer geschützten Bucht die Hafenstadt Neapolis aufgetaucht. Steuerbord segelte man ziemlich nahe an der makedonischen Küste entlang. Dabei waren sogar die Bauern bei der Bestellung ihrer Felder zu erkennen. Auf dem Meer fuhren viele andere kleine Schiffe und Boote. Sie waren offensichtlich beim Fischfang. Eine Meile vor der Hafeneinfahrt sprangen zu Evodias Überraschung neben ihrem Schiff drei Delphine aus dem Wasser. Sie sprangen dreimal in die Höhe. Das kleine Mädchen klatschte vor Begeisterung in die Hände, zeigte auf das Wasser und rief seiner Mutter zu: »Ecce, ecce, mater!« Das Naturereignis erfüllte Evodia, die Lydierin, mit Zuversicht. Sie ging in die Kajüte und sammelte ihr Handgepäck ein. Dann stellte sie sich damit an Deck, um nichts von dem Anlegemanöver zu verpassen. Im Norden entdeckte sie eine Straße, die sich den Symbolon-Pass emporwand. Es war die berühmte Via Egnatia.

Der Hafen, der von der See aus das Bild einer friedlichen Idylle geboten hatte, verwandelte sich nach dem Festmachen des Schiffes in einen Bienenkorb. Die Gepäckträger machten mit lautem Geschrei und wilden Gesten die Passagiere, die von Bord gingen, auf sich aufmerksam. Ein Halbwüchsiger hängte sich an Evodia, wies auf seinen klapprigen Handwagen und sprach sie wechselweise lateinisch und griechisch an. Zwischendurch benutzte er auch thrakische Brocken. Als die Frau ihn in ihrer thrakischen Muttersprache anheuerte, strahlte er. Er hatte sie als eine der Seinen erkannt.

Inzwischen hatten Matrosen das Gepäck aus dem Bauch des Schiffes geholt und einfach auf die Hafenmole gestellt. Evodia zeigte dem jugendlichen Gepäckträger ihre Gepäckstücke, die er auf seinen Wagen lud, um sie nur wenige Meter an den Platz zu fahren, wo die Kutscher mit ihren Pferdewagen warteten. Kein Zweifel, die Gepäckträger hatten mit »ihren« Kutschern ein Abkommen geschlossen, wonach sie das Gepäck jeweils zu einem ganz bestimmten Wagen brachten.

»Ich wollte nach Philippi«, sagte die Lydierin mit zweifelnder Stimme, als sie die klapprige Mähre vor dem unansehnlichen Gefährt erblickte, das für sie vorgesehen war. Gern wäre sie mit einem etwas repräsentativeren Fuhrwerk in die römische Kolonie eingezogen. Als der Wagenlenker ihr wortreich und gestikulierend zu verstehen gab, dass es in ganz Makedonien kein schnelleres und stärkeres Pferd gäbe als seines, willigte Evodia in den Transportvertrag ein. Dem Jungen gab sie zehn Sesterzen, doppelt soviel wie üblich. Dabei dachte sie an ihren Sohn Telemachos, dem es schon zuviel war, sein tägliches Quantum Latein zu lernen.

Der Kutscher lebte offensichtlich von der Kolonie. Als er den Fremdenführer herauskehrte, schwadronierte er in einem so grässlichen Latein, dass Evodia sich schüttelte. Sie ließ ihn im Glauben, seine Passagierin sei eine waschechte Römerin, von der man nicht verlangen dürfe, auch nur ein griechisches Wort über die Lippen zu bringen. Das war jetzt die willkommene Gelegenheit, in die lateinische Kultur einzutauchen.

»Via Egnatia«, presste der Kutscher hervor und zeigte mit gewichtiger Miene auf das große Pflaster einer der bedeutendsten Fernstraßen des Römischen Reiches. Das war aber auch nicht zu überhören: Lautes Pferdegeklapper verscheuchte das ärmliche Gefährt von der Bahn, eine Kohorte Berittener beanspruchte die

Heerstraße. Mit einem halblauten Fluch kommentierte der Wagenlenker die Demonstration römischer Macht.

Je näher sie dem Symbolon-Pass kamen, desto langsamer wurde das »schnellste Pferd von ganz Makedonien«. Evodia war das recht. Sie konnte noch einmal den Blick über die Bucht von Neapolis genießen und dabei in der Ferne den Athos ausmachen, der alle Berge deutlich überragte.

»Bald haben wir es geschafft«, bemerkte der Kutscher. »Auf der anderen Seite fällt die Straße leicht nach Philippi hinunter.«

Evodia erblickte eine große Ebene, die im Nordosten vom Symbolon-Gebirge, im Süden vom Pangaion-Gebirge begrenzt war, das wegen seiner Gold- und Silberbergwerke Berühmtheit erlangt hatte. Die ganze Ebene wurde durch die Akropolis von Philippi beherrscht.

»Das ist sie also, die Colonia Julia Augusta Philippensis«, sagte Evodia zu sich, »das ist jetzt meine Heimat.«

Sie kannte die Geschichte der Stadt. Ihre Heimatstadt Thyatira war ja von hier aus als griechische Kolonie gegründet worden. Seinen Namen hatte Philippi von dem makedonischen König Philipp erhalten, dem Vater Alexanders des Großen. Die Römer hatten Philippi dann vor mehr als einhundert Jahren zu einer römischen Kolonie gemacht. Evodia wurde aus ihren Gedanken aufgeschreckt, als der Kutscher wieder anfing, den Fremdenführer zu spielen: »Hier großes Kampf war mit viel Blut!« Evodia unterbrach ihn ein wenig zu heftig: »Mann, spar dir dein Latein. Du bist doch Thraker, wie dein Freund am Hafen. Ich höre das. Du kannst in deiner Muttersprache mit mir reden. Es ist auch meine.« Dabei schaute sie ihm ungewollt wehmütig in die Augen. Der Mann war erleichtert, als er jetzt fließend fortfuhr zu erklären: »Hier haben vor hundert Jahren die Armeen von Antonius und Octavianus, den man später den ›erhabenen Augustus‹ nannte, die Truppen der Cäsarmörder Brutus und Cassius besiegt. Es gelang ihnen, ihre Gegner in die südlichen Sümpfe zu treiben.«

»Wenn du die Geschichte genauer kennen würdest, müsstest du sagen: Oktavian war zu der Zeit krank, vielleicht auch mit seinen 21 Jahren zu feige. Sein Beitrag zu dem Sieg war gleich Null. Dafür hat er aber der Stadt seinen Namen und den seines Vaters aufgedrückt: Colonia Julia Augusta Philippensis.«

Arroganz und Verärgerung lagen in Evodias Stimme. Der Thraker schwieg. Er wusste jetzt, dass diese Frau keiner Führung bedurfte. Er konnte sie überhaupt nicht mehr einordnen: Sie war eine Thrakerin, sprach Latein, war von einer atemberaubenden Schönheit. Was wollte sie in Philippi? In der Stille, die sich jetzt auf den letzten Meilen breitmachte, zog er es vor, nur noch über das zu erwartende Trinkgeld zu spekulieren.

Inzwischen waren sie durch das Neapolistor in die Stadt eingefahren. Römische Inschriften auf allen Tempelgiebeln und an den öffentlichen Gebäuden, sogar die Werbung für ein Bordell waren lateinisch. Die Frau bemerkte mit leichtem Erschrecken, dass ihr das Lesen und Entziffern der großen lateinischen Buchstaben doch nicht mehr geläufig war.

»Zur Emporenstraße!«, sagte sie mit Bestimmtheit. Wie gut, dass ihr der Straßenname, in dem ihr vornehmes Gewölbe liegen musste, wieder eingefallen war. Schon hatte der Kutscher die Via Egnatia verlassen und war an der östlichen Stirnseite des Forums vorbeigefahren, um gleich in die Straße einzubiegen, die die Längsseite des Forums bildete. Das war die teuerste Laden- und Flanierstraße von Philippi. Da Evodia noch nie dort gewesen war, wusste sie jetzt nicht mehr, wohin sie den Kutscher dirigieren sollte. Da fiel ihr ein lateinisches Schild ins Auge: PURPURARIUS LYDIUS, »Lydischer Purpurhändler«. »Morgen schon wird daraufstehen: PURPURARIA LYDIA«, dachte die Ankommende nicht ohne Stolz.

Der Lärm des Karrens hatte die Verkaufssklavin aus dem Gewölbe auf die Straße getrieben. Im Nu hatten die beiden Frauen, die sich jetzt herzlich umarmten, den Kutscher, sein Gepäck und sein Trinkgeld total vergessen. Es war Syntyche, die die Filiale in Philippi leitete. Als diese gar keine Anstalten machte, das Fahrgeld zu entrichten, entlohnte Evodia den Thraker so, dass sie auch für ihre arroganten Bemerkungen bezahlte. Überrascht machte sich der Kutscher so schnell aus dem Staube, wie man es seiner Mähre nicht zugetraut hätte.

Die beiden Frauen genossen die Kühle des vornehmen Gewölbes. Mit einem Blick überschaute Evodia das Angebot: Kostbare Flakons mit Purpurschminke in vielen Farben. Große Glasgefäße mit rötlicher Purpurtinte. Dazu noch handbreite Purpurstreifen aus Wolle oder auch Seide. Stolze Mütter suchten sie für ihre heranwachsenden Söhne aus.

»Ja, ich weiß, Evodia, es ist nicht viel, was ich hier umsetze. Ich kann mir gar nicht vorstellen, wie wir« – sie machte eine Pause – »wie du damit hier jetzt existieren willst. Wir sind hier nur Purpurhändler, nicht Purpurfärber. Ich kann dir gleich die Bücher zeigen.«

»Heute noch nicht, liebe Syntyche, das hat Zeit bis morgen. Wir werden für heute den Laden schließen und ins Haus gehen. Ich möchte zuerst wissen, wo ich bleiben kann.« Die Frauen ließen das Gepäck im Gewölbe, um es von einem Sklaven abholen zu lassen. Dann verließen sie das Forum in südwestlicher Richtung und stießen nach dem ersten Geviert auf eine Straße, die von Bauernfuhrwerken belebt war. Sie führte auf das Flusstor. Evodia entging es nicht, dass die Häuser hier einfacher wurden. Offensichtlich waren sie im Handwerkerviertel angelangt. Je näher sie dem Fluss kamen, desto penetranter machten sich die Färbereien ruchbar, die es offensichtlich am Fluss in großer Zahl gab. Der Neuankommenden war gar nicht wohl bei dem Gedanken, in diesem Viertel wohnen und arbeiten zu müssen. Als das kleine und schmucklose Tor des Viertels in Sicht kam, hielt Syntyche an und wies auf eine große Hauseinfahrt rechter Hand. »Hier sind wir. Herzlich willkommen, Herrin«, sagte sie mit Bitterkeit in der Stimme.

Evodia erwiderte rasch: »Syntyche, es bleibt alles beim Alten zwischen uns. Du bist meine Cousine, außerdem gehörst du dem ältesten, legitimen Sohn unseres verstorbenen Herrn Alexandros von Thyatira. Du bist nur an mich ausgeliehen. Die anderen Sklavinnen und Sklaven gehören zum Haus und sind somit an mich vermacht worden.« Sie machte eine nachdenkliche Pause. »Ich weiß noch nicht, was werden wird.«

Inzwischen hatten die herbeigeeilten Haussklaven wie eine aufgescheuchte Hühnerschar agiert, bis es ihnen gelang, ein Spalier zu bilden und Evodia mit kaum unterdrückter Neugier willkommen zu heißen.

Das Innere des Hauses versöhnte die neue Besitzerin. Es war geräumig und besaß vor allem einen großen Gartenhof mit reicher Bepflanzung. Der nahe Fluss ließ offensichtlich alles üppig wachsen. Das tat der Frau nach der langen Reise jetzt sehr gut.

In der Nacht fand Evodia lange keinen Schlaf. Wie sollte sie hier den Purpurhandel wieder in Schwung bringen? Wie sollte sie die Purpurproduktion ohne die geschickte Evthymia ankurbeln? Sie würde morgen mit Syntyche sprechen. Vielleicht war die gar nicht mehr so kratzbürstig. Nach ihrem Anfall damals in Thyatira hatte sie sich doch mit Wärme um sie gekümmert. Evodia glaubte, im Schlaf den Fluss rauschen zu hören. Das beruhigte sie und schenkte erquickenden Schlaf. Evodia schlief lange. Es war bereits heller Tag, als die junge Badesklavin schon zum dritten Mal leise fragte: »Soll ich das Bad bereiten, Herrin?«

Und erst beim dritten Mal begriff Evodia, dass sie ja selbst die Herrin war, für die das Bad bereitet werden sollte. Sie nickte mit dem Kopf. »Wenn jetzt noch eine kommt, um bei mir die Ankleidesklavin zu spielen, drehe ich durch«, dachte sie verwirrt und unwillig. »Jetzt weiß ich auch, wie ich an Betriebskapital für Seide und Purpurschnecken komme! Ich werde ein paar Allerweltssklaven verkaufen, die fast den ganzen Tag untätig in einem römischen Hause herumlungern. Als ob ich mich nicht selber ankleiden könnte!«

Der kleine innerliche Ausbruch hatte Evodia erleichtert. Jetzt ging es ihr besser. Die neue Herrin nahm die Dienste der Bade- und Ankleidesklavinnen an diesem Morgen in Anspruch. Sie hätte sonst das ganze Haus in Unordnung und Unsicherheit gestürzt, das merkte sie wohl. Elegant frisiert und im Seidenkleid verließ sie das Haus, so dass die Passanten sich nach ihr umdrehten. Als sie in die Emporenstraße einbog, schien der Boulevard sich mit ihr zu beleben. Gleichzeitig mit Evodia betrat eine römische Matrone den Laden. Sie ließ sich von Syntyche die Flakons mit der Purpurschminke zeigen und wählte auch sogleich ein ganzes Sortiment davon aus. Als sie merkte, dass die elegante Dame, die mit ihr den Laden betreten hatte, die Prinzipalin war, suchte sie Kontakt mit ihr, indem sie sie recht aufdringlich musterte.

»Ich vermisse hier ein Angebot von Seidenkleidern«, sagte sie mit leicht vorwurfsvollem Unterton.

»Soll ich denn warten, bis die einzige Kundin, die römische Kaiserin, sich in meinen Laden verirrt?«, fragte Evodia belustigt, die das Spiel aus Thyatira kannte.

»Ich weiß, ich weiß, Teuerste. Ich würde das Kleid natürlich nur zu Ehren der göttlichen Kyria an Staatsfeiertagen und dann natürlich, wie es sich gehört, im eigenen Hause tragen.«

»Das sind allerdings Bedingungen, die ein Geschäft ermöglichen könnten. Ich bin sicher, dass du dich schon nach dem Preis für so ein Seidenkleid in Purpur erkundigt hast. Seide ist nicht gleich Seide und Purpur ist nicht gleich Purpur.«

»In diesem Falle spielt der Preis überhaupt keine Rolle. Mein Gatte ist Veteran, er war Kommandeur einer Legion. Mir kommt es vor allem auf Diskretion an.«

»Ich kann dir leider kein Kleid zum Anprobieren mitgeben. Wenn du einverstanden bist, werde ich dir mein eigenes Purpurkleid ins Haus bringen. Deine außerordentlich schlanke Figur könnte dazu passen.«

»Ja, ich werde dich heute Nachmittag um die neunte Stunde von hier aus in mein Haus holen lassen.«

»Einverstanden, Herrin.« Evodia hatte nicht einmal Zeit, sich mit dem Gedanken vertraut zu machen, sich das Seidenkleid vom Herzen zu reißen.

Als die Sonne des ersten Tages in Philippi untergegangen war, hatte Evodia zwar ihr entzückendes hellrotes Purpurkleid aus reiner Seide verloren, dafür aber ein Betriebskapital erworben, das eine solide Basis für weitere Geschäfte darstellte.

Schon am nächsten Morgen fuhr sie mit der Droschke nach Neapolis. Ihre Beziehungen zu den thrakischen Fuhrleuten ebneten ihr die Wege zu den Purpurschneckenfischern. Sie verstand es, geschickt das konkurrierende Angebot auszunutzen.

Unter den reichen Offiziers- und Beamtengattinnen Philippis war eine Sucht ausgebrochen. Mindestens einmal im Monat färbte sich der Gargitesfluss in den verschiedenen Nuancen des Purpurs, wenn die Mitarbeiterinnen des Hauses die Kessel im Fluss reinigten. Die Prinzipalin gab das gefärbte Garn zum Weben außer Haus. So konnte sie der Nachfrage gerecht werden.

In ihrer Cousine Syntyche hatte sie eine tüchtige Mitarbeiterin, die bei den anderen Sklavinnen und Sklaven ihren Willen durchsetzen konnte. Schon bald war die tüchtige Purpurhändlerin Evodia als Lydia, die Frau aus Lydien, in Philippi bekannt geworden.

Erkundungen

Das Pferdegespann erreichte den Symbolon-Pass, und schon kam die Bucht von Neapolis in Sicht. Evodia suchte aufgeregt das Meer nach einem Schiff ab, das von der Insel Thasos kam. Diese lag ja zum Greifen nahe.

Der Brief von Alexander junior, der ihr die Ankunft ihrer Kinder für diesen Tag anzeigte, hatte Evodia im höchsten Maße beunruhigt. Sie hielt es für verantwortungslos, so junge Kinder allein dem Meer zu überlassen. Zorn stieg in ihr hoch. Den lud sie jetzt auf den Kutscher ab: »Mann, fahr schon. Vielleicht hat das Schiff inzwischen angelegt und meine armen Kinder wissen nicht, wo sie hin sollen. Treib deine elende Schindmähre ein bisschen an!«

Der Gescholtene reagierte widerwillig. Evodia wurde bei jeder Kehre nervöser, mit der die Via Egnatia immer wieder dem steil abfallendem Gelände ihren Tribut zahlte. Endlich erreichten sie den Hafen. An der Mole ankerte kein Schiff und nirgends gab es eine Spur von hilflosen, allein reisenden Kindern. Ärgerlich über ihre eigene Ungeduld entlohnte Evodia den Kutscher über Gebühr. Sie begab sich sofort zur Hafenmeisterei: »Chärete, wann kommt das Schiff aus Thasos?« Die Frau war froh, endlich wieder Griechisch sprechen zu können.

»Das Schiff ist schon wieder auf der Rückfahrt. Wegen der günstigen Winde kam es heute zwei Stunden früher als gewöhnlich an«, antwortete der Hafenmeister mit breitem Grinsen.

Die besorgte Mutter verließ ohne Dank das Gebäude, um ihre Kinder im Hafenviertel zu suchen. Sie strebte instinktiv der nördlichen Begrenzung des Hafenbeckens zu, wo sich eine Garküche an die andere reihte. Bald hatte sie den Geruch gerösteter Fische in der Nase. Vor der ersten Bude bot sich ihr ein friedliches Bild: Zwei Jungen und zwei Mädchen saßen auf den typischen Schemeln um einen alten Mann. Es gab keinen Zweifel: Das waren ihre Kinder.

»Meine Kinder«, sprach sie laut vor sich hin.

Der gebackene Fisch, in einen Brotfladen gewickelt, nahm wohl die ganze Aufmerksamkeit der Ankömmlinge in Anspruch. Die Mutter war unsicher. Sie hatte die Familie lange nicht gesehen. Wenn sie ehrlich sein sollte, hatte sie sich auch nie ernsthaft um sie gekümmert. Für die Kinder war der Paidagogos zuständig. Zögernd trat Evodia näher.

»Chärete, wie war die Überfahrt?«

Die Kinder blickten überrascht an der Frau hoch. Sie hatten sie wohl wirklich nicht bemerkt. Der vierzehnjährige Telemachos fand zuerst die Sprache wieder: »Chärete, Evodia, wir hatten eine ruhige und schnelle Überfahrt. Auch Syzygos ist mitgekommen. Er hat unterwegs gut für uns gesorgt.«

Erst jetzt nahm sie Syzygos wahr, der in Thyatira zuverlässig Pförtnerdienste geleistet hatte und jeden kannte, ja, der sich Evodia wohl besonders verbunden fühlte. Evodia konnte das Gefühl von Freude und Zuversicht nicht unterdrücken, Tränen stiegen in ihre Augen. Sie umarmte den alten Mann herzlich. Ihren Kindern reichte sie erst einmal die Hand. Sie staunte über die Größe der zwölfjährigen Zwillinge, Chrysis und Charis. Die Mädchen waren auch für die Mutter kaum zu unterscheiden. Sie waren gleich hübsch und gleich scheu. Pollux, der Neunjährige, schien dagegen recht robust zu sein.

»Darf ich Mutter zu dir sagen?«, fragte er unvermittelt. Evodia war verblüfft. »Natürlich darfst du das. Und ihr auch«, fügte sie hinzu. »Das ist euer Recht. Evodia heißen viele Frauen. Eine Mutter gibt es nur einmal.«

Jetzt erst konnte sich Syzygos ins Wort bringen: »Evodia, ich bin mitgekommen, um dir hier in Philippi zu helfen. Ich bin nämlich kein Sklave mehr. Mit dem reichlichen Taschengeld, das ich als Türhüter eines Geschäftshauses regelmäßig erhielt, habe ich mich selbst freigekauft. Alexander, der junge Herr, hatte nichts dagegen, dass ich mit den Kindern zu dir zöge und du das Patronat über mich hättest.«

Evodia wusste nicht, wie sie ihre Dankbarkeit für so viel Anhänglichkeit in Worte fassen sollte. Sie nahm den Alten einfach noch einmal fest in ihre Arme und wiederholte immer wieder das Dankeswort: »Evcharisto.«

Die Mutter heuerte einen Zweispänner an, um das umfängliche Gepäck, in Ballen verschnürt, gleich mitnehmen zu können. Die Kinder machten es sich auf den Gepäckstücken bequem. Syzygos saß neben dem Kutscher und Evodia auf dem Bock. Sie widerstand der Versuchung, die Reiseleiterin zu spielen und die Kinder mit Informationen über ihre neue Heimat vollzustopfen.

Als sie auf der Via Egnatia den Pass hinter sich gelassen hatten, kam die Akropolis von Philippi in den Blick. Telemachos, verunsichert, wie er sie anreden sollte, wandte sich seiner Mutter zu: »Ist das schon Philippi?«

Erfreut über die Kontaktaufnahme ihres Ältesten, antwortete Evodia: »Ja, das ist der Burgberg von Philippi, eure neue Heimat. Gleich taucht links davon auch die Stadt auf.«

Schon wurde die Straße von Grabsteinen eingefasst, die ausnahmslos lateinische Schriftzüge zeigten. Telemachos empfand Unbehagen darüber, dass er die Inschriften mit ihren Abkürzungen nicht lesen konnte. Vor allem wurde ihm plötzlich bewusst, dass er die griechische Welt verlassen hatte und nun die lateinische Zivilisation als Aufgabe vor ihm stand.

Als sie durch das Neapolistor gefahren waren, lag auch schon der Marktplatz mit seinen öffentlichen Gebäuden vor ihnen: Tempel, Gerichtshalle und Markthallen.

»Wieder diese unleserlichen Weiheinschriften«, dachte der Junge angewidert.

Evodia wies den Kutscher an, die Via Egnatia, die hier besonders tiefe Radspuren aufwies, zu verlassen und durch die Emporenstraße zu fahren. Es war gar nicht so einfach, aus den eingefahrenen Geleisen zu kommen, um auf eine andere Straße zu gelangen. Der Wagen wurde mächtig gequält, seine Räder schienen vor Schmerzen zu schreien. Die Mutter zeigte ihren Kindern den Purpurladen, ohne dass sie anhielten. Pollux, der Jüngste, protestierte: »Warum halten wir hier nicht?«

»Ein Wohnhaus in dieser Lage können wir uns nicht leisten, mein Junge. Die Miete für den Laden müssen wir mühsam erwirtschaften. Unser Haus liegt im Handwerkerviertel in der Nähe des Flusses.«

Keiner sprach ein Wort, bis Evodia – das Flusstor war nicht mehr weit – dem Kutscher gebot zu halten. »Hier ist unser Haus!«

Dabei wies die Prinzipalin auf ein Haus, das sich durch seine Größe, nicht durch seine Schmucklosigkeit von anderen Häusern abhob.

Als der Kutscher das Reisegepäck abgeladen hatte, entlohnte sie den Mann und betätigte den Türklopfer. Es dauerte nicht lange, da öffnete sich die Tür, und allen Hausklavinnen und Haussklaven voran begrüßte Syntyche die Kinder, die sie lange nicht gesehen hatte. »Ach, was seid ihr groß geworden!« Syntyche brach immer wieder in die obligatorischen Rufe des Erstaunens aus. Dann schaute sie Syzygos fragend an.

»Ich habe mich von meinem Trinkgeld freigekauft und den jungen Herrn gebeten, zu Evodia nach Philippi gehen zu dürfen.«

»Wir können dich hier an der Tür gut gebrauchen. Herzlich willkommen.« Dabei nahm Syntyche den vertrauten Gefährten von Thyatira herzlich in die Arme.

»Wir müssen ja nicht alles auf der Straße besprechen«, sagte Evodia freundlich. »Nehmt euer Gepäck mit und kommt herein.«

Hinter der unscheinbaren Fassade verbarg sich ein wunderbarer, säulenbestandener Gartenhof, der trotz der fortgeschrittenen Jahreszeit eine verschwenderische Fülle von Blumen trug. Der Springbrunnen im Zentrum schickte reichlich Wasser in alle vier Himmelsrichtungen. Zum ersten Mal fanden die scheuen Zwillinge ihre Sprache wieder: »Dieses Peristyl ist ja viel schöner als das zu Hause!«

»Herzlich willkommen. Das hier ist jetzt euer Zuhause«, sagte Evodia mit Wärme und drückte allen Kindern einen Kuss auf die

Wange. »Und du bist unsere Mutter und die Herrin des Hauses und damit Priesterin im Kult unserer Hausgötter«, gab Telemachos altklug Bescheid.

Die Angesprochene freute sich sehr über ihren Ältesten. Zum ersten Mal empfand sie Stolz auf ihren Sohn, wenngleich sie auch die Kritik bemerkte, die der Junge zum Ausdruck gebracht hatte. Sie hatte den überlieferten Brauch einfach nicht zelebrieren können, nach dem sie bei Anrufung der Hausgötter diese mit Wein übergießen musste, um so den Haussegen über die Neuankömmlinge zu erflehen. Außerdem wäre das Sache des neuen Patrons Alexandros im fernen Thyatira gewesen. Wer in aller Welt war denn hier in Philippi der Pater familias?

»Ich danke dir sehr, mein Sohn, für deine bedeutungsvolle Antwort«, sagte Evodia versonnen. Gleichzeitig befiel sie eine tiefe Traurigkeit. Sie dachte schmerzhaft darüber nach, dass sie ihren Kindern religiöse Erfahrungen vorenthielt, ohne ihnen etwas Gleichwertiges zu bieten. Wie sollten ihre Kinder dann dem Leben einen Sinn abgewinnen können?

»Aber ich kann auch nicht über meinen Schatten springen und auf Kosten meiner Glaubwürdigkeit die Kinder mit Aberglauben vollstopfen«, sagte sich Evodia mit Bestimmtheit. Damit hatte sie den Schrei unterdrückt, der aus der Tiefe ihres Herzens kommen wollte. Jetzt fiel ihr auch der Traum während des Heilschlafes im Asklepeion von Pergamon wieder ein, genauer gesagt: das Gefühl, das sie damals erfüllt hatte, die Hoffnung, dass die Suche nach Sinn in Philippi eine persönliche Erfüllung fände.

Evodia war so mit ihrem Inneren beschäftigt, dass sie nicht verfolgte, wie sich die Kinder um die Zimmer stritten. Syzygos mischte sich mit der Autorität des Alten ein und erreichte eine Lösung, die jedem Kind das Gefühl gab, das schönste Zimmer am Gartenhof erwischt zu haben. Er selbst begab sich ohne Absprache mit der Herrin des Hauses in den Raum neben der Haustür. Der hatte, wie alle Pfortenstuben, ein vergittertes Fenster.

Während der nächsten Tage waren die Kinder damit beschäftigt, Haus und Umgebung zu erkunden. Die Mädchen untersuchten jeden Becher und jeden Stoffballen, besonders die Flakons mit der Purpurschminke. Die Jungen erkundeten die Stadt und die Umgebung. Sie folgtem dem Fluss und fanden an der Brücke, wo er von der Via Egnatia überquert wurde, eine ideale Badestelle. Telemachos und Pollux genossen das kühle, klare Wasser. Thyatira, die Schule – alles war weit, weit weg.

Als es am späten Nachmittag kühler wurde, lockte sie die Akropolis von Philippi. Vergebens suchten sie das Gelände nach einem Durchschlupf ab: Sie mussten auf der Via Egnatia zurück durch das Amphipolistor. Die Wache hielt die beiden Jungen an und fragte sie nach ihrem Namen und ihrer Adresse. Jetzt waren Telemachos' Lateinkenntnisse gefragt. Er konnte den Wächter überzeugen, dass sie griechische Bewohner Philippis waren, allerdings ohne römisches Bürgerrecht.

Draußen fühlten sich die Brüder befreit. Sie stiegen den steilen Burgberg hoch, ohne nach einem Weg zu suchen. Am Heiligtum von Isis und Osiris machten sie wie zufällig halt. Nie hätten sie voreinander zugegeben, dass sie eine Verschnaufpause nötig hatten. Noch außer Atem fragte Pollux seinen Bruder, indem er auf eine lateinische Inschrift zeigte: »Was steht da geschrieben?«

»Tempel der Isis und des Osiris«, antwortete der Ältere, stolz auf seine Kenntnisse. »Das sind ägyptische Gottheiten, die sich die Römer ausgeliehen haben, weil sie an ihre Götter, Jupiter und Genossen, nicht mehr so recht glauben können. Osiris wird mit der Sonne gleich gesetzt. Wie die Sonne im Meer untergeht, so versinkt Osiris jeden Abend in der Unterwelt, im Totenreich. Osiris wurde von seinem Bruder Seth ermordert, zerstückelt und in alle vier Winde zerstreut. Aber Isis, seine Schwester, die zugleich seine Frau ist, fand die Stücke, fügte sie zusammen und machte so Osiris wieder lebendig. Die Anhänger dieser Religion möchten nach ihrem Tode auch wieder lebendig werden, deshalb lassen sie sich in diesen Kult einschreiben.«

Telemachos war stolz auf sein Wissen, das er seinem kleinen Bruder wie ein Lehrer vorgetragen hatte, ohne sich zu vergewissern ob der Kleine seinen Gedankengängen auch folgen konnte.

»Komische Leute, diese Römer, sie glauben noch an Märchen«, ließ sich Pollux vernehmen.

Sie umgingen das Isis-Heiligtum, dessen Gelände durch eine Mauer vor neugierigen Blicken geschützt war, und stiegen bergan. Unter der Kasernenmauer auf der Höhe der Akropolis folgten sie einem Pfad, der ihnen den beschwerlichen Weg durch das dornenreiche Gestrüpp ersparte. Ihre Füße – nur notdürftig durch Sandalen geschützt – wiesen schon jetzt blutige Striemen auf.

Plötzlich hielt Telemachos inne. Er machte seinen Bruder auf das Bildnis eines Reiters aufmerksam, das aus einem Felsen hervortrat. Es war gerade eine Elle hoch und ebenso breit.

»Was ist denn das für ein Reiter?«, fragte Pollux. Der Ältere zuckte mit den Schultern. Pollux lief voraus. Er stieß auf weitere

Reiterbilder, und immer, wenn er einen Reiter gefunden hatte, rief er voller Entdeckerfreude aus: »Noch einer!«

Die Jungen zählten mehr als dreißig dieser rätselhaften Reliefs. Telemachos wurmte es, dass er die Bedeutung der Bildnisse in keiner Schrift entziffern konnte. Mehr zu sich selbst als zu seinem jüngeren Bruder sagte er: »Wir werden die Mutter fragen.«

Auf dem Rückweg nutzte der Ältere noch einmal die Gelegenheit, dem Jüngeren seine geistige Überlegenheit zu demonstrieren. Er wies nach Süden und dozierte bedeutungsvoll: »Aus diesem Sumpf, der die ganze Ebene südlich der Stadt bedeckt, kommt die römische Kaiserherrschaft.« Als Pollux ihn verständnislos anschaute, erklärte er: »Es ist gut einhundert Jahre her, da haben Marcus Antonius und Octavianus erst den Cassius und dann auch den Brutus, die Mörder Cäsars, mit ihren Heeren in die Sümpfe getrieben. Darauf haben sich die beiden in ihre Schwerter gestürzt. Und der Weg für Octavianus, der sich später Augustus nannte, war frei für den Kaiserthron.«

»Grässlich, da unten im Sumpf liegen Tausende von Leichen!« Pollux ließ seiner Phantasie freien Lauf. Er spürte ein angenehmes Kribbeln bei dieser Vorstellung. Inzwischen waren die beiden über den südöstlichen Abstieg am Theater angekommen. Beim Anblick der Plakate waren die Leichen vergessen.

»Was wird denn gespielt, hier bei den Römern?«, fragte Telemachos interessiert. »Ach, auch hier die ›Antigone‹. Die haben wir schon in der Schule durchgenommen. So ein Käse. Gibt es denn gar nichts zu lachen? Ja, hier die ›Fliegen‹ von Aristophanes. Da möchte ich rein. In welcher Sprache? Auf Latein, dabei geht doch die Hälfte der Pointen verloren. Ob unsere Mutter mir erlaubt, das Stück zu sehen?«

»Ich will auch mit!«, reklamierte der Kleine.

»Ich will schon froh sein, wenn die Chefin mir den Besuch erlaubt«, bemerkte der Ältere wichtig.

Die Jungen gingen zum Forum hinunter, überquerten die Via Egnatia, die hier tiefe Radspuren hinterlassen hatte, mieden wegen ihres Aussehens den vornehmen Purpurladen in der Emporenstraße und strebten nach Hause. An den öffentlichen Toiletten an der Straße zum Flusstor angekommen, tänzelte Pollux und sagte unvermittelt: »Ich muß mal, es ist ganz nötig!«

Telemachos wurde nervös: »Muss das sein, wir sind ja gleich zu Hause.«

»Ich kann nicht mehr!«, stieß der Jüngere hervor.

Widerwillig begleitete der Ältere seinen Bruder auf die Latrine. Er dachte an den Gestank und vor allem an die Gespräche, die dort geführt wurden. Das alles war ihm peinlich, besonders in Begleitung seines Bruders.

Die Anlage war die gleiche wie in Thyatira, nur größer: Zwanzig Männer saßen einander gegenüber, verrichteten ihr Geschäft und besprachen dabei berufliche oder politische Angelegenheiten. Einige kicherten über Zweideutiges. Während die beiden Jungen auf einen Platz nebeneinander warten mussten, sprach sie der Aufseher über die Latrine an: »He, ihr beiden, ihr seht gut aus. Ich hätte da für euch eine einträgliche Beschäftigung!«

»Spar dir jedes Wort«, zischte ihn Telemachos an. »Wir sind für so etwas nicht zu haben!«

»Nun habt euch nicht so, ihr seid doch Griechen. Von euch haben wir das doch alles gelernt.« Dabei spuckte der Mann in hohem Bogen in das Bächlein, das ununterbrochen vor den Sitzen herfloss und Wasser zur Reinigung heranführte. Schnellstens suchten die Jungen das Weite. Telemachos fühlte sich erleichtert, als Syzygos ihnen mit einem »Salve« die Türe öffnete. Der lateinische Gruß klang so fremd aus dem Munde des alten Türhüters, dass alle drei in ein belustigtes Gelächter ausbrachen.

Als die Kinder genauestens jeden Winkel des Hauses in Augenschein genommen hatten, Pollux durch alle Winkel der kleinen Kolonie gekrochen war und Telemachos keine Karte für Aristophanes‹ »Fliegen« mehr bekommen hatte, breitete sich im Hause der Purpurhändlerin erst einmal Langeweile aus.

In der Judenschule

Evodia hatte sich nach einer Elementarschule für Pollux und die beiden Mädchen erkundigt. Diese befand sich ganz in der Nähe ihres Hauses. Als Mutter wollte sie sich von der Schule und vor allem vom Lehrer persönlich ein Bild machen. So verließ sie die befestigte Stadt durch das Flusstor, ging hundert Schritte auf den Fluss Gargites zu und fand zwischen Gärten und Schuppen einen einfachen Holzbau. Das musste die Schule sein. Deklamierende Kinderstimmen gaben ihr Recht. Ungeduldig wartete Evodia. Irgendwann musste der Lehrer, der Ludi Magister, wie die Römer ihn nannten, doch eine Pause machen! Endlich kamen die Jungen und Mädchen im Alter zwischen sieben und vierzehn Jahren heraus und drängten an die frische Luft. Der Lehrer folgte ihnen. Er nahm die elegante Dame wahr, freute sich an ihrer edlen Gestalt und wusste mit Kennerblick, dass er eine Mutter vor sich hatte, die ein oder gar mehrere Kinder anmelden wollte. Das war ihm sehr recht, würde es doch helfen, sein Gehalt aufzubessern.

»Chäre, freu dich!«, begrüßte er die Frau. Evodia war tatsächlich froh, und zwar zunächst, weil sie ihr Anliegen auf Griechisch vortragen konnte. Es ging ihr vor allem darum, ihre Kinder, die im hellenistischen Kulturraum aufgewachsen waren, behutsam in die lateinische Sprache und Kultur einzuführen. Der Lehrer bestärkte sie in ihrem Anliegen: »Wir sind die ideale Schule für deine drei Kinder, gnädige Frau. Unsere Schüler stammen fast alle aus dem Osten. Die meisten sind Söhne und Töchter von Juden, die nach Philippi gezogen sind, um in dieser noch jungen römischen Kolonie ihr Glück zu machen.«

Als Evodia ein wenig erstaunt an dem groß gewachsenen Mann emporschaute, fügte dieser erläuternd hinzu: »Ja, wir sind eine Schule vornehmlich für Kinder der kleinen jüdischen Gemeinde in der Stadt. Deshalb lesen wir auch jeden Morgen in der ersten Stunde aus unseren Heiligen Schriften. Die sind zwar in hebräischer Sprache abgefasst, wir Juden außerhalb unseres Mutterlandes Palästina lesen sie allerdings in einer griechischen Übersetzung, die auf wunderbare Weise zustande kam. Die Kinder müssen nicht daran teilnehmen, wenn das ihre religiösen Gefühle verletzen könnte. Deshalb ist die Unterrichtssprache zunächst Griechisch. Mit zunehmendem Alter nehmen wir dann lateinische Autoren wie beispielsweise Vergil dazu, mit seinen wunderbaren Gedichten über die Jugend.« Der schlanke, fast mager zu nennende Mann begann beinahe zu schwärmen und ließ Evodia vermuten, dass sein Unterricht keineswegs trocken sein würde. Dann kam er aber gleich zu praktischeren Erwägungen: »Unser Rechenlehrer, der Calculator, benutzt mit dem Abakus auch die lateinische Sprache. Dadurch werden die Kinder besser in das Leben hier in der römischen Kolonie eingeführt.« Ein listiges Lächeln blitzte bei den letzten Worten in seinen Augen.

Evodia hatte das Gefühl, das Beste für ihre Kinder und vielleicht sogar für sich selbst gefunden zu haben. Spontan, ohne das Für und Wider in dieser so wichtigen Frage abzuwägen und ganz gegen ihre Gewohnheit, entschied sie: »Ich wäre glücklich, wenn meine drei jüngsten Kinder diese Schule besuchen könnten. Sie sollen auch an der Lesung eurer Heiligen Schriften teilnehmen. Es wird ihnen sehr nützlich sein. Von den Juden sagt man, sie seien Philosophen, da sie nur einen Gott, einen unsichtbaren Gott, verehren.«

»Vielen Dank, gnädige Frau! Du kannst deine Kinder schon morgen früh herschicken. Wir beginnen im Sommer zur zweiten Stunde des Tages. Das Schulgeld beträgt pro Tag einen viertel Denar für jedes Kind.«

Auf dem Heimweg empfand Evodia Dankbarkeit und sogar Geborgenheit. Sie hatte zwar gewusst, dass in allen größeren Städten Juden wohnten, aber nicht damit gerechnet, hier im römischen Philippi auf diese Menschen zu treffen. Ihre Neugier für die jüdische Religion war erwacht. Schon jetzt war sie gespannt darauf, was ihre Kinder aus der ersten Unterrichtsstunde berichten würden.

Am nächsten Morgen brachte Evodia ihre Kinder selbst zur Schule. Das wollte sie keinem Sklaven überlassen. Sie hatte auch noch keinen Paidagogos für diese Aufgabe ernannt, weil sie sich das in der ersten Zeit ihres Geschäftslebens in Philippi noch nicht leisten konnte.

Chrysis und Charis, als Zwillinge in gleiche Kleider mit Purpursäumen gekleidet, sahen entzückend aus. Ihr jüngerer Bruder, der neunjährige Pollux, trug zum ersten Schultag in der neuen Heimat stolz die Toga praetexta. Seine Streifen waren aus dem hochwertigen Purpur der Trunculus-Schnecke hergestellt und nicht aus Ersatzfarbe, wie sie aus der Laus des Feigenkaktus gewonnen wurde. Die Kinder würden so bei ihren Mitschülern und deren Müttern zu Werbeträgern, dachte die geschäftstüchtige Evodia.

Als sie mit ihren Kindern den Schulhof betrat, richteten sich wie erwartet alle Blicke auf die Vier. Das lag nicht nur an den neuen Gesichtern, sondern an Evodias berechnendem Auftreten, das sich von dem der anderen deutlich abhob. Der Magister allerdings schien nicht erfreut zu sein »Morgen kann der Junge in einer einfachen Tunika kommen. Die Praetexta ist für den täglichen Gebrauch doch ein wenig lästig und auch zu schade«, räumte er ein. Sofort stellte die Mutter ihre Strategie um. Der Auftritt war ihr sogar ein wenig peinlich. Sie nickte Zustimmung und fragte den Lehrer: »Magister, ich habe noch einen Sohn. Der wird noch in diesem Monat fünfzehn Jahre alt. Er hat in Thyatira sieben Jahre lang die Elementarschule besucht. Seine Lateinkenntnisse – besonders in der gesprochenen Sprache – sind nicht besonders gut.

Mein Sohn möchte trotzdem die Rhetorenschule besuchen, er weigert sich, hier in Philippi weiter in die Elementarschule zu gehen. Was rätst du mir?«

»Nun, ich kann den Jungen gut verstehen. In der Rhetorenschule wird natürlich lateinisch argumentiert und debattiert, aber auch griechisch, um den berühmten Demosthenes nachzuahmen. Den Studenten mit lateinischer Muttersprache fällt das schwer. Darin ist ihnen dein Sohn überlegen. So hat er einen gewissen Ausgleich. Hier in Philippi gibt es zwei Rhetorenschulen, die etwa einen gleich guten Ruf genießen. Eine wird von den Söhnen hoher Beamter und Offiziere besucht, die andere von Söhnen einheimischer, griechischer oder thrakischer Bürger.« Seinerseits geschäftstüchtig, empfahl er sogleich: »Letztere ist übrigens nicht weit von hier. Wenn du wieder durch das Flusstor in die Stadt eintrittst und dann an der Stadtmauer in Richtung Amphipolistor entlanggehst, findest du die Schule kurz vor dem Tor auf der rechten Seite. Sie befindet sich im geräumigen Haus des Rhetors Sophistikos. Du kannst ihn von mir grüßen.«

Evodia empfand Sympathie für den Mann, der sie und ihre Sorgen verstanden hatte. Das vermittelte ihr erst recht die Sicherheit, ihre Kinder bei ihm gut aufgehoben zu wissen.

Telemachos zeigte sich hocherfreut, als seine Mutter ihm eröffnete, dass er die Rhetorenschule besuchen dürfe.

»Ich verspreche dir, das Latein werde ich aufholen. Diesmal habe ich den festen Willen.« Der Junge schaute seine Mutter mit verlegenem Lächeln an. Die Erinnerung an Evodias Versuch, nach ihrer Rückkehr aus Ephesos ihren Ältesten für die lateinische Sprache zu motivieren, wurde bei beiden wieder lebendig.

»Die Studiengebühren, die ich für ein Studienjahr aufbringen muss, sind beträchtlich. Dafür könnte ich noch einen Sklaven oder besser eine Sklavin für das Purpurgeschäft kaufen: 360 Denare.«

»Danke, Mutter, ich werde alles tun, um dich nicht zu enttäuschen. Und wenn ich einmal ein berühmter Rhetor bin, werde ich dir alles zurückzahlen«, stammelte der Junge eifrig.

»Nichts wirst du!«, antwortete Evodia und strich ihrem Großen – zum ersten Mal – zärtlich durch die Haare.

»Ich gehe aber nicht mehr in der Knabentoga zur Rhetorenschule. Das kann keiner von mir verlangen. Ich mache mich doch nicht zum Gespött der Mitstudenten.«

»Telemachos, du wirst in wenigen Tagen fünfzehn Jahre alt. Da ist es Zeit, die Toga praetexta abzulegen. Wir werden das feiern, wie man hier in den römischen Familien feiert.«

Wortlos küsste Telemachos seine Mutter auf die Wange. Die hatte ihren Vorschlag schon bereut, kaum dass sie ihn ausgesprochen hatte. Zu spät wurde ihr bewusst, dass die Feier anlässlich der Ablegung der Knabentoga ja eine Art religiöser Jugendweihe im römischen Brauchtum war. Alles in Evodia sträubte sich, diese Riten nur zum Schein zu vollziehen, um den gesellschaftlichen Erwartungen gerecht zu werden. Sie musste offen mit Telemachos darüber reden, ob er wollte oder nicht.

Die Gelegenheit ergab sich nach einigen Tagen. Evodia hatte ihren Hausgenossen bedeutet, dass sie heute mit ihren Kindern allein speisen wolle. Allein Syntyche als Verwandte hatte sie dazu gebeten.

»Ist was?«, fragte Telemachos, als er das ernste Gesicht der Mutter sah. Eine gewisse Gereiztheit schwang mit, denn er ahnte unbestimmt, dass seine ersehnte Feier in Gefahr geraten könnte. Nach der Vorspeise, es war wie immer das unvermeidliche Garum aus gegorenem Fisch, rückte die Mutter endlich mit der Sprache heraus: »Ich habe heute Morgen Telemachos versprochen, an seinem fünfzehnten Geburtstag das Ablegen seiner Kindertoga festlich zu begehen. Ihr wisst, dass das nach römischem Brauch mit einer Reihe religiöser Zeremonien gefeiert wird: Die Bursa, das Amulett, das man dem Knaben in den ersten Tagen nach der Geburt um den Hals gelegt hatte, um das Böse abzuwehren, wird jetzt abgenommen und im Lararium, im Schrein der Hausgötter, aufgehängt. Das ist mit einem Opfer für die Hausgötter verbunden, das im Rahmen eines festlichen Mahles dargebracht wird. Ihr habt ja alle schon gemerkt, dass mir solche Sachen widerstreben. Ich kann nichts mehr mit unseren althergebrachten Göttern anfangen. Ja, ich halte das alles für überholten Aberglauben, der für einen philosophisch gebildeten Menschen unzumutbar ist. Abgesehen davon, dass Telemachos gar kein Amulett nach seiner Geburt bekommen hat. Sein Vater hätte das niemals gestattet.«

Telemachos, um den es scheinbar ging, konnte damit nicht viel anfangen. Seit er mit der Mutter hier in Philippi lebte, war sie ihm manchmal rätselhaft vorgekommen, aber er zog es vor, nicht weiter darüber nachzudenken. Hauptsache, das Fest käme zustande. Spontan und wie meistens zu heftig antwortete Syntyche: »Nun übertreibe nicht! Du weißt doch selbst, dass in ganz Philippi kein gebildeter Mensch mehr an die lächerlichen Götter glaubt.

Aber alle feiern die Familienfeste nach überkommenem Brauch. Evodia, du kannst doch Telemachos nicht dafür bestrafen, dass du allein hier in Philippi die Redlichkeit gepachtet hast.«

Betretene Stille signalisierte, dass Syntyche die Situation richtig einschätzte. Evodia litt so sehr, dass sie völlig verstummte. Als sie sich wieder gefangen hatte, reagierte sie mit einer solchen Heftigkeit, dass die Kinder erschrocken zusammenzuckten: »Syntyche, merke dir, ich bin nicht ›Alle‹. Ich mache diese Heuchelei nicht mit! Was du darüber denkst, musst du mit deiner Würde vereinbaren. Hast du vergessen, wo wir herkommen?«

Syntyche wurde wütend: »Ja, ich weiß, aus dir spricht die edle Philosophin, die verkrachte Fürstentochter. Und wenn die Welt in Scherben geht, du allein hältst am Erbe der Väter fest.«

Telemachos hielt es nun doch für klüger, sich diplomatisch einzumischen, zumal er sich als zukünftigen Rhetor sah: »Regt euch nicht unnötig auf. Mir kommt es nur auf die Männertoga an. Wenn ich im nächsten Monat die Rhetorenschule besuche, kann ich doch nicht in der Knabentoga aufkreuzen. Lassen wir einfach das ganze Brimborium, legt mir die Toga virilis an, überreicht mir die fälligen Geschenke und führt mich auf das Forum, damit ich meinen ersten öffentlichen Auftritt, das ›Tirocinium Fori‹ habe.« Der Junge dehnte die lateinische Bezeichnung absichtlich vornehm und ironisch in die Länge, nahm der Tischdiskussion damit etwas von ihrer Angespanntheit und setzte noch einen drauf: »Einer der dort lauernden Straßenmaler wird mich dann verewigen. Das wars.«

Pollux nahm dankbar den Ball an. Er malte die Szene aus: »Mein großer Bruder steht dann in seiner neuen, schneeweißen

Toga auf dem Marktplatz, breitet wie ein berühmter Redner seine Arme weit aus und ist froh, wenn der Maler endlich fertig ist. Wir raten dann, wer das wohl sein könnte, den der Maler da auf dem Papyros hat.«

Befreiendes Lachen zeigte sich nun auf den Gesichtern. Nur die beiden Mädchen flüsterten miteinander. Charis ergriff ernst das Wort: »Wir finden das gar nicht zum Lachen, Pollux. Du willst ja auch mal die Knabentoga ablegen. Dann wünschst du dir auch ein Fest. Wenn wir schon nicht die Hilfe unserer Hausgötter – haben wir überhaupt welche? – anrufen wollen, so muss es doch jemanden geben, dem wir Telemachos anempfehlen können! Seitdem wir in die Schule der Juden gehen, lernen wir ihren Gott kennen. Er liebt die Menschen. Er ist ihnen nahe. Die Juden haben Respekt vor ihm. Deshalb nennen sie ihn nie mit Namen. Wir haben in der ersten Stunde ein Gebet gelernt, das gut zu dem Festtag unseres ältesten Bruders passen würde:

Der Herr segne dich und behüte dich.
Der Herr lasse sein Angesicht über dich leuchten
und sei dir gnädig.
Der Herr wende dir sein Angesicht zu und schenke dir Heil.«

Eine tiefe Ruhe kam über Evodia, als sie die Verse hörte. Sie wandte sich den Mädchen zu: »Ja, liebe Charis und liebe Chrysis, das ist es, wonach ich mich sehne: nach einem Gott, der mich anschaut. Zu dem ich eine persönliche Beziehung haben kann.« Sich selbst fragte sie: Sollte der Gott der Juden, den wir einen philosophischen Gott nennen, weil er keine Standbilder braucht, sollte das der Gott sein, nach dem ich mich sehne?

»Sprecht doch noch einmal das Gebet, ihr beiden.«

Als die Zwillinge in einem Leierton, wie er wohl in allen Religionen verbreitet ist, das Gebet wiederholt hatten, bestimmte Evodia: »Ich bin hier in Philippi die Herrin des Hauses. Mir obliegt es, die religiösen Riten zu feiern. Ich werde Telemachos, meinen ältesten Sohn, an seinem Geburtstag mit der Toga virilis bekleiden und ihn anschließend mit diesem Gebet segnen. Telemachos, bist du damit einverstanden?«

Der Angesprochene nickte stumm. Man sah ihm an, dass auch er durch die Segensworte angerührt worden war. Und seine Feier war gerettet. »Na also,« kommentierte Syntyche lakonisch.

Im Banne des Thrakischen Reiters

Telemachos hatte sich – angetan mit der noch schneeweißen Toga virilis – in großer Pose auf dem Forum aufgebaut, als Modell für den Maler, der ein Erinnerungsbild an den ersten öffentlichen Auftritt des jungen Mannes anfertigen sollte. Sein kleiner Bruder hatte es vorausgesagt: Hätte der Junge geahnt, wie schwer ihm die Arme schon nach einer Viertelstunde werden würden, hätte er eine bescheidenere Stellung gewählt. Nicht einmal den Blick, der sein klassisches Profil zeigen sollte, durfte er wenden. So klammerte sich seine Aufmerksamkeit an die Fugen zwischen den Pflastersteinen. Was blinkte denn da? Eine Münze! Ruhe bewahren, das Ende der Qual konnte nicht mehr fern sein. Endlich! Ein Sprung, einer römischen Toga ganz und gar unangemessen, und der eben dem

Knabenalter Entronnene hielt das Geldstück in seinen Händen. Auf der Rückseite trug es das Abbild des göttlichen Augustus, auf der Vorderseite einen Reiter mit der Überschrift: Heroi Aulonite. Darunter standen die lateinischen Buchstaben: RPCP. Ratlos reichte der junge Mann die Münze an seine Mutter weiter: »Wer ist dieser Heroe Aulonitis und was bedeuten die Buchstaben darunter?«

Evodia schaute sich das Geldstück von beiden Seiten an: »Das ist der Thrakische Reiter. Er ist die wichtigste Gottheit des thrakischen Volkes, zu dem ich mich immer noch zugehörig fühle. In meiner Kindheit habe ich auch an seiner kultischen Verehrung teilgenommen. Er ist ein richtiger Soldatengott. Hier in Philippi wird er nicht nur von der thrakischen Urbevölkerung, sondern auch von vielen Römern unter dem Titel ›Heros Aulonitis‹ verehrt. Das habe ich schon auf zahlreichen Inschriften gelesen. Die Abkürzung darunter kann eigentlich nur heißen: RES PUBLICA COLONIAE PHILIPPENSIS. Das bedeutet: Die Stadt und Kolonie von Philippi hat diese Münze gestiftet. Auf der Rückseite der Münze ist Augustus nach seinem Tode als Gott dargestellt. Er gilt ja als der eigentliche Gründer und Gönner der Kolonie.«

Pollux rief spontan: »Telemachos, dann stellen die vielen Reiter auf der Akropolis auch den Thrakischen Reiter dar! Wir haben neulich über dreißig gezählt.«

»Ja, richtig, wir wollten doch Mutter danach fragen. Jetzt ist das Rätsel gelöst. Dieser Thrakische Reiter interessiert mich. Ich stamme ja auch aus einem thrakischen Fürstengeschlecht, wie Mutter uns neulich abends erzählte.«

Evodia schaute ihren Ältesten nach seinen begeisterten Worten besorgt an. Dabei hätte sie sich doch darüber freuen können, dass ihr Sohn sich seiner Wurzeln vergewisserte.

Am nächsten Morgen hätte die Mutter ihren Telemachos am liebsten persönlich zur Rhetorenschule begleitet. Doch sie verbot es sich, wohl einsehend, dass der Junge seinen Weg selber finden musste. Trotzdem konnte sich Evodia – wie alle Mütter – nicht verkneifen, ihrem Sohn vor dem ersten Schultag noch einmal eine Predigt zu halten: »Telemachos, du stehst jetzt vor einem wichtigen Lebensabschnitt. Du legst die Grundlagen für deinen späteren Lebensweg. Heute trittst du auch in eine fremde Kultur ein, in die römische. Wie noch nie vorher, wirst du ab heute spüren müssen, dass du kein Lateiner bist. Doch du hast keinen Grund, dich zurückgesetzt zu fühlen. Du besitzt zwar nicht das römische Bürgerrecht, aber du bist ein Freier, vergiss das nicht. Dein Vater war ein vermögender Purpurhändler in Thyatira, dazu noch ein anerkannter Philosoph. Deine Mutter ist hier in Philippi eine Purpurhändlerin, die die Gattinnen von hohen römischen Offizieren und Beamten zu ihren Kundinnen zählt! Von meiner philosophischen Bildung sagst du erst einmal nichts. Ich weiß nicht, wie das auf lateinische Gemüter wirkt. Die sehen hier die Frauen am liebsten im Hause am Webstuhl. Das sei alte römische Tugend, wie sie sagen.«

Der junge Mann ließ die Belehrung höflich, aber gelangweilt über sich ergehen. Er konnte es kaum erwarten, den gut gemeinten Ratschlägen zu entkommen, und würde sich nicht im Traume einfallen lassen, den mütterlichen Einfluss auf die neue Schule auszudehnen, doch das sagte er nicht. Die Mutter war noch nicht am Ende: »Und dein Großvater war Thrakerfürst, gefallen im Eroberungskrieg der Römer. Und nun geh!‹

»Jaja, Mutter, ich weiß das schon.« Evodia war überglücklich, als ihr Telemach bei diesen Worten einen zarten Kuss auf die Stirn gab. Der Bengel war ihr tatsächlich über den Kopf gewachsen.

»Er sieht gut aus. Er ist – den Göttern sei Dank – nicht nach seinem untersetzten, kurzen Vater geraten, sondern nach mir. Ein richtiger Thraker. Sogar die edle Nase fehlt nicht«, dachte die Mutter voller Stolz.

»Deine Toga ist ja noch nagelneu und dein Bart spielt Verstecken. Gehörst du nicht besser in die Elementarschule?« Mit wieherndem Gelächter wurde Telemachos von seinen Mitstudenten empfangen. Als sie den griechischen Akzent in seinem angelernten Latein hörten, gab das ihrer Spottlust neue Nahrung: »Du hast wohl das römische Bürgerrecht gekauft, oder hast du am Ende gar keines? Ich freue mich schon darauf, mit dir ein Streitgespräch zu führen.« Das hatte Telemachos nicht erwartet. Seinem Selbstbewusstsein wurde gleich zu Anfang des neuen Lebensabschnittes ein empfindlicher Stoß versetzt.

Zu Beginn der ersten Lektion stellte Sophistikos, der Schulleiter, den neuen Studenten vor. »Hier ist Telemachos, neues Mitglied unserer Rhetorenschule. Wie ihr an seinem Namen merkt, ist er griechischer Abstammung. Er kommt aus Kleinasien – wie übrigens die meisten von euch«, formulierte Sophistikos ganz beiläufig, aber wer ihn kannte, fürchtete sein Urteil, das Unzulänglichkeiten sofort durchschaute.

»So läuft das also hier«, dachte der Junge, und sein gedrücktes Selbstbewusstsein begann, sich wieder zu erheben. Als schon in der ersten Stunde nach dem Vorbild des großen Demosthenes im Original argumentiert wurde, kopierte der Grieche die antike Vorlage so brillant und lebendig, dass die Spötter anerkennend verstummten.

Telemachos war noch nicht ganz zwei Monate in der Rhetorenschule, als er seine Mutter mit der Mitteilung überraschte: »Morgen haben wir frei. Die meisten von uns nutzen diesen Tag, um eine Wallfahrt nach Kipia zu machen. Das liegt am Fuße des Pangaion-Gebirges im Südosten von Philippi. Dort befindet sich das berühmte Heiligtum des Thrakischen Reiters, des Heros Aulonitis.«

»Und was hat das mit dir zu tun?«, argwöhnte Evodia.

Diesen sorgenvollen Blick, diese von Ängsten belegte Stimme konnte der Junge nicht ausstehen. Strategisch klug bemühte er sich um Unbefangenheit: »Ich möchte mit. Wir machen eine Nachtwanderung. Obwohl Kipia kaum zehn Meilen von hier entfernt ist, müssen wir das Sumpfgebiet im Süden weiträumig umgehen. Das verdoppelt fast die Strecke. Wir werden lange brauchen«, versuchte Telemach abzulenken.

»Und was willst du in Kipia?«, bohrte die Mutter weiter.

»Ich werde mich in den Kult des Heros einweihen lassen.« Jetzt war es heraus. Damit die Mutter nicht erst zum Nachdenken kam, sprudelte Telemachos weiter: »Fast alle aus unserer Schule sind bereits eingeweiht. Ich habe schon oft an ihren Versammlungen im Hause des Hauptmanns Marcus Claudius Celer teilgenommen. Zur Gemeinde gehören viele Offiziere und Soldaten, darunter sogar einer aus der 5. Prätorianerkohorte, der Leibwache. Er heißt Quintus Petronius Firmus. Das Tollste ist, dass es unter den Eingeweihten überhaupt keine Unterschiede zwischen Römern und Griechen, zwischen Soldaten und Zivilisten gibt. Ich fühle mich richtig wohl unter ihnen.«

»Davon hast du mir noch nichts erzählt, mein Sohn.« Die Mutter runzelte die Stirn.

»Ich weiß ja, dass du für Religion nicht viel übrig hast«, versuchte Telemachos einzulenken. Er ahnte, dass seine Mutter längst durchschaut hatte, weshalb er sie nicht einweihen wollte: Er fürchtete, dass sie sein Glück schmälern würde, durch den Reiterkult viele neue Freunde und damit Anerkennung in der neuen Heimat gefunden zu haben. Die Mutter antwortete auch gleich in gewohnter Deutlichkeit: »Ich habe lediglich etwas gegen die althergebrachte Religion mit ihren lächerlichen Göttern. Ob ich etwas gegen den Thrakischen Reiter habe sollte, weiß ich nicht. Jedenfalls kann ich mich schon als Philosophin nicht unkritisch auf alle diese Mysterienkulte einlassen.« Evodias Stimme wurde lauter, aber als sie das merkte, mäßigte sie sich ihrem Sohn gegenüber und fuhr versöhnlicher fort: »Schade, dass du mir in dieser Sache kein Vertrauen geschenkt hast! Vielleicht hätten wir beide im Gespräch neue Einsichten gewinnen können. Aber deine Entscheidung ist offenbar schon gefallen«, bemerkte sie sichtlich enttäuscht. »Gib nur acht, dass du nicht unversehens in irgendeine Abhängigkeit gerätst. Heute also wirst du kaum zum Schlafen kommen. Wann bist du morgen wieder zu Hause?«

»Vor Einbruch der Dunkelheit«, versprach Telemachos erleichtert. »Danke, Mutter.«

Lange vor Sonnenuntergang versammelten sich die Anhänger des Heros Aulonitis auf dem Forum vor dem Brandopferaltar der thrakischen Gottheit, der erst kürzlich von der Stadt Philippi gestiftet worden war. Es gab ein schönes Bild ab, als alle Eingeweihten sich um den Altar gruppierten, um der Gottheit zu huldigen. Die Militärs verliehen der ganzen Szene etwas Männliches, Offizielles. Telemachos hatte das Gefühl, als würde an dieser Stelle, hier und heute über das Wohl und Wehe des Römischen Reiches entschieden. Beim nächsten Male würde er auch in ihren Reihen stehen!

Der Marsch auf der Via Egnatia mit dem östlichen Umweg um die Sümpfe dauerte länger, als es dem Jungen und manchem Offizier, der heute auf sein Pferd verzichtet hatte, lieb war. Endlich befahl der Prokurator der Kultgemeinschaft, es war kein geringerer als der Centurio der 10. Städtischen Kohorte, Marcus Claudius Celer, eine Pause. Der Ort war ideal gewählt. Er befand sich kurz vor dem Städtchen Eleutheropolis auf einem bewaldeten Hügel, der den Blick auf das Sumpfgebiet freigab. Die untergehende Abendsonne verwandelte den aus den Sümpfen aufsteigenden Herbstnebel in ein überirdisches Szenarium. Alle waren so ergriffen, dass sie zunächst gar nicht wahrnahmen, dass der Prokurator ein opulentes Abendbrot hatte herrichten lassen. Auf ausgebreiteten weißen Tischtüchern lagen Brot, Käse, Dörrfleisch und Früchte zum Nachtisch. Eigens dafür abgestellte Soldaten liefen umher, um Wein und Wasser zu kredenzen. Telemachos rief die Soldaten mehrere Male, denn sein Durst war auf dem Marsch ins Unermessliche gewachsen. Als der Prokurator zu ihm kam und sich nach seinem Wohlbefinden erkundigte, tat das dem jungen Bewerber gut.

»Du hast ja heute Nacht deine große Stunde«, sagte der Würdenträger bedeutsam.

Als die Sonne von der großen Ebene im Westen verschlungen worden war, kommandierte der Prokurator Aufbruch und Abmarsch. Es war nun nicht mehr weit bis zum Ziel.

Die Dunkelheit, die plötzlich hereingebrochen war und jede Orientierung unmöglich machte, wurde von Fackelträgern erhellt. Das beeindruckte den Jungen von Neuem. Der Weg nach Kipia ging ständig bergauf. Unvermittelt blieben alle stehen. In der Dunkelheit hatte der Adept, der im letzten Glied stolperte, gar nicht gemerkt, dass sie das Heiligtum in Kipia schon erreicht hatten. Das war ein großer Bau, der in seinem Inneren einhundertfünfzig Männern Raum bot. Der Prokurator saß schon auf seinem Ehrenplatz, einer Bank, die vorn an der Längsseite stand und den Blick ins Innere gestattete.

Telemachos wurde in die erste Bank gebeten. Eigentlich wusste er nicht recht, was ihn jetzt erwartete. Am Ende der Nacht würde er jedenfalls ein Eingeweihter sein.

Aus der Tür, die in einen zweiten Raum führte, trat der Erzpriester und mit ihm ein zweiter Priester, der ihm offensichtlich assistierte. Ohne die Kultgemeinde auch nur eines Blickes zu würdigen, begannen sie in einer unverständlichen Sprache – war es Thrakisch? – Gebete zu rezitieren.

In einer bedeutungsvollen Pause blickten sie Telemachos auffällig und durchdringend an. Ein unbestimmtes Gefühl stieg in dem Jungen auf, das er hätte nur schwer beschreiben können. Laut und deutlich nannte der Prokurator seinen Namen und bat die Priester, an ihm die Initiation zu vollziehen. Ergeben ließ sich der Fünfzehnjährige von den Priestern in ihre Mitte nehmen und in den Raum führen, aus dem sie vorher gekommen waren. Telemachos war es, als hätte sich damit die Tür zu seiner bisherigen Welt hinter ihm geschlossen.

Das Sumpffieber

Beim Nachtmahl führte Evodia wie immer den Vorsitz. Sie wunderte sich, dass ihre Tochter Chrysis heute nicht erschienen war. Nach der Vorspeise bat sie den Zwilling, nach der Schwester zu sehen.

»Bin ich Chrysis' Kindersklavin? Sie ist alt genug, um pünktlich zum Essen zu kommen.« Charis blieb einfach sitzen.

Evodias Sorge um die fehlende Tochter siegte über ihren Zorn auf Charis. Schweigend verließ sie selbst den Speiseraum und eilte zu Chrysis' Zimmer. Sie fand das Kind vom Kopf bis zu den Füssen in die Bettdecke eingehüllt, vor Kälte zitternd und leichenblass.

»Was ist mit dir, Chrysis, bist du krank?« Chrysis konnte nicht antworten, so heftig klapperten ihre Zähne. Die Mutter holte eine weitere Decke, hüllte ihre Tochter sorgsam darin ein und sagte beruhigend: »Gleich wird dir schön warm. Nach dem Essen komme ich wieder, dann werden wir weitersehen. Du hast warscheinlich eine Grippe. Ein paar Tage Bettruhe, und du bist wieder gesund. Bis gleich, mein Liebes.« Dabei strich sie ihrer Tochter über die Stirn.

Den Nachtisch, die schönen süßen Trauben, von denen sie schon in der Küche genascht hatte, ließ Evodia stehen und eilte wieder zu der Kranken. Deren rotes, glühendes Gesicht sagte ihr, dass der Schüttelfrost von einem heftigen Fieber abgelöst worden war.

Evodia kam sich hilflos vor. Sie war froh, dass auch ihre Cousine sich in dem Krankenzimmer eingefunden hatte. Syntyche war es, die die Kinder in all den Jahren betreut hatte, wenn sie krank waren. Chrysis wurde sichtlich ruhiger, als sich Syntyche zu ihr setzte.

Schweigend fühlte sie den Puls des Kindes, kontrollierte dann mit dem Handrücken an der Halsschlagader die Temperatur und stellte fest: »Das ist eine schwere Sommergrippe.«

Jetzt war sie an der Reihe zu entscheiden. Sie beorderte Evodia in die Küche mit der Weisung: »Die Mädchen sollen Tücher in kaltes Wasser legen, auswringen und hinaufbringen, ebenso sollen sie kübelweise Pfefferminztee kochen. Das Kind vertrocknet uns sonst bei dem Fieber.«

Mit geübten Händen legte sie Wadenwickel an, die dem fiebernden Kind gut taten. Als es aber an dem Becher mit dem Pfefferminztee genippt hatte, löste das einen heftigen Brechreiz aus, auf den keiner gefasst war. Schnell wurde neue Bettwäsche geholt. Kaum war die Patientin neu gebettet, machte sich plötzlich ein heftiges Rühren in ihrem Bauch bemerkbar, das die Kranke nicht mehr bremsen konnte. Sie stieß einen Klagelaut aus.

Syntyche wurde blass. Sie schob Evodia aus dem Zimmer und flüsterte ihr zu: »Erbrechen und Durchfall passen nicht zu einer normalen Grippe. Ich fürchte, Chrysis hat Sumpffieber, die Strafe der Götter für Philippi.«

Evodias Augen weiteten sich, die Sorge wuchs zu lähmender Angst und Hilflosigkeit. Sogar ihre Stimme versagte. Syntyche erriet mehr, als dass sie es hörte: »Was können wir tun?‹

»Gleich morgen früh hole ich einen Arzt. Ich weiß auch schon, wen. Ganz Philippi spricht von einem gewissen Lukanos. Er ist noch jung. Er soll seine Ausbildung in Alexandrien bei den besten Ärzten bekommen haben.«

»Ja, hol ihn. Koste es, was es wolle, und wenn wir unseren ganzen Laden verkaufen müssten. Mein Kind soll nicht sterben!«

Nach Sonnenaufgang stand ein sehr junger, schlanker und auf den ersten Blick unauffälliger Mann am Bett des Mädchens. Lukanos, der Arzt, lächelte Chrysis an und fragte: »Kann ich Griechisch mit dir sprechen?« Als das Mädchen nickte, redete er weiter in ruhigem Tonfall mit ihr. Dabei beobachtete er, von den anderen unbemerkt, wie sie auf seine Worte reagierte: »Ich bin in dieser Stadt als Grieche geboren und werde auch Grieche bleiben, obwohl ich, wie alle Ärzte, vom Kaiser das römische Bürgerrecht bekommen habe.«

Der Mediziner ließ sich von Syntyche den Krankheitsverlauf schildern. Dann nahm er das schmale linke Handgelenk des Kindes und zählte den Puls. Er fühlte auch die Temperatur und runzelte dabei die Stirn. Evodia beobachtete ihn, wie er mit größter Konzentration die Untersuchung durchführte. Er klopfte den Rücken und horchte mit einem Hörrohr nach Herz- und Lungentönen. Dann tastete er Leber und Milz ab, die geschwollen waren.

»Es besteht kein Zweifel, das ist das Sumpffieber. Ich weiß noch nicht, um welche Art es sich handelt. Wenn die Anfälle sich alle zwei Tage einstellen, haben wir es mit der Malaria tertiana zu tun. Das wäre der günstigste Fall. Treten sie aber alle drei Tage auf, deutet das auf die Malaria quartana hin. Und das wäre schlimm.

Ich komme in drei Tagen wieder. Inzwischen gebt ihr dem Mädchen Tee aus der gemahlenen Rinde eines Baumes, der im fernen China wächst. Ein Sklave kann das Mittel bei mir abholen. Chärete!« Schon hatte er das Zimmer auf leichten Füßen verlassen, wohl um zum nächsten Kranken zu eilen.

Die beiden Frauen sahen sich an. Was sie fühlten, sprach Syntyche aus: »Ich habe einen guten Eindruck von ihm. Er ist zwar noch jung, aber wenn einer helfen kann, dann ist er es. Das glaube ich ganz bestimmt.«

Während des ganzen Tages war Evodia so mit ihrer kranken Tochter beschäftigt, dass alles andere, der Purpurhandel und die Geschwister, in den Hintergrund trat. Erst als die Sonne hinter der Stadtmauer verschwunden war, fiel der Mutter ein, dass Telemach doch vor Einbruch der Dunkelheit von seiner Wallfahrt zurück sein wollte. Ein ungutes Gefühl stieg in ihr hoch, durch die Angst um Chrysis noch verstärkt.

Evodia hatte zugestimmt, ohne genau zu wissen, was mit Telemach dort in Kipia im Heiligtum des Heros Aulonitis geschähe. Sie machte sich Vorwürfe. Immer wieder ging sie in das Pfortenzimmer und erkundigte sich bei Syzygos, ob denn Telemachos schon eingetroffen wäre. Der alte Mann beschwichtigte die nervöse Mutter: »Der Junge wird schon kommen. Er hat doch noch nie etwas Unrechtes getan.«

Endlich, die Dunkelheit war schon angebrochen, kam der halbwüchsige Sohn nach Hause. Evodia ließ ihm kaum Zeit, Reisetasche und Kleider abzulegen. Sie nahm ihn sofort mit in ihr Zimmer. Telemachos hatte gleich das Bedürfnis zu erzählen, das kam Evodia entgegen.

»Mutter, das war das größte Ereignis meines Lebens! Schade, dass du nicht dabei warst. Wir sind übrigens schon vor zwei Stunden in Philippi angekommen. Dort fand noch ein Abschlussgottesdienst statt, ein Dankopfer auf dem Altar des Heros Aulonitis auf dem Forum. Deshalb komme ich jetzt erst.«

»Schon gut. Nun der Reihe nach, ich höre zu.«

»Wir kamen gestern Abend in der Dunkelheit im Heiligtum von Kipia an. Der Prokurator, übrigens der Hauptmann der hiesigen Stadtkohorte, führte mich an den Ehrenplatz vor den Bankreihen der übrigen Gemeinde. Er selbst nahm Platz auf einer Steinbank, die vorn an der Längswand stand. Nach einer Weile kamen der Erzpriester und ein Priester aus der Tür, die vom Allerheiligsten in unseren Raum führte. Sie beteten lange – ich glaube, das war Thrakisch. Ich verstand jedenfalls kein Wort. Dann bat der Prokurator den Erzpriester, mich in den Kult des Thrakischen Reiters einzuweihen.«

Telemachos war noch erregt bei der Erinnerung, sein Mund wurde ganz trocken.

»Die beiden Priester nahmen mich in ihre Mitte und geleiteten mich in das Allerheiligste. Das war ein großer Augenblick, bei dem alle Anwesenden aufstanden. Dort in der Zella, die sonst nur die Priester betreten dürfen, bekleideten die beiden mich mit dem erhabenen Gewand der Gottheit, das sie ihrer Statue ausgezogen hatten. Stell dir das mal vor! Dabei sprach der Erzpriester: ›Sei bekleidet mit dem göttlichen Glanz des Heros Aulonitis.‹

Sie führten mich dann vor eine enge Felsspalte, um die der Raum wohl gebaut worden war. Nach dieser Enge hat ja die Gottheit ihren Namen: Heros der Felsspalte. Sie befahlen mir, mich durch diese Spalte zu drängen. Als ich es tat, es fiel mir nicht so sehr schwer, sprach der Erzpriester: ›Jetzt bist du mit der Gottheit vereint. Jetzt bist du durch die enge Spalte des Todes hindurchgeschritten und zu einem neuen Leben erwacht. In dir ist die Gottheit unter uns erschienen.‹

Dann führten sie mich wieder in den Raum, in dem die anderen Wallfahrer schon auf uns warteten. Alle erhoben sich, als ich im Gewande der erhabenen Gottheit erschien. Ich wurde auf einen Schemel gestellt und zur Anbetung ausgesetzt. Alle warfen sich vor mir nieder« – Telemachos schwelgte immer noch in der Erinnerung – »nein, natürlich vor dem Heros Aulonitis.

Dann haben sie noch viele Gebete gesprochen. Endlich durfte ich vom Schemel herabsteigen, um von dem schweren Brokatgewand befreit zu werden. Dann gratulierten mir alle. Alle sprachen mich mit ›Heros Aulonitis‹ an. Dabei küssten sie mir die Hand, sogar die römischen Offiziere.

Der Morgen dämmerte schon, als wir uns auf den Rückmarsch begaben. An der gleichen Stelle wie auf dem Hinweg hatten Soldaten des Prokurators ein Frühstück bereitet. Dabei fehlte nichts. Ich war richtig hungrig geworden. Am besten schmeckte das Dörrfleich. Dann wurde ich müde. Daran merkte ich, dass ich doch ein sterblicher Mensch bin. Ich schlief ein. Wie lange ich schlief, weiß ich nicht. Plötzlich wurde ich von Marcus Claudius Celer, dem Centurio der 10. Städtischen Kohorte persönlich, geweckt. Er sagte: ›Auf, ein Soldat des Thrakischen Reiters schläft nicht!‹

Wir waren vier Stunden unterwegs. Auf dem Forum versammelten wir uns noch einmal um den Altar unseres Gottes. Dort brachten die Priester als Dankopfer einen jungen Stier dar. Ich wusste, warum. Der Grund war meine Einweihung. Alle aßen von dem Opferfleisch und hatten so Anteil an der Gottheit.

Als es schon dämmerte, wurden Fackeln verteilt und am Brandopferaltar angezündet. Am Rande des Forums hatten sich viele Leute versammelt und schauten zu. Wir sangen unsere Hymne. Ich ging dann noch zu unserem Prokurator, um mich für das schöne Fest zu bedanken. Das war doch in deinem Sinne, Mutter?«

Telemachos war so begeistert, dass er sich von Evodia die Freude nicht hätte nehmen lassen. Die Mutter hörte das heraus. Die »Wallfahrt« war also eine perfekte Initiationsfeier gewesen. Evodia mochte jetzt noch keine Stellung dazu nehmen, deshalb lenkte sie ab: »Während du gefeiert wurdest, kämpfte deine Schwester Chrysis um ihr Leben. Sie ist vom Sumpffieber befallen. Nach heftigen Anfällen ist sie nun endlich eingeschlafen.«

Telemach war zumute wie einem, der plötzlich ins kalte Wasser fällt.

»Ich muss sie sehen! Ist sie auf ihrem Zimmer?« Schon wollte er hinausstürzen. Die Mutter konnte ihn gerade noch zurückhalten.

»Wecke sie nicht auf, deine Schwester. Ich bin froh, dass sie endlich schläft. Komm, gehen wir zusammen.«

Auf Zehenspitzen traten Mutter und Sohn in das Zimmer. Chrysis lag blasser als sonst auf ihrem Kissen und schlief mit tiefen Atemzügen. »Wie schön sie ist«, dachte Telemachos. »Warum ist mir das nicht schon früher aufgefallen?«

Als Evodia dann vor der Tür das fragende Gesicht ihres Sohnes sah, erzählte sie von dem jungen Arzt Lukanos und dass die Diagnose erst in drei Tagen genauer zu stellen wäre.

»Ich werde zu meinem Gott, dem Heros Aulonitis, beten und ihm ein Opfer versprechen. Etwas Geld habe ich ja noch. Für einen Hammel wird es reichen.«

Evodia drückte ihrem Sohn stumm die Hand. Seine Sorge um die Schwester rührte sie. »Wenn ich doch auch jemanden hätte, zu dem ich jetzt mit Vertrauen beten könnte«, dachte sie. »Jemanden, von dem ich wüsste, dass er sich für mich und meine kranke Tochter interessierte. Wenn es doch einen gäbe ... Den Gott der Juden vielleicht, den ich ja schon einmal angerufen habe, neulich bei der Feier zu Ehren meines ältesten Sohnes, als er die Knabentoga ablegte. Und doch hat dieser Gott nicht verhindert, dass Telemach nun Mitglied in der Kultgemeinschaft des Thrakischen Reiters geworden ist. Ich bin nicht beglückt von der Entscheidung meines Sohnes«, sagte sich Evodia. »Dieser Kult ist zwar staatlich anerkannt und viel höher stehend als der alte Götterkult der Griechen und Römer. Was mir bedenklich erscheint, ist die Tatsache, dass sich seine Mitglieder von der Philosophie fernhalten. Sie weigern sich im Gegensatz zu anderen Kulten, ihre Lehre philosophisch zu durchdringen. Typischer Soldatenkult. Die Kerle sind zu faul zum Denken!« Wie gut, dass Telemachos ihre Gedanken nicht hören konnte.

Am anderen Morgen vor Schulbeginn ließ Evodia ihre gesunde Zwillingstochter Charis rufen. Die war ganz kleinlaut: »Mutter, ich möchte mich für mein unmögliches Verhalten bei Tisch entschuldigen. Wenn ich gewusst hätte, dass Chrysis so krank war, hätte ich nicht so patzig geantwortet.«

»Schon gut, Charis, das weiß ich.« Dabei strich Evodia dem Mädchen zärtlich übers Haar. »Ich habe eine Bitte, die am besten du erfüllen kannst. In meiner Sorge um das Leben deiner Schwester habe ich den tiefen Wunsch verspürt, zu beten. Neulich haben deine Schwester und du mir sehr geholfen, das Fest für euren Bruder Telemach religiös zu gestalten. Damals hatte ich wirklich das Gefühl, dass der Gott der Juden der einzige ist, den man ernst nehmen kann. Darüber möchte ich mit eurem Lehrer sprechen, weil er ja wohl auch der Leiter der jüdischen Gemeinde hier in Philippi ist. Frag ihn bitte, wann ich deshalb zu ihm kommen kann. Am liebsten wäre mir, wenn es heute noch sein könnte. Bitte ihn auch, er möchte für seine Schülerin Chrysis beten. Ihr Leben ist wirklich in Gefahr.«

Den ganzen Morgen verbrachte Evodia in Spannung. Sie wartete auf die Heimkehr ihrer Tochter Charis, genauer, auf die Reaktion ihres Lehrers. Erleichtert lief sie dem Mädchen dann entgegen, das sofort antwortete: »Ich soll dich von unserem Lehrer grüßen. Wenn es dir recht ist, kommt er nach Schulschluss am späten Nachmittag. Er möchte auch bei Chrysis, seiner Schülerin, einen Krankenbesuch machen.«

»Grüße auch du deinen Lehrer Timon. Sag ihm, dass ich hocherfreut sei, ihn in meinem Hause zu begrüßen und ihn zum Nachtessen einzuladen.«

Evodias Herz füllte sich mit Hoffnung. Als sie wenig später ins Krankenzimmer ihrer Tochter trat, spürte sie, dass die kritische Phase der Krankheit überwunden war. Syntyche hatte sich rührend um das kranke Mädchen bemüht und dabei die Anweisungen des jungen Arztes aufs genaueste befolgt.

»Dein Lehrer Timon kommt heute Abend, dich zu besuchen«, sagte die Mutter zu Chrysis.

»Er wird mich segnen«, antwortete das Mädchen mit einer Bestimmtheit, die beide Frauen im Zimmer aufhorchen ließ. »Dann werde ich wieder gesund. Ich will leben.«

Zu Gast im Hause Israel

Kaum hatte Charis nach der Schule Wachstafel und Schreibstift in ihr Zimmer gebracht, hörte sie auch schon den Türklopfer. Das löste zwiespältige Gefühle in ihr aus: Freude und Verlegenheit zugleich. Sie beschloss, sich erst einmal bedeckt zu halten. Die Mutter würde sie schon rufen.

Doch die Neugier trieb das Mädchen aus seiner Kammer. Charis schlich sich zum Portikus und sah gerade noch, wie die Mutter ihren Gast in das Besuchszimmer führte. Da konnte sie dem Drang nicht widerstehen, an der Tür zu horchen, und bekam die üblichen Begrüßungsfloskeln mit. Als sie die Schritte der Sklavin hörte, die eine Erfrischung für den Gast brachte, verschwand sie schnell hinter einer Säule. Ein wenig später verließ die Mutter mit ihrem Gast den Empfangsraum. Sie begaben sich auf den Weg zum Zimmer der Kranken, das hinter ihrem eigenen lag. Als sich die Tür geschlossen hatte, lauschte Charis erneut.

Sie vernahm, wie der Lehrer seine kranke Schülerin mit Wärme begrüßte und sie nach ihrem Befinden fragte. Dann hörte sie die Stimme ihrer Schwester in auffallend bestimmtem Ton: »Magister Timon, ich bitte dich inständig, segne mich mit dem Segen deines Gottes, der auch mein Gott ist. Ich bin fest davon überzeugt, dass dein Gott mich heilen wird.«

Nach einem Moment der Stille hörte die Lauscherin die Segensworte, die sie selbst in der Schule gelernt hatte und mit denen auch ihr großer Bruder bei seiner Feier von der Mutter gesegnet worden war:

»Der Herr segne dich und behüte dich.
Der Herr lasse sein Angesicht über dich leuchten
und sei dir gnädig.
Der Herr wende sein Angesicht dir zu
und schenke dir Heilung.«

Charis hatte sich von der sonoren Stimme so sehr einnehmen lassen, dass sie Syntyche nicht bemerkt hatte, die den allfälligen Rindentee aus dem fernen China brachte.

»Der Lauscher an der Wand ...«, begann Syntyche zu deklamieren. Charis legte ihren Finger bedeutungsvoll an den Mund und machte ihrer Tante mit wichtigen Gesten klar, dass sich dort drinnen gerade etwas ganz Wichtiges ereignet hätte.

»Der Tee ist mindestens genau so wichtig, wie die Gebete dieses Juden.« Damit schob sich die Pflegerin mit ihrem Tablett ins Krankenzimmer. Dort schien es, als hätten alle nur auf den Tee gewartet, um aus ihrer Verlegenheit befreit zu werden. Evodia stellte ihre Cousine und den Lehrer einander vor. Weil Charis sich durch die forsche Art Syntyches entdeckt sah, schien es ihr ratsam, ebenfalls das Krankenzimmer zu betreten. Ihr Lehrer begrüßte sie freundlich: »Sei gegrüßt, Charis, es ist schön, dich auch einmal außerhalb der Schule zu sehen.«

Der Angeredeten fiel in ihrer Verlegenheit keine Erwiderung des Grußes ein. Sie richtete ihre Augen hilfesuchend auf die Mutter, die jetzt entschieden das Wort ergriff: »Syntyche, Charis, ihr sollt es wissen: Soeben hat Timon Chrysis auf deren inständige Bitte mit dem Segen des höchsten Gottes gesegnet.«

»Mit dem Segen des einzigen Gottes«, verbesserte der Lehrer.

»Timon, ich möchte mehr über den Gott der Juden erfahren und über die Art, wie ihr ihn verehrt.«

»Nichts einfacher als das. Kommt am Tag des Saturn, wir nennen ihn Sabbat, das ist der siebte Tag der Woche, in unser Bethaus. Es ist das Schulhaus am Fluss, das ihr kennt. Wenn es auch nur aus Holz gebaut ist, so dient es uns doch dazu, die Heiligen Schriften zu lesen und sie auszulegen, wie es schon unsere Väter getan haben. Wir legen das Gesetz des Mose und die Schriften zeitgemäß aus, das heißt, mit Hilfe der griechischen Philosophie, so wie ich es von meinem alexandrinischen Lehrer Philo gelernt habe.«

Bei dem Stichwort »Philosophie« geriet Evodia in Begeisterung: »Ich komme bestimmt am nächsten Saturnstag, übrigens zu welcher Stunde?«

»Wenn du zur dritten Stunde kommst, ist es nicht zu spät.«

Das Nachtmahl verlief in heiterer Stimmung. Evodia vermied

wie ihr Gast philosophische oder religiöse Gespräche. Die neue Gemeinsamkeit schien so zerbrechlich zu sein, dass sie keine Öffentlichkeit zuließ. Evodia blickte ihren Gast verstohlen an. Sie wollte herausbekommen, ob er ihr auch als Mann gefiel. Das war in Maßen der Fall, gestand sie sich ein. Der große, hagere Mensch fand ihr Interesse, mehr noch sein durchgeistigtes Gesicht und seine markanten Züge. Zugleich spürte sie, dass begehrliche Blicke hier völlig fehl am Platze waren. Sie hätten ihre geistige Suchbewegung im Keim erstickt.

Beim Abschied sagte Timon: »Ich hatte ganz vergessen: Meine Frau lässt schön grüßen. Sie würde dich gerne in unserem Haus willkommen heißen. Sei unser Gast beim Mittagsmahl nach dem Sabbatgottesdienst.«

»Herzlich gern«, antwortete Evodia erwartungsvoll.

Sempronia, Gattin des Kommandeurs in der Kolonie und vornehmste wie beste Kundin im Purpurladen der »Lydierin«, wie Evodia wegen ihrer Herkunft von ihrer Kundschaft genannt wurde, hatte in dieser Woche zum erstenmal das Gefühl, nicht im Zentrum des Interesses der Purpurhändlerin zu stehen. Sie musste – von einer hübschen Sklavin bedient – ausdrücklich nach der Prinzipalin fragen, obwohl sie doch schon ein Vermögen in diesem Gewölbe gelassen hatte. Die Purpurhändlerin erschien einfach nicht! Vielleicht hatte sie es nicht mehr nötig, sich persönlich um ihre vornehmsten Kundinnen zu bemühen, dachte Sempronia gekränkt. Doch es gab ja noch die Konkurrenz. Man würde mit den Freundinnen darüber sprechen. Noch galt es als schick, bei »Lydia« zu kaufen. Jeder wusste, dass die Lydier ausgewiesene Fachleute in Sachen Purpur waren.

Währenddessen hatte Syntyche, die unermüdliche Krankenpflegerin, ihre Cousine an das Bett ihrer Tochter geholt. Chrysis hatte erneut einen Anfall erlitten. Evodia rief immer wieder verzweifelt den Namen ihrer Tochter. Syntyche aber sagte beruhigend: »Den Göttern sei Dank, der Anfall kommt schon am dritten Tag. Es ist also nach der Meinung des Arztes Lukanos die weniger gefährliche Form des Sumpffiebers.«

»Hol ihn sofort«, befahl Evodia.

»Er wird kommen«, erwiderte Syntyche mit Bestimmheit und ging schnell hinaus.

Der Anfall war längst vorüber, als Lukanos an das Krankenbett trat. Er nahm die Hand des Mädchens und hielt sie fest, während er ihren Puls zählte: »Du wirst bald wieder aufstehen können, Chrysis, du hast die milde Form der Krankheit. Vergiss nicht, deinen Tee zu trinken.« Und schon war er wieder fort, denn das Sumpffieber grassierte in Philippi.

Evodia war in dieser Woche der Zeit vorausgeeilt. Sie sah sich im Geiste schon im Bethaus auf einem Ehrenplatz sitzen. Sie hatte ein unsicheres Gefühl in der Magengegend, weil sie überhaupt nicht wusste, wie sie sich bei den religiösen Riten der Juden verhalten sollte. Dabei dachte sie auch an die Mittagseinladung und an das Gastgeschenk. So fragte sie wieder einmal ihre Töchter um Rat: »Womit könnte ich Timon und seiner Frau eine Freude bereiten?«

Chrysis hatte gleich eine Idee. »Die Juden stellen in ihrem Bethaus zwar keine Götterbilder aus, aber sie bewahren Schriftrollen auf, die sie heilig halten. Diese sind während unseres Unterrichts in einem Schrank verborgen, dem Thoraschrein. Beim Gottesdienst werden sie herausgeholt. Einmal hat sie uns der

Lehrer gezeigt. Sie waren mit einem Samtstoff umhüllt, der schon ziemlich schäbig aussah. Ich glaube, sie würden sich über einen mit Purpur gefärbten Seidenstoff sehr freuen.« Chrysis' Antwort kam spontan und klang plausibel.

Die Purpurhändlerin trennte sich von einem Seidenstoff, der die karminrote Färbung der Truncula-Schnecke angenommen hatte. Sie empfand Stolz über ihre Färberkunst und musste einen Anflug von Geiz unterdrücken, der sich beim Anblick dieses Stoffes in ihrer Seele auszubreiten drohte. Die Sklavinnen des Hauses kamen zusammen, um das Stöffchen zu bewundern. Als Syntyche hinzutrat, wurde die Situation brenzlig.

»Was willst du mit dem Stoff? Ich dachte, ich könnte mir davon mal einen Schal machen. Ich arbeite Tag und Nacht für dich, kümmere mich außerdem noch um deine Kinder und bekomme nicht einmal ein Dankeschön!«

Evodia fühlte sich ertappt und hilflos. Tatsächlich, sie hatte ihre Cousine nicht nur nicht in das Besuchsprogramm einbezogen, sie hatte sie nicht einmal in ihre Pläne bezüglich des jüdischen Sabbats eingeweiht. Jetzt empfand sie heftige Schuldgefühle. Diesmal hatte Syntyche allen Grund, sauer zu sein. Evodia umfing die Benachteiligte an der Schulter, führte sie ins hintere Gewölbe, das nur von einer Öllampe erhellt war, und offenbarte sich ihr. Als diese verlegen schwieg, sagte sie: »Ich werde auch für dich eine Einladung besorgen. Du hast sie um Chrysis' willen verdient. Das wird auch Timon und seiner Frau einleuchten.«

Diesmal protestierte Syntyche nicht. Wortlos drückte sie ihrer Cousine die Hand.

Die Einladung für Syntyche kam schnell und problemlos.

»Was soll ich anziehen?«, fragten die beiden Frauen sich fast gleichzeitig, als sie am Morgen des Saturntages voreinander standen.

»Ein Seidenkleid, womöglich mit Purpursaum, wäre nach meinen Erfahrungen mit den Kindern bei den Juden völlig unangebracht«, bemerkte Evodia bedauernd.

»Wolle, die tugendhafte Wolle«, antwortete Syntyche bissig.

Als die beiden Frauen um die neunte Stunde aus dem Hause traten, glichen sie mehr grauen Mäusen als den beneideten Modeköniginnen von Philippi. Sie verließen das Stadttor und gingen auf das unscheinbare Holzhaus am Fluss zu. Dieser Gang war keineswegs dazu angetan, ihr Selbstbewusstsein zu heben.

Im Gebetshaus wurden sie von freundlichen, aber energischen Matronen, die geradezu auf sie gewartet hatten, in die Frauenecke geschoben. Evodia fühlte alle Blicke auf sich gerichtet, während sie noch ihre Enttäuschung wegen des Ehrenplatzes verarbeiten musste.

Ihre Blicke suchten Timon, der während der Woche der Lehrer ihrer Kinder war, jetzt aber in der Rolle des Gottesdienstleiters vor ihnen stand. Sie hatte kein passendes Wort für seine Funktion. Er trug einen großen weißen Schal mit schwarzen Streifen und langen Fransen, mit dem er auch sein Haupt bedeckt hatte. Damit sah er richtig würdig aus. Erst jetzt bemerkte Evodia, dass alle Männer, etwa zwölf erwachsene und ebensoviele heranwachsende, die gleiche Kultkleidung trugen. Die Frauen waren davon ausgeschlossen.

»Darin scheinen sich alle Religionen einig zu sein«, dachte die selbstbewusste Thrakerin nicht ohne Bitterkeit. Erst allmählich konnte sie sich auf den Gottesdienst konzentrieren. Erfreut stellte sie fest, dass die Juden dabei die griechische Sprache benutzten. Gerade führte Timon einen jungen Mann an das Lesepult, rollte mit erstaunlicher Behendigkeit eine Thorarolle auf und gelangte gezielt und sehr schnell an eine Stelle, die dieser vorzulesen hatte. Die Stimme kam Evodia irgendwie bekannt vor. Sie konnte sie aber nicht identifizieren, da der Vorleser sein Haupt verhüllt hielt. Es dauerte eine Weile, bis seine Worte ihr Bewusstsein erreichten:

»Die Weisheit ist beweglicher als alle Bewegung;
in ihrer Reinheit durchdringt und erfüllt sie alles.
Und reiner Ausfluss der Herrlichkeit des Allherrschers;
darum fällt kein Schatten auf sie.
Sie ist der Widerschein des ewigen Lichts,
der ungetrübte Spiegel von Gottes Kraft,
das Bild seiner Vollkommenheit.
Sie ist nur eine und vermag doch alles.
Von Geschlecht zu Geschlecht tritt sie in heilige Seelen ein
und schafft Freunde Gottes und Propheten;
denn Gott liebt nur den,
der mit der Weisheit zusammenwohnt.«

Evodia war von diesen Worten hingerissen. Das war nach ihrem Geschmack. »Die Weisheit durchdringt und erfüllt alles, so sagten schon die Stoiker«, fiel ihr ein.

Jetzt erst merkte sie, dass Syntyche auf den Text säuerlich reagierte: »Schon wieder Philosophie, sogar bei den Juden ist man vor ihr nicht sicher. Kann man denn nicht einfach fromm sein?«, flüsterte sie ihrer Cousine zu.

Nach der Lesung trat Timon an das Lesepult. Er schaute Evodia direkt ins Gesicht und begann mit seiner Auslegung: »Was die griechischen Philosophen ahnten, hat uns der Herr – der Höchste sei gepriesen – im Buch der Weisheit, aus dem eben der Lektor vorgelesen hat, geoffenbart. Überall ist Gottes Weisheit am Werk. In jedem Blatt können wir sie entdecken. Sie ist nichts anderes als Gottes Wort. Mein großer Lehrer, Philo von Alexandrien, hat ausdrücklich bestätigt, dass zwischen dem Logos der Griechen und unserer Sophia kein Unterschied besteht.

Was hilft aber alle Philosophie, meine Lieben, wenn die göttliche Weisheit oder der Logos nicht in unserer Seele Wohnung nehmen? Wie sollte sie denn sonst Freunde Gottes und Propheten schaffen?«

An diesem Gedanken blieb Evodia hängen. Er saß wie ein Widerhaken in ihrer Seele. Sie erkannte das Schlüsselwort, auf das sie immer schon gewartet hatte: »Freundin Gottes«, eine persönliche, liebende Beziehung zu dem Urgrund allen Seins. Das war es.

Der weitere Gottesdienst mit den Achtzehn Bitten und den Segensgebeten ging an ihr vorbei. Das Stichwort »Freundin Gottes« hielt ihre Seele besetzt, verband sich mit ihrem Herzschlag, brachte ihren Geist zur Ruhe. Nach dem Gottesdienst trat eine Jüdin auf sie zu. Sie lud die beiden Fremden herzlich in ihr Haus ein. Es war Hannah, Timons Frau. Auf dem Wege plauderte sie unbefangen mit den beiden Heidinnen: »Eigentlich dürfen wir ja mit den Nichtjuden keinen Kontakt haben. In Jerusalem hält man sich auch streng daran. Aber mein Mann sagt immer, wir müssen auf die Suchenden bei den Völkern zugehen. Das Heil sei für alle Völker da.«

Evodia suchte Syntyches Blick. In ihren Augen lag die Bitte, keinen Kommentar dazu abzugeben. Sie wollte den Schatz, den sie eben gefunden hatte und in ihrem Herzen trug, nicht durch ein unpassendes Wort verlieren.

Inzwischen waren die Frauen an einem bescheidenen Haus in einer Nebenstraße in der Nähe der Stadtmauer angekommen. Eine Sklavin öffnete und reichte ihnen schon beim Eintreten erfrischende Getränke und Obst. So überbrückte die Gastgeberin die Zeit, bis ihr Mann aus dem Gebetshaus zurückkommen würde. In ihrer Verlegenheit bewunderte sie sogar die altmodischen Wollkleider ihrer Gäste. Endlich trat Timon herein. Er begrüßte Evodia und Syntyche und hieß sie herzlich willkommen. Jetzt konnten die beiden den Purpurstoff hervorholen. Evodia übergab ihn Timon mit den Worten: »Wir dachten, es würde euch und eure Gemeinde freuen, wenn wir euch diesen Stoff zur Verhüllung eurer Heiligen Schriften schenkten. Hoffentlich entspricht er euren Vorschriften.«

Timons Frau brach in laute Bewunderungsrufe aus. »Das ist ja Purpur, ganz heller dazu! Das ist ja ein unermessliches Geschenk, Timon, schau mal! Einen würdigeren Umhang für die Thorarollen kann es gar nicht geben.« Liebevoll strich Hannah über die Seide. Timon aber reckte sich zu seiner ganzen Größe empor und rezitierte uralte Dank- und Segensworte. Er schien seine Rolle als Leiter des jüdischen Gottesdienstes noch nicht abgelegt zu haben. »Woher hat er nur das ganze Repertoire?«, fragte sich Syntyche.

Timons Frau stoppte den Wortschwall, indem sie ihm etwas zuflüsterte. Das brachte ihn wieder auf die Erde zurück: »Es ist uns sehr peinlich, aber das Essen ist noch nicht da. Wir Juden kochen ja nicht am Sabbat. An diesem Tag ist es uns nicht einmal erlaubt, Feuer anzuzünden. Deshalb lassen wir das Essen am Sabbat aus einer Garküche kommen, die sich verpflichtet hat, für uns nur koschere Speisen in eigenen Töpfen zu kochen.«

»Edler Timon, darf ich fragen: Was sind koschere Speisen?« Mit dieser Frage konnte Syntyche den Gastgeber erst einmal aus seiner peinlichen Verlegenheit befreien.

»Oh, meine Lieben, ich fürchte, dass euer Hunger ins Unermessliche wächst, wenn ich die Frage vollständig nach dem Gesetz des Mose beantworte. Doch das Wichtigste: Wir dürfen kein Fleisch essen, bei dem das Blut des Tieres noch in seinem Körper ist. Blut ist der Sitz des Lebens. Deshalb darf man es nicht verzehren. Das Blut muss beim Schlachten auslaufen. Wir nennen das Schächten. Das Tier wird nach dieser Methode nicht betäubt, sondern die Halsschlagader wird geöffnet, so dass das Blut vollständig herausfließen kann.« Als der Gastgeber sah, wie Evodia leicht erschauerte, hielt er inne und bemerkte beruhigend: »Übrigens eine ganz schmerzfreie Prozedur. Wir wollen aber vor dem Essen nicht weiter von solch unappetitlichen Dingen sprechen. Wie hat euch denn der Gottesdienst gefallen?«

Auf diese Frage war Evodia schon vorbereitet: »Edler Timon, es war so, als hätte ich mein ganzes Leben lang auf diese Stunde gewartet. Die Beschäftigung mit der Philosophie, vor allem mit der von Platon, hat mich ganz nahe an die Gottheit herangebracht. Für den letzten Schritt aber fehlte mir der Führer. Seit heute habe ich die Gewissheit, dass du es bist, ich sage besser, dass die göttliche Weisheit es ist, die uns anleitet, den letzten Schritt zu tun. Es ist euer Gott, dessen Namen ihr nicht zu nennen wagt, den ich immer gesucht habe und den zu suchen ich nicht aufhören werde.«

Überraschend meldete sich Syntyche mit ihrer ganzen Nüchternheit zu Wort: »Ich verstehe zwar nichts von Philosophie, ich kann das auch nicht so in Worte fassen wie meine Cousine. Dennoch habe ich gespürt, dass ihr Diener des wahren Gottes seid, eines Gottes, der sich um die Menschen kümmert. Das habe ich schon den Erzählungen unserer Mädchen entnommen, wenn sie aus eurer Schule kamen.«

»Dem Herrn sei Dank«, fiel Timon wieder in seine Rolle. Oder meinte er in erster Linie das Essen, das gerade aufgetragen wurde?

Die beiden Griechinnen achteten nicht auf die Vorspeisen. Ihre ganze Aufmerksamkeit galt dem Lammbraten. Sie versuchten, beim Essen nicht an den Vorgang des Schächtens zu denken. Der Braten duftete gut, schmeckte aber irgendwie fad. Aber sie durften sich vor ihren Gastgebern nicht darüber austauschen. Die Nachspeisen, besonders das Aprikosenmus, waren dagegen so köstlich, dass sie sie ehrlichen Herzens in höchsten Tönen loben konnten.

Timon geleitete seine Gäste danach bis zu ihrer Haustür. Die beiden Frauen bedankten sich für das Geleit und meinten wohl vor allem den Weg, den der jüdische Lehrer ihnen gewiesen hatte. Gern hätte sich Evodia noch mit ihrer Cousine über die jüdischen Speisevorschriften ausgetauscht. Diese verschwand aber sofort in Richtung Krankenzimmer. Das löste bei Evodia ein Gefühl von Dankbarkeit aus. Mit einem Mal wurde ihr bewusst, dass Syntyche ihr in vielem überlegen war. Ob sie das ihrer Cousine gelegentlich einmal sagen sollte? Noch hielt deren kratzbürstige Art sie immer wieder von Vertraulichkeiten ab.

Noch etwas war in Evodias Seele steckengeblieben: Nach der für sie überwältigenden Erfahrung mit dem Gottesdienst, ausgelöst durch die Lesung aus dem Buch der Weisheit und ihre Interpretation durch Timon, war die Begegnung mit den rituellen Vorschriften des Judentums im Hause des gläubigen Juden für sie schlichtweg eine Enttäuschung. Sie konnte nichts damit anfangen. Auf ihre Hoffnung, endlich eine personale Gottesbeziehung einzugehen, sich vielleicht einer Religion zuwenden zu können, schien ein Mehltau gefallen zu sein. Wem könnte sie sich anvertrauen?

Die dritte Stunde des folgenden Tages war gerade angebrochen, da erschien auch schon Lukanos. Kaum hatte ihn der Pförtner gemeldet, stand er im Krankenzimmer. Als die Mutter hereinkam, hatte er bereits seine Hand am Puls des Mädchens. Evodia wartete ab, bis er mit dem Zählen fertig war. Als sie dann bei der Begrüßung seine Stimme hörte, fiel es ihr wie Schuppen von den Augen: Es war der junge Arzt, der gestern im Bethaus der Juden die Lesung so lebendig vorgetragen hatte. Sie empfand ein Glücksgefühl wie schon lange nicht mehr, als Lukanos zu sprechen begann: »Chrysis hat es geschafft! Das Sumpffieber ist überwunden. Es besteht keine Lebensgefahr mehr. Wenn sie will, darf sie schon für eine Stunde das Bett verlassen. Meine

Verordnungen, besonders die, die den Tee betreffen, müssen aber mindestens noch drei Wochen eingehalten werden. Nach dieser Zeit wird auch die Schule wieder fällig sein.« Bei diesen Worten blickte er das Mädchen fragend an.

»Oh danke! Ich freue mich schon auf die Schule.« Chrysis fiel dem jungen Arzt spontan um den Hals. Evodia und Syntyche fanden das bei einem heranwachsenden Mädchen nicht mehr ganz angebracht, aber am liebsten hätten sie dasselbe auch getan. Der überraschte Lukanos holte tief Luft: »Ich bin für eine Weile nicht mehr in Philippi zu erreichen. Morgen schiffe ich mich in Neapolis nach Troas ein. Das ist zwar keine weite Reise, aber sie ist notwendig, um den Ärzten dort bei der Bekämpfung des Sumpffiebers zu helfen. Während die Welle bei uns abebbt, beginnt sie dort erst anzusteigen. Bei meinem Entschluss zu reisen haben allerdings die römischen Behörden ein wenig nachgeholfen. Troas ist ja genau wie Philippi eine römische Kolonie und wie sie von Sümpfen umgeben.«

Evodia glaubte nicht recht zu hören. Schon signalisierte ihre Seele Entzugserscheinungen. »Dann wird ja unsere liebe Chrysis für unbestimmte Zeit auf ihren Arzt verzichten müssen«, sagte sie gequält und meinte damit: »Dann werde ich ja auf längere Zeit auf einen neu gewonnenen Freund verzichten müssen.«

»Chrysis ist bei Syntyche in guten Händen«, antwortete der Arzt und schaute die Genannte liebevoll an.

»Ja, wir sind Syntyche zu tiefem Dank verpflichtet«, wiederholte Evodia. Endlich war es heraus, was sie immer schon sagen wollte. Sie schloss ihre Cousine herzlich in die Arme.

Jetzt ergriff zu Evodias Überraschung Syntyche den Gesprächsfaden: »Lukanos, edler Arzt, dann werden wir dich am nächsten Sabbat nicht im Gebetshaus der Juden antreffen, wo du gestern so geistvoll vorgelesen hast?«

Wieder dachte Evodia, sie hörte nicht richtig. »Geistvoll vorgelesen! Geärgert hat sie sich über das philosophische Sprachspiel des Textes. Jetzt versucht sie, sich vor dem Arzt, der ihr schon genug Aufmerksamkeit geschenkt hat, interessant zu machen«, trieb sie plötzlich Eifersucht an.

»In der Tat, ich werde für eine Weile dem Gottesdienst in Philippi fernbleiben. Doch ich hoffe, auch in Troas eine Gebetsstätte der Juden zu finden, die ich am Sabbat besuchen kann. Und was das Lesen angeht: Es war gestern eher ein Zufall, dass Timon mich an die Schriftrolle führte. Er wusste, dass ich während meines Studiums in Alexandrien eine Vorlesung des berühmten Philo über diesen Text gehört habe. In der Regel lesen diese Texte nur Beschnittene, also geborene Juden oder Proselyten, zum Judentum Übergetretene. Zu beiden gehöre ich nicht.«

Evodia drängte Lukanos und Syntyche aus dem Krankenzimmer, denn sie sah eine Chance, Lukanos noch ein wenig zu halten: »Darüber wollen wir uns im Empfangszimmer unterhalten. Du hast doch noch ein wenig Zeit, Lukanos?«

Der Arzt nickte, murmelte etwas von einem Stündchen, verwies auf die Patienten, die er noch zum Abschied besuchen müsse. Als alle saßen und die Herrin des Hauses der herbeieilenden Haussklavin ein Zeichen gegeben hatte, schauten die beiden Frauen gespannt auf den jungen Arzt. Sie brauchten ihn nicht aufzufordern, von sich zu erzählen.

»Dass meine Eltern keine Juden waren, kann man mir ansehen. Ich bin ein Makedonier, wie er im Buche steht. Seht her!« Damit zeigte er den beiden Frauen nicht ohne gespielt übertriebenen Stolz sein Profil, das tatsächlich dem des großen Alexander nicht unähnlich war.

»Ich bin aber – wie gesagt – auch kein Proselyt. Dann hätte ich mit dem Glauben an den Einzigen auch alle Vorschriften der Juden einschließlich Beschneidung beachten müssen. Sie nennen das ›Gesetz‹, und es ist für sie sehr wichtig. Ich kann das gut verstehen, als Arzt habe ich sogar große Sympathie für ihre Reinheitsvorschriften, denn sie stellen eine großartige Hygiene des Alltags dar. Denkt nur an die Reinigung der Hände vor dem Essen. Auch die Beschneidung der männlichen Vorhaut ist eine hygienische Maßnahme. Für die Juden allerdings ist sie das Bundeszeichen.«

Die Frauen schauten ein wenig verlegen drein, als der Arzt von solchen Dingen sprach. Der schien von all dem völlig unberührt zu sein. Er ließ sich von der Sklavin Mischwein eingießen und trank genüsslich einen Schluck aus der irdenen Trinkschale. Dann fuhr er fort: »Ich sehe auch ein, dass die vielen Vorschriften, die den Alltag eines Juden beim Essen und Trinken, Arbeiten und Niederlegen begleiten, ganz dazu angetan sind, Gott in Erinnerung zu bringen. Für mich stellen sie – nach reiflicher Überlegung und teilweiser Erprobung – eine Last dar, die ich nicht tragen kann und auch nicht tragen will.«

In den letzten Worten klang etwas Trotz mit. So empfand es jedenfalls Evodia. Der junge Mann hatte genau das ausgesprochen, was sie bei ihrem Besuch im Hause der jüdischen Gastgeber empfunden hatte. Sie beugte sich vor und schaute ihrem Gesprächspartner gespannt in die Augen: »Und nun? Akzeptieren dich die Juden, ich meine, nicht nur der gelehrte Timon?«

»Ja, sie akzeptieren mich. Natürlich – irgendwie gehöre ich nicht richtig dazu. Sie machen da schon Unterschiede. Doch bedenkt: Überall auf der Welt gibt es jüdische Gemeinden. Sie werden von der griechischen oder lateinischen Bevölkerung nicht nur respektiert, sondern auch wegen ihres sittlich hochstehenden Lebens und ihres bildlosen Gottesglaubens bewundert. So nimmt es kein Wunder, dass ungefähr jeder zehnte Einwohner des Römischen Reiches entweder Jude oder Sympathisant ist. Außer mir gibt es hier in Philippi noch einige andere Sympathisanten: Epaphroditos mit seiner Gattin und den Römer Clemens mit Gattin zum Beispiel. Die Juden haben für uns übrigens einen Namen, den ich gar nicht mag. Sie nennen uns ›Gottesfürchtige‹. Klingt fromm, nicht wahr?« Alle drei lachten.

»Ich strebe auch den Status einer Gottesfürchtigen an!«, rief die Purpurhändlerin spontan. Der junge Arzt hatte ihr durch seine freimütigen Ausführungen den Schatten genommen, der seit gestern Mittag ihr Gemüt verdunkelt hatte. Plötzlich war es wieder da: das Gefühl gegenwärtiger Nähe und Geborgenheit. Es war nichts Aufregendes, Hinreißendes, aber etwas unbeschreiblich Friedvolles. Am liebsten hätte die erfahrene Frau dem jungen Mann die Hand geküßt. Aber die Gegenwart ihrer Cousine verbot ihr diese ungewöhnliche, ganz und gar ungehörige Geste.

»Komm bald wieder gesund zurück, damit wir den Verein der Sympathisanten gründen können«, sagte Syntyche und kniff die Augen verschmitzt zusammen.

»Wie lange wirst du voraussichtlich in Troas bleiben, lieber Lukanos?«, fragte Evodia mit belegter Stimme.

»Ich weiß es nicht, edle Evodia. Die Götter – ich meine, Gott weiß allein, wie lange das Sumpffieber wütet. Ich hoffe, in ein paar Monaten, noch vor dem Winteranfang, wieder hier zu sein«, erwiderte der Arzt. Fast hätte er gesagt: wieder bei euch zu sein. Das erschien ihm jedoch unpassend.

»Sobald ich zurück sein werde, lasse ich von mir hören. Chärete.« Mit diesem Gruß war Lukanos auch schon rasch, wie immer, verschwunden.

»Ich schulde dir noch Geld für die Behandlung von Chrysis«, versuchte Evodia dem Arzt nachzurufen.

Er hörte es noch. »Ich brauche es erst, wenn ich wiederkomme. Während meiner Dienstverpflichtung in Troas wohne ich in der Kaserne bei freier Kost. Da brauche ich kein Geld.«

Bei den Worten »freie Kost« hatte Lukanos eine unmissverständliche würgende Grimasse gezogen, die die Frauen trotz des Abschieds zum Lachen brachte. »Ein Psychologe ist er auch noch«, dachte Evodia bewundernd und zärtlich und zog sich in ihr Zimmer zurück, um sich über ihre Gefühle und ihren Glauben klar zu werden.

Der Seidenschrei

Abrahams Segen

Am Rauschen des Gewandes und an der Art des Schnaufens erkannte die Purpurhändlerin ihre Kundin bereits in der Tiefe des Gewölbes, kaum dass diese den Laden betreten hatte. Es war Sempronia, die Gattin des Stadtkommandanten. Sofort schoss Evodia auf sie zu: »Welche Ehre für mich und mein Haus, edle Herrin Sempronia. Was kann ich heute für dich tun?«

»Ich habe dich in den letzten Wochen sehr vermisst, Lydierin. Selbst wenn ich nach dir fragte, hast du dich nicht in deinem Laden sehen lassen«, antwortete die Matrone gereizt.

»Ich bin untröstlich, edle Herrin, dass du als meine treueste Kundin eine solche Behandlung erfahren musstest. Vielleicht kannst du es mir nachsehen, wenn ich an deine mütterlichen Gefühle appelliere: Meine Tochter Chrysis lag auf den Tod darnieder. Das Sumpffieber hielt sie in seinen Fängen. Gott sei Dank, sie ist auf dem Wege der Besserung.«

»Den Göttern sei Dank«, korrigierte die Matrone mit Nachdruck. »Oder war es der Gott der Juden, der deine Tochter geheilt hat? Meine Freundinnen erzählen, dass du mit diesen Juden sympathisierst, sogar ihre Gottesdienste in einer brüchigen Holzhütte besuchst. Die Juden sind ja nicht gerade die Freunde des Imperators, wie du weißt. Claudius hat im Frühjahr alle Juden aus Rom verbannt. Er wollte sich die Unruhestifter vom Halse halten. Jetzt kommen sie offensichtlich in hellen Scharen zurück. Arrogant sind diese Fremden auch noch. Sie verachten uns, weil wir viele Götter verehren und ihre Standbilder anbeten.«

Evodia wartete eine Pause im Redeschwall der Kundin ab und fürchtete den Augenblick. Krampfhaft suchte sie nach einer Antwort, die sie vor der vornehmen Römerin rechtfertigen konnte und die zugleich kundenfreundlich war: »Gnädigste Herrin, es ist so, wie deine Freundinnen erzählen. Ich besuche den Gottesdienst der Juden, ohne selbst Jüdin zu sein. Meinem philosophischen Grundverständnis entspricht die völlig bildlose Gottesvorstellung der Juden am besten. Du wirst auch zugeben müssen, dass die Juden in ihrem sittlichen Leben, besonders was Ehe und Familie angeht, ein leuchtendes Beispiel bieten.«

Damit hatte die Purpurhändlerin den wunden Punkt im Herzen ihrer vornehmen Kundin getroffen, denn die ganze Stadt tuschelte über die erotischen Abenteuer ihres Gatten, des Stadtkommandanten. Das merkte Sempronia sehr wohl und änderte nicht ohne Bosheit ihre Taktik: »Wie Recht du hast, Lydierin. Eigentlich bin ich nicht gekommen, um mit dir über Religion zu diskutieren. Ich suche etwas ganz Edles. Ich möchte ein Theatertäschchen in Purpur, wie es keine Frau in Philippi trägt.«

»Einen Augenblick, gnädige Frau, ich glaube, ich habe da etwas für dich«, antwortete Evodia erleichtert und verschwand im rückwärtigen Gewölbe. Hier konnte sie die Maske der Geschäftsfrau ablegen. Sie streckte ihre Zunge in Richtung Laden aus. Am liebsten hätte sie jetzt laut geschrien: »Widerliches Pack!« Doch nach wenigen Sekunden kehrte sie freundlich lächelnd mit einem Täschchen zurück, das bei ihrer Kundin Töne höchster Bewunderung hervorrief. Sempronia entwand ihr das Täschchen und rannte damit auf die Straße, um das Tageslicht auf die Kostbarkeit fallen zu lassen.

»Das ist ja viel schöner, als ich es mir ausmalen konnte! Wie die Purpurseide die Perlen so recht zur Geltung bringt! Das nehme ich, koste es, was es wolle.«

Das Täschchen war wirklich eine Besonderheit. Die Purpurhändlerin wollte ihrer vornehmen Kundin die Geschichte dieses Kunstwerkes erzählen, wollte sie einweihen in seine Idee, wollte sie bekannt machen mit der Künstlerin. Sempronia aber winkte ab. Sie war lediglich an seinem Besitz interessiert, der ihr eigenes Erscheinungsbild aufwerten sollte. Schade um jedes weitere Wort, dachte Evodia und kam sofort wieder aufs Geschäftliche: »240 Denare muss ich schon dafür nehmen, gnädige Herrin. Ich muss ja mein Haus unterhalten. Wenn meine Sklavinnen so gut arbeiten, kann ich sie unmöglich hungern lassen.«

»In Ordnung«, antwortete die begüterte Kundin, ohne mit der Wimper zu zucken. »Ich nehme das gute Stück schon mit. Ich kann nicht mehr ohne die Tasche leben! Sie soll mich trösten. Ich habe ja sonst nichts.«

Das ist durchaus möglich, dachte Evodia und empfand beinahe Mitleid mit der ärmlichen Menschlichkeit dieser reichen Frau, die es plötzlich ganz eilig hatte.

»Das Geld bekommst du im Laufe des Jahres. Wie immer, vollste Diskretion, Teuerste.«

»Worauf du dich verlassen kannst, Gnädigste«, rief die Purpurhändlerin ihrer vornehmsten Kundin nach. Sie war nicht unzufrieden mit dem Ausgang, und ihre Erfahrung sollte sie nicht täuschen: Das karmesinrote, purpurne Theatertäschchen der

Gattin des römischen Stadtkommandanten war der absolute Blickfang bei den Vorstellungen zum Abschluss der diesjährigen Theatersaison in Philippi. Nicht einmal die künstlichen Wolken, die sich der Regisseur des gleichnamigen Stückes von Aristophanes hatte einfallen lassen, erregten die Aufmerksamkeit des Publikums in vergleichbarer Weise, alle schienen nur Augen für das filigrane textile Kunstwerk zu haben. Die Purpurhändlerin hatte danach nur noch eine Sorge: Wie sollte sie die sich lawinenartig ausbreitende Nachfrage nach Theatertäschchen befriedigen? Ihr Haus war damit total überfordert. Doch wie immer in solchem Falle würde ihr ihre gute Geschäftsverbindung in das lydische Thyatira helfen, dachte Evodia zuversichtlich.

Chrysis wurde von Tag zu Tag kräftiger. Ihre Jugend war ihr bester Gefährte auf dem Wege der Besserung. Einen Tag vor dem Sabbat fragte sie ihre Mutter bei Tisch: »Darf ich morgen mit in den Gottesdienst der Juden? Ich habe so lange nicht mehr die Stimme meines Lehrers gehört.«

»Liebste Chrysis, denk daran, der Gottesdienst ist lang. Die Lesungen aus den Heiligen Büchern scheinen kein Ende zu nehmen.«

»Ob ich zu Hause sitze oder in der Schule, das macht doch keinen Unterschied.«

»Dann musst du auch wieder zur Schule gehen, mein Kind.«

»Darauf freue ich mich doch!« Seit es ihr besser ging, langweilte sich Chrysis.

Evodia hatte keinen Grund mehr, ihrer Tochter die Teilnahme am Gottesdienst zu verbieten. Und in tiefster Seele wünschte sie sich für alle ihre Kinder nichts anderes: Kontakt mit der jüdischen Gemeinde, um an deren intensiver Gottesbeziehung, deren hochstehender Ethik teilzuhaben.

Die Mutter schaute Charis an.

»Natürlich gehe ich mit«, nahm die Zwillingsschwester pflichtbewusst die Antwort vorweg. Pollux allerdings probte den Widerstand: »Ich kenne aus der Schule schon fast alle jüdischen Geschichten. Ich finde sie ja auch gut. Aber muss ich sie mir deshalb immer wieder anhören?«

Dafür hatte die Mutter Verständnis. Pollux war immerhin drei Jahre jünger als die Schwestern. »Dann wartest du eben, bis du selbst den Wunsch verspürst, mitzugehen.«

Mit ihrem Ältesten tauschte die Mutter nur einen Blick. Als sie die Blockade in seinen Augen wahrnahm, vermied sie es, mit dem Neu-Initiierten über seine religiösen Bedürfnisse zu sprechen.

Der Sabbat kam. Erwartungsvoll hatte Evodia mit ihren Mädchen und ihrer Cousine in der Frauennische Platz genommen. Ihre Augen schweiften unauffällig über die Reihen der Männer. Sie schaute nach Lukanos aus, obwohl sie ihn in Troas wusste. Dabei entging ihr völlig, dass sie selbst, Syntyche, Charis und Chrysis genauestens von den jüdischen Frauen in Augenschein genommen wurden. Die unauffällig gekleideten Gottesdienstbesucherinnen suchten die Garderobe der Fremden nach Purpurstreifen ab. Kein noch so schmales Band wäre ihnen entgangen, doch sie fanden nichts.

Im Leseplan des Jahreszyklus war die Abrahamsgeschichte an der Reihe. Der Mann, der heute den heiligen Text vortrug, verstand es besonders gut, die Gestalt Abrahams lebendig werden zu lassen. Der Vorleser nahm die Zuhörer mit in eine fremde Welt. Evodia, die sehr aufmerksam lauschte, hatte dabei das Gefühl, vom Ursprung des jüdischen Glaubens berührt zu werden. Der Philosophin wurde der Zusammenhang zwischen der nomadischen Lebensweise der Vorväter und der stetigen Suche nach Gott deutlich. Sie erfasste ihn als Urbild auch für ihren eigenen Weg nach Wahrhaftigkeit.

»Durch dich sollen gesegnet sein alle Geschlechter der Erde«, ließ sich jetzt eine andere, bekannte Stimme vernehmen. Evodia hatte nicht gemerkt, dass Timon die Rednertribüne erstiegen und begonnen hatte, den Text für seine Zuhörer auszulegen: »Der Abrahamsegen gilt allen Menschen, nicht nur den Juden. Abraham ist zwar der Stammvater für unser jüdisches Volk, sein Segen aber breitet sich auf alle Menschen aus. Alle Menschen sind berufen, in den Bund aufgenommen zu werden, den Gott mit Abraham geschlossen hat.«

Evodia hatte das fast peinliche Gefühl, Timon sei auf sie fixiert, ja, er meine sie in besonderer Weise. Ihr fiel gar nicht auf, dass er alle Stellen in seiner Auslegung mied, die den Juden eine Sonderstellung unter den Völkern einräumten. Dem Rabbi ging es einzig und allein um den Universalismus des Heils, der schon in der Abrahamserzählung anklingt. Evodia wurde dadurch in ihrer Haltung bestärkt, sich an Abraham zu halten. Das Ritualgesetz wurde dabei zweitrangig. Evodia dachte an Lukanos und setzte innerlich ein befreiendes »Ja!« unter ihre Einsicht.

Auf dem Heimweg war jeder mit seinen Gedanken beschäftigt. Chrysis brach das längere Schweigen: »Ich brächte es niemals fertig, meine Familie zu verlassen, um in ein fernes Land zu gehen. Wie kann Gott so etwas von einem Sterblichen verlangen?«

Während die Mutter noch ergebnislos nach einer tiefsinnigen, aber plausiblen Antwort suchte, antwortete Syntyche in ihrer praktischen Art: »Du hast doch gehört, Chrysis, Abraham war bereits 75 Jahre alt, als der Ruf Gottes an ihn erging. Wenn du so alt geworden bist, gehst du vielleicht ganz gern, wenn Gott dich ruft.«

Das Mädchen war beruhigt. Wie schade, dass der Weg so kurz war. Sie wäre noch gern mit ihrer Schwester in der Stadt spazieren gegangen. Doch die Mutter drängte die eben erst gesund Gewordene, sich zu Hause ein wenig hinzulegen.

Für Syntyche war es eine Selbstverständlichkeit, das Mädchen zu Bett zu bringen. Evodia folgte ihr. Sie wollte etwas mit ihrer Cousine besprechen, und es war ihr nur recht, dass auch Chrysis dabei war.

»Syntyche, ich brauche deinen Rat. Als Vorstand des Hauses bin ich auch für das religiöse Leben hier verantwortlich. Deshalb möchte ich unsere Hausgenossen, auch die Sklavinnen und Sklaven, teilhaben lassen an unserer Entdeckung der jüdischen Religion.« Als Evodia sah, wie Syntyche erstaunt die Augenbrauen hob, versuchte sie zu erklären: »Ich meine natürlich nur ihren Kern, ihre ewigen Wahrheiten. Nicht im Traum denke ich daran, bei uns die koschere Küche einzuführen.« Jetzt rochen und schmeckten beide Frauen wieder den Lammbraten in Timons Haus. Syntyche war nicht begeistert.

»Evodia, ich glaube, du übertreibst deine religiöse Verantwortung als Familienoberhaupt ein wenig. Nenne mir in Philippi auch nur einen Pater familias, der sich um die Religion seiner Sklaven auch nur einen Deut kümmert! Wenn die an Staatsfeiertagen von ihrem Recht Gebrauch machen wollen, an den Tempelopfern teilzunehmen, zieht der Herr doch schon ein schiefes Gesicht, weil er Angst hat, für ein paar Stunden auf die Arbeitskraft seiner Sklaven verzichten zu müssen.« Aber dann lenkte Syntyche unvermutet ein.

»Eigentlich finde ich es gut, die Hausgenossen mit dem Glauben der Juden bekannt zu machen. Dabei denke ich weniger an die ewigen Wahrheiten als vielmehr an die Erfahrung, dass der Judengott ein Gott für die Menschen ist. Er hat immerhin unsere Chrysis wieder gesund gemacht.« Syntyche blickte ihre Patientin liebevoll an.

Evodia hatte die Kritik in Syntyches Worten wohl verstanden. Umso mehr freute sie sich über die positive Reaktion und packte, wie es ihre Art war, die Gelegenheit beim Schopfe: »Gleich heute Abend nach dem Nachtmahl fangen wir damit an. Wir versammeln uns im Gartenhof. Ich erzähle einfach die Geschichte von Abraham, wie er seinem Gott vertraut hat und welche Verheißungen er von ihm erhielt. Meinst du nicht auch, Syntyche?«

»Nun ja, ich weiß nur nicht, Evodia, wie du diese lange Geschichte auf die Reihe kriegen willst. Für mich wäre das nichts. Aber bitte, du bist ja die Begabtere.«

Die Angesprochene bekam jetzt selbst Angst vor ihrem eigenen Unternehmen. Diese überwog sogar den Schmerz über die Art, wie Syntyche immer wieder unerwartet ihre Stiche setzte. Ehe sich die Atmosphäre zu einem Gewitter aufladen konnte, meldete sich Chrysis zu Wort: »Das mit dem Erzählen ist gar nicht so schwer. Unser Lehrer Timon hat uns den Trick verraten, wie man lange Geschichten in Spannung hält. Man stellt sich das Geschehen vor. Man sieht, wie Abraham mit seiner Herde von Haran nach Kanaan zieht. Man hört, was Gott zu ihm spricht. Man merkt sich zu jeder Teilgeschichte ein Stichwort, zum Beispiel ›Land‹ oder ›Sohn‹. Dann kann man so erzählen, als sei man selber dabeigewesen.«

Da klatschte Syntyche vor Begeisterung in die Hände.

»Liebe Chrysis, du bist ja die geborene Erzählerin! Willst du nicht heute Abend erzählen? Ich meine natürlich nur, wenn deine Mutter nichts dagegen hat.«

Evodia überhörte die Aggression in den Worten ihrer Cousine und rief erleichtert: »Ja, Kind, wenn du dir das zutrauen würdest, wäre das für mich eine große Entlastung.«

»Gern, Mutter, wir haben diese Geschichte auch schon im Religionsunterricht gehört und darüber gesprochen. Ich weiß, worum es dabei geht«, versicherte die Zwölfjährige etwas altklug. Die Mutter strahlte. Als Syntyche es dann noch übernehmen wollte, die Organisation des Abends in die Hand zu nehmen, war ihre Seele wieder im Gleichgewicht.

Die Sonne war schon untergegangen, als sich Evodias Hausgemeinschaft im Gartenhof versammelte. Der milde Spätsommer ließ den Oleander nach der Hitze des Tages seinen Duft entfalten, und auch die Menschen kamen zur Ruhe. In der südlichen Wandelhalle waren Sitzgelegenheiten und Tische aufgestellt worden, die allen Hausgenossen, Kindern, Freien wie Sklavinnen und Sklaven Platz bot. Zu Evodias Überraschung war sogar Telemachos erschienen. Sie wusste nicht recht, ob sie sich darüber freuen sollte, denn sie fühlte sich durch seine Gegenwart etwas irritiert. An ihn hatte sie bei der Planung gar nicht gedacht, wohl aber an Pollux, der sich offensichtlich an den Bruder hielt.

Der leise rauschende Springbrunnen, das flackernde Licht der Öllämpchen und die Spannung der Hausgenossen schufen eine besondere Atmosphäre. Evodia zählte die Menschen im Atrium. Es waren fast vierzig. Wie sehr der Purpurhandel sich in den wenigen Monaten ihres Hierseins ausgeweitet hatte! Hatte Gott, der Herr, ihr Haus nicht auch gesegnet, wie er das des Abraham gesegnet hat?

Damit hatte Evodia den Anfang gefunden. Ihre Unsicherheit verflog, je überzeugter sie sprach: »Der Herr hat mich und mein Haus gesegnet. Ich weiß, wer der Herr meines Lebens ist. Es ist der Gott, den die Juden als ihren einzigen Gott verehren. Er ist so erhaben, dass kein Bild ihm gerecht werden kann. Dass ich ihn verehre, wisst ihr schon. Ich möchte, dass auch ihr ihn kennenlernt. Vielleicht könnt auch ihr ihn als euren Herrn entdecken. Er ist ein Gott, der den Menschen nahe ist, ein Gott, der die Menschen auf ihrem Lebensweg begleitet, wie er Abraham begleitet hat. Chrysis wird euch die Geschichte Gottes mit Abraham nun erzählen.«

Und Chrysis erzählte. Da war nichts auswendig Gelerntes. Alles hatte Chrysis mit ihren inneren Augen gesehen und mit ihren inneren Ohren gehört. Die Blicke aller richteten sich auf das Mädchen, um ja kein Wort, keine Geste und keinen Augenaufschlag zu verpassen. Das wiederum spornte Chrysis an, noch authentischer zu werden. Es war wie ein vereinbartes Zwiegespräch. Als sie nach einer guten halben Stunde geendet hatte, dauerte es eine ganze Weile, bis die Zuhörer sich zu regen wagten. Die Ergriffenheit der Hausgenossen wollte Evodia nicht zerstören, deshalb verzichtete sie auf das Gespräch über die Religion der Juden, wie sie es ursprünglich geplant hatte. Sie sagte einfach:

»Liebe Chrysis, hab Dank für deine Erzählung. Sie ist allen sehr zu Herzen gegangen. Wir wollen sie mit in den Schlaf nehmen. Ich wünsche euch nun eine gute Nacht.«

Ein langer Brief

Syzygos, der bejahrte Türhüter im Hause der lydischen Purpurhändlerin, hatte sich gerade für ein Nickerchen auf seinem Lager ausgestreckt, als er vor dem Hause Pferdehufe, Räderklappern und das »Brrrrrrr« eines Kutschers vernahm. Da waren schon energische Schritte auf dem Gehsteig, und gleich darauf wurde der Türklopfer betätigt, dass es nur so seine Art hatte. Bevor der Alte öffnete, schaute er durch das vergitterte Fensterchen seiner Pfortenstube. Draußen stand ein Fahrzeug der staatlichen Dienstpost. Am Wagen prangte unübersehbar die Aufschrift »Cursus publicus«. Dem Türhüter fuhr der Schreck in die Glieder. Während er zur Pforte schlurfte, schossen ihm angstvolle Gedanken durch den Kopf: »Um der Götter willen, nur keine Scherereien mit der römischen Staatsverwaltung! Da wird doch wohl niemand die staatliche Dienstpost für private Zwecke benutzt haben? Seit ihrer Einführung durch Kaiser Augustus ist der Missbrauch immer wieder mit dem Tode bestraft worden.«

Beflissen öffnete Syzygos die Tür. Seine gebeugte Gestalt drückte Achtung aus, diesmal Achtung vor der Obrigkeit.

»Ich habe einen Brief für deine Herrin: Evodia, Purpurhändlerin von Philippi, genannt Lydia. Hol sie!«, gebot der Postbote mit schnarrender Stimme.

Unter fortwährender Wiederholung der Worte »sofort, sofort« schlurfte der Alte ins Haus und zog dabei den Boten des Cursus publicus hinter sich her, um ihn in den Empfangsraum zu führen.

Evodia war sofort zur Stelle, als hätte sie die Bedeutung der Situation erahnt.

»Bist du Evodia, die Purpurhändlerin von Philippi?«

»Ich bin es persönlich.«

»Herrin, ich habe hier einen Brief für dich. Er ist von einem geschrieben, der bei der römischen Verwaltung in Troas arbeitet und mir den Brief persönlich nach Philippi mitgegeben hat. Ich habe ihn aus Gefälligkeit mitgenommen.«

»Ich danke dir, Mann. Für deine Bemühungen über deinen Dienst hinaus magst du eine Belohnung entgegennehmen.« Mit diesen Worten drückte die Herrin des Hauses dem »schwarzen Briefboten« ein Geldstück in die Hand. Dabei konnte sie ein leichtes Schuldgefühl wegen Bestechung eines Staatsbeamten nicht unterdrücken. Der Postbote fühlte einen Denar auf der Handfläche. Die Freude über den zusätzlichen Tageslohn ließ seinen Kopf ganz tief sinken, so dass er fast die Hand der Frau berührte.

Als Evodia allein war, öffnete sie ein wenig zu hastig den Brief.

Er war auf Papyros geschrieben. Sie hoffte, dass er von Lukanos wäre. Das Stichwort Troas hatte ihr die Hoffnung eingegeben. Tatsächlich, noch im Stehen konnte sie es lesen:

»Lukanos, zur Zeit Arzt in Troas, grüßt Evodia, die edle Purpurhändlerin in Philippi, und ihr ganzes Haus.

Wenn es dir gut geht, dann geht es mir auch gut. Ich habe in den letzten Wochen, während das Sumpffieber hier wütete, viel Arbeit gehabt. Den meisten Kranken konnte ich helfen, die Gesundheit wieder zu erlangen. Leider sind auch einige gestorben. Allmählich geht die Krankheit zurück. Das ist jedes Jahr so, wenn die Tage kühler werden. Ich vermute, dass die Krankheit etwas mit den Mücken zu tun hat. Sie kommt und geht mit den Mücken. Wie froh bin ich, dass deine Tochter Chrysis wieder genesen ist!

Seitdem ich dein Haus besuchte und wir über Religion sprachen, denke ich oft an dich, an deine Cousine Syntyche und an deine Töchter. Der Gedanke, den wahren Gott gefunden zu haben, lässt mich nicht mehr los. Deshalb suchte ich hier in Troas auch bald nach meiner Ankunft nach der jüdischen Gemeinde. In dieser Stadt sind alle Kulte vertreten: der Isis-Kult, der Dionysos-Kult, der Silvanus-Kult, der Mithras-Kult, der Attis-Kult. Alle haben ihre Kultstätten und Vereinshäuser. Mir kam schon der Gedanke, dass alle im Grunde eins seien, dass nur die Namen ausgetauscht wären. Und wer sagt mir denn, dass ausgerechnet das kleine Volk der Juden als einziges Volk auf der Erde den wahren Gott gefunden haben soll?

Nach vierzehn Tagen fand ich sie, die Juden. Ich hätte es mir ja denken können – am Fluss. Sie brauchen doch Wasser für ihre rituelle Reinigung. Die Gemeinde ist noch kleiner und ärmer als unsere in Philippi. Ihr Gebetshaus ist eine einfache Bretterbude. Sie nahmen mich freundlich auf. Dabei weiß ich nie, ob ihre Sympathie mir als Mensch oder mir als Arzt gilt. Jedenfalls fand ich dort die Antwort auf meine Frage: Nicht die Juden haben den einzigen, unaustauschbaren und wahren Gott gefunden, sondern umgekehrt – Gott hat sie gefunden und auserwählt, seine Wahrheit bei den Völkern zu verbreiten.

Am letzten Sabbat ist hier ein Wanderprediger aufgetaucht, ein richtig gelehrter Rabbi. Der Vorsteher sagte bei seiner Vorstellung, er stamme auch aus der Diaspora, aus Tarsus in Kilikien; er habe aber an der Hohen Theologischen Schule in Jerusalem studiert, bei Gamaliel. Der Name sagt mir nichts. Der alte Mann ist wohl fast fünfzig Jahre, klein und glatzköpfig. Er strotzt nicht gerade von Selbstbewusstsein. Aber wenn er den Mund auftut, dann fangen seine dunklen Augen an, Feuer zu sprühen, und du kannst dich ihnen nicht mehr entziehen. Er ist ganz durchdrungen von seiner Botschaft. Was das für eine Botschaft ist? Ich habe sie (noch) nicht ganz verstanden. Das jedenfalls habe ich mitbekommen:

Der Gesalbte – in der Sprache der Juden der Messias, von den Propheten angekündigt – ist schon gekommen. Es ist Jesus von Nazareth, einem kleinen Kaff irgendwo im Judenlande. Seine Landsleute haben ihn nicht verstanden und ihn wegen Hochverrat den Römern übergeben, die ihn vor zwanzig Jahren kreuzigten.«

Evodias Herz schlug bis zum Halse, und als sie sich die grausame Hinrichtung vorstellte, von deren Praktizierung durch die Römer sie schon gehört hatte, die sie aber noch niemals selbst mit ansehen musste, setzte sie sich erschöpft auf einen Schemel. Die Kreuzigung des »Messias«, Lukanos, die Römer und die Erinnerung an das brutale Ende ihrer eigenen Kindheit sowie die vielen Götter und Kulte, die einander zu übertreffen suchten, all das verwirrte sich in ihrem Kopf. Sie hatte Mühe, die Botschaft ihres Freundes Lukanos, oder war es die des Wanderpredigers mit der Glatze, zu verstehen, aber das war in der Tat auch nicht leicht. Sie las weiter:

»Gott hat ihn jedoch nicht im Grabe gelassen, sondern nach drei Tagen auferweckt. Dieser Jesus ist mehr als ein gewöhnlicher Mensch, er ist der Sohn Gottes, jenes einzigen und wahren Gottes, den die Juden verehren. Weil Jesus sein Todesleiden auf sich genommen hat, deshalb rechnet uns Gott die Sünde nicht mehr an. Wir sind erlöst durch das Blut seines Sohnes. Deshalb schaut Gott uns wieder an: Nicht mehr wegen des Gesetzes, das wir doch immer wieder übertreten, sondern wegen seines Sohnes Jesus, den wir griechisch ›Christos‹ nennen. Er hat uns frei gemacht vom Gesetz. So sagt es der Mann, liebe Evodia.« Zum Glück brachte Lukanos die Briefleserin damit wieder auf den Boden zurück. Weiter schrieb er:

»Einige Juden waren ganz begeistert von der neuen Lehre. Andere, besonders der Vorsteher der kleinen Gemeinde, waren sehr skeptisch. Sie warnten davor, die altüberlieferte Lehre zu verändern. Außerdem sei es sehr gefährlich, einem Menschen den Titel ›Sohn Gottes‹ zuzusprechen. Damit käme man den heidnischen Religionen sehr nahe, in denen es nur so von Göttersöhnen und -töchtern wimmele. Mir gibt zu denken, dass Osiris, Mithras und wie sie alle heißen mythische Gestalten sind. Dieser

Jesus, den sie den Gesalbten nennen, scheint dagegen mit großer Sicherheit eine historische Person gewesen zu sein. Vor zwanzig Jahren, als er starb und auferweckt wurde, war ich selbst ein Kind.

Liebe Evodia, ganz habe ich die Botschaft des kleinen Mannes noch nicht begriffen. Aber seine Rede von der Freiheit gefällt mir. Wäre es in deinem Sinne, wenn ich ihn nach Philippi einlade? Vielleicht bringe ich ihn auf meiner Rückreise mit, die ja nicht mehr lange auf sich warten lässt. Ich werde ihm sagen: ›Ich bin ein Makedonier. Komm herüber zu uns nach Makedonien und hilf uns!‹«

Das Stichwort »baldige Rückreise« hakte sich in Evodia fest, so dass sie die mögliche Begleitung Lukanos' durch den kleinen Rabbiner kaum registrierte. Aber der Brief war noch nicht ganz zu Ende.

»Noch etwas zu meiner Situation hier. Troas ist zwar römische Kolonie, aber eine einzige Baustelle. Nicht einmal der Aquädukt ist fertig. Ansonsten ein langweiliges Nest. Meine Vorstellung von Troas war durch Homers Ilias geprägt, die ich in meiner Kinheit regelrecht verschlungen habe. Aber das waren wohl Mythen, von denen wir in reifen Jahren Abschied nehmen müssen. Oder meinst du, sie bergen doch ein Körnchen Wahrheit? Ich sehne mich zurück nach meiner Vaterstadt Philippi. Mir gefällt es in der Stadt mit den drei Kulturen besser als hier in Troas.

Bis bald. Vale!

Lukanos.

Postskriptum: Ich lasse diesen Brief mit der Behördenpost befördern. Alle, die im öffentlichen Dienst stehen, wie ich zur Zeit, nutzen sie. Der Kaiser kann ja nicht seine ganze Beamtenschaft, dazu noch das ganze Offizierskorps, köpfen lassen!

Ich habe übrigens den Briefboten, den Tabellarius, wie die Römer ihn nennen, für seine Mehrarbeit reichlich entlohnt. Du brauchst das also nicht noch einmal zu tun.«

»Dieser Gauner!« Evodia war froh, dass sie in dieser Weise emotional auf den Brief reagieren konnte. Das Schreiben erfüllte sie mit großer Freude, gleichzeitig löste es auch Beunruhigung bei ihr aus. Sie wusste nur noch nicht, weshalb. Evodia zog sich auf ihr Zimmer zurück, wo sie niemand beobachten konnte, und las den Brief noch einmal in Ruhe. Ja, er hatte sie als Frau angesprochen. Oder bildete sie sich das nur ein? Auch die Geschichte mit dem Rabbi weckte beim erneuten Lesen zwiespältige Gefühle in ihr. Da glaubte sie, endlich gefunden zu haben, was sie suchte, und jetzt tauchte möglicherweise eine neue Verunsicherung durch einen »Gottessohn« ausgerechnet bei den Juden auf!

Schließlich aber schob Evodia den Gedanken beiseite und freute sich nur noch auf die Wiederkehr ihres jungen Freundes Lukanos. Um ihre Freude zu steigern, hatte sie das Bedürfnis, den Brief sofort Syntyche und den Zwillingen zu zeigen. Pollux und erst recht Telemachos dürfte er wohl inhaltlich nicht interessieren, meinte sie. Ihr Instinkt wusste es: Das war ein Brief für Frauen.

Wie neu geboren

Drei Wochen gingen ins Land. Evodia spürte, wie ihre Erwartung, ja ihre Sehnsucht anstieg. An der Art, wie Syntyche immer grantiger wurde, merkte sie, dass auch ihre Cousine Lukanos' Ankunft entgegenfieberte. Als sie am Ende der drei Wochen alle zusammen zum Flusstor hinauszogen, um den Sabbat zu begrüßen, sagte Chrysis: »Ich habe das Gefühl, dass heute Lukanos wiederkommt.« Wortlos, mit freudigem Erschrecken blickten Evodia und Syntyche einander an.

Die untergehende Oktobersonne schickte ihre letzten warmen Strahlen über die Ebene von Philippi und tauchte nicht nur die Stadtmauer, sondern auch den schlichten Gebetsraum der Juden in überirdisches Licht. Wo die Abendsonne noch die Oberfläche des Flusses Gargites erreichen konnte, zauberte sie eine goldene Bahn aus tausend Wassersternen.

Bis zum Sonnenuntergang, der den Beginn des Gottesdienstes bestimmen würde, war es noch Zeit. Die Frauen blieben vor dem Gebetsraum und genossen die Stimmung. Sie fühlten sich heute auf eine besondere Weise eins mit dem geheimnisvollen Grund ihres Daseins. Noch lange hätten sie so gestanden, wären sie nicht durch Männerstimmen aufgeschreckt worden. Aus dem Flusstor traten vier Gestalten. Einen von ihnen erkannten sie sofort: Lukanos. Evodia hielt an sich, ihn nicht zu umarmen.

»Ich hatte schon damit gerechnet, euch hier anzutreffen«, begrüßte Lukanos die Frauen. Und schon hingen Chrysis und Charis ihm am Hals, was ihre Mutter nicht gern sah. Lukanos aber machte sich nichts daraus. Er hatte Bedeutenderes im Sinn.

»Darf ich euch meine Begleiter vorstellen? Das hier ist der berühmte Rabbi Paulos. Er war so freundlich, meine Einladung nach Philippi anzunehmen.«

Damit zeigte Lukanos auf den unscheinbaren Mann an seiner rechten Seite. Der verbeugte sich leicht vor jeder der beiden Frauen, auch vor den Mädchen.

»Das ist Timotheos und das ist Silas. Sie sind mit Paulos unterwegs.« Die beiden nickten nur kurz, als fühlten sie sich ganz im Hintergrund.

Lukanos stellte nun auch Evodia als Purpurhändlerin mit ihrer Cousine Syntyche und ihren beiden Töchtern vor. Evodia spürte das Interesse, das der Rabbi besonders ihr entgegenbrachte. War es der Beruf einer Purpurhändlerin, ihre aparte Schönheit oder die Achtsamkeit, die ihr ganzes Wesen geformt hatte? Manchmal war es ihr peinlich, wie ein Magnet die Aufmerksamkeit auf sich zu ziehen.

»Seid willkommen bei uns in Philippi. Gehen wir in das Gebetshaus, dort könnt ihr bis zum Beginn des Gottesdienstes noch ein wenig ausruhen.« Evodia wandte sich dabei dem alten Mann zu, dem die Strapazen der Reise deutlich anzusehen waren. Seine schmächtige Konstitution forderte geradezu die Fürsorge einer Frau heraus, dachte sie. Laut ermutigte sie aber die Männer: »Dabei könnt ihr uns schon eure Lehre darlegen, denn dazu seid ihr ja übers Meer gekommen.«

Bei diesen Worten schaute sie Lukanos an, der etwas verlegen lächelte. Evodia und ihre Begleiterinnen nahmen in der Frauennische Platz, wo sich schon ein paar Jüdinnen eingefunden hatten, um bis zum Beginn des Gottesdienstes Rezepte und Strickmuster auszutauschen.

Paulos nahm einen Schemel aus dem Hauptraum und setzte sich den Frauen gegenüber, die anderen Männer taten es ihm nach. Lukanos, den alle kannten, stellte den Frauen Paulos als gelehrten Rabbi vor. Der ergriff ohne Umschweife das Wort. Als er den Mund öffnete, spürten die Frauen sogleich seine Autorität. Nichts erinnerte mehr an die Anstrengungen, die er hinter sich haben musste: »Geliebte Schwestern im Herrn, ich bin nicht aus eigenem Antrieb in diese makedonische Stadt gekommen. Ich komme als Beauftragter. Jesus, der Gesalbte, hat mich zu euch geschickt.« Nach den ersten Sätzen merkte Paulos, dass er nicht in einer vollbesetzten Synagoge sprach, sondern im vertraulichen Kreis einiger Frauen. Deshalb änderte er nicht nur seine Lautstärke, sondern auch den Tonfall seiner Botschaft.

»Wie soll ich mich vor euch ausweisen? Jeder Bote muss ein Beglaubigungsschreiben haben. Mein Empfehlungsschreiben sind diese beiden Männer hier, Timotheos und Silas, und nicht nur sie, sondern viele Gemeinden in ganz Asien, Juden und Griechen, die den Glauben an Jesus, den Christos, angenommen haben.

Ihr wisst aus den Heiligen Schriften, dass Gott immer wieder durch Propheten seinen Willen kundgetan hat. Zuletzt sandte er seinen Sohn. Jesus zog umher, verkündete die gute Nachricht vom Reich Gottes, das mit ihm schon angebrochen ist, und heilte zum Beweis seiner Vollmacht zahlreiche Kranke. Er nahm sich besonders der Kleinen und Schwachen an. Kinder stellte er in den Mittelpunkt und war zärtlich mit ihnen. Gedemütigten Frauen gab er ihre Würde wieder. Er zeigte, dass die wahre Moral eine Sache des Herzens ist, nicht der Paragraphen. Viele glaubten an ihn. Leider fand das bei den Autoritäten unseres Volkes keinen Gefallen. Im Gegenteil: Sie hatten beschlossen, ihn zu vernichten, weil sie um ihre Privilegien fürchteten. Deshalb lieferten sie ihn unter zwielichtigen Anschuldigungen den Römern aus. Diese verurteilten ihn zum Tode am Kreuz.« Paulos machte eine kleine Pause, in der er die Wirksamkeit seiner Worte bei den Zuhörerinnen prüfte. Die jüdischen Frauen, denen das alles völlig neu war, hingen an seinen Lippen. Paulos fuhr fort: »Aber Gott, der Vater unseres Herrn Jesus Christos, ließ seinen Sohn nicht im Grabe. Sein Leib sollte die Verwesung nicht schauen, wie die Schrift sagt. Deshalb erweckte er ihn nach drei Tagen vom Tode. Jesus Christos erschien vielen von seinen Anhängern, zuletzt auch mir. Ich bin sein Zeuge, weil ich ihn gesehen habe.« Keine der Frauen zweifelte an der Wahrheit dieser Worte. Inzwischen hatte sich der Gebetsraum mit immer mehr jüdischen Gottesdienstbesuchern gefüllt. Paulos erklärte weiter: »Damit ist der Tod besiegt. Er hat seinen Stachel verloren. Auch ihr braucht keine Angst mehr vor dem Tode zu haben, wenn ihr Jesus Christos ähnlich werdet. Für jeden einzelnen von euch hat Jesus sein Blut vergossen. In diesem Blut will Gott einen Bund mit jedem von euch schließen.«

Evodia hatte stumm zugehört. Was sie jetzt aufnahm und was ihr in Lukanos' Brief schon begegnet war, hatte sich in diesem Menschen, diesem unscheinbaren Wanderprediger verkörpert, kam von tief innen aus seinem Herzen. Auch Evodias Herz brannte. Jegliche Skepsis war verflogen. Alles, was dieser Mann sagte, leuchtete ihr ein. Es war das, was ihrem Glauben an Jahwe, den jüdischen Gott, die Vollendung gab. Evodia hatte das Gefühl, ganz persönlich gemeint zu sein. Gern hätte die Philosophin noch weitere Einzelheiten gewusst: Wie verhielt sich dieser Jesus Christos zur Ewigen Weisheit, zum Logos? Aber solche Fragen mussten noch warten, denn inzwischen hatte der Vorabendgottesdienst begonnen. Die Teilnehmer drehten sich zum Eingang und begrüßten die »Braut Sabbat«.

Im Laufe des Gottesdienstes hatte Timon den Gast endeckt, ihn als Rabbiner erkannt und ihn gebeten, die Heilige Schrift auszulegen. Paulos fing bei Adam an, durchschritt die ganze Heilige Schrift, Thora und Propheten und wies nach, dass alle Verheißungen auf einen Einzigen zielten: auf Jesus, den die Hebräer Messias, die Griechen Christos nennen. Das war eine sprachliche Leistung, die Paulos nicht sichtlich anstrengte. Nicht zum erstenmal legte er die Schrift in dieser Weise aus.

»Ihr wollt nun wissen, wie ihr Anteil an diesem Jesus Christos bekommt. Wie ihr Anteil an den Verheißungen der Väter bekommt, wisst ihr. Durch das Gesetz! Anteil an Christos bekommt ihr nicht durch das Gesetz, sondern allein durch Glauben, durch den Glauben an den gekreuzigten und auferstandenen Sohn Gottes. Dieser Glaube wird durch die Wassertaufe bekräftigt. Wer sich taufen lassen möchte, kann nach dem Gottesdienst mit mir hinabsteigen in die Miquwe. Das rituelle Reinigungsbad, das ihr schon so oft genommen habt, bekommt damit eine neue Bedeutung: Es wird zum Zeichen der Vereinigung mit Jesus Christos, mit seinem Tod und seiner Auferstehung.«

Evodia merkte nicht, wie sich die Frauen in ihrer Umgebung ratlos anschauten. Sie beugte sich zu Syntyche und flüsterte ihr zu: »Ich werde hinuntergehen, um mich taufen zu lassen.«

»Ich komme auch mit«, antwortete Syntyche.

Charis und Chrysis, die das Zwiegespräch mitbekommen hatten, bekundeten fast gleichzeitig: »Ich möchte auch mitkommen.«

Hannah, die Frau des Synagogenvorstehers, die in der Nähe saß, flüsterte Evodia zu: »Ich werde für euch Trockentücher und frische Himatien in die Miquwe legen.« Sie sagte es so, dass niemand sonst es hören konnte, und blickte sich dabei vorsichtig um. Nach dem Gottesdienst verließen fast alle Juden betreten den Gebetsraum. Timon machte sich noch im Hintergrund zu schaffen. Nur die gottesfürchtigen Frauen mit Evodia, der Lydierin, blieben. Sie gingen auf Paulos zu. Der fragte sie: »Glaubt ihr, dass Jesus, der Gesalbte, der Sohn Gottes ist? Dass er für euch gestorben und für euch auferstanden ist?«

»Ich glaube ganz fest daran«, sagte Evodia. Entschiedenheit lag in ihren Worten. Syntyche, Charis und Chrysis stimmten einfach zu: »Ich auch.«

»Dann hindert nichts mehr daran, dass ihr getauft werdet. Geht schon vor in die Miquwe, legt eure Oberkleider ab. Ich komme gleich nach.«

Die Frauen gingen langsam zum Eingang und suchten ein wenig verunsichert, weil sie noch nie das Reinigungsbad besucht hatten, die Tür zur Treppe, die in die Miquwe führte. Die war nichts anderes als eine Badehütte, die einen uneinsehbaren Zugang zum Fluss ermöglichte. Die Frauen hängten ihre Oberkleider an einen Haken und standen ein wenig verlegen und fröstelnd im Halbdunkeln. Nach einer Weile kam Paulos mit einer brennenden Kerze aus dem Gebetsraum. Er stellte das Licht auf einen Leuchter, legte ebenfalls sein Obergewand ab und stieg mit Evodia in das gemessen fließende Wasser.

Es war kalt. Paulos tauchte Evodia ganz unter und sagte dabei: »Ich taufe dich auf den Namen des Kyrios Jesus.«

Dasselbe geschah danach mit Syntyche, gleich darauf mit Chrysis und Charis. Dabei lächelte Paulos, weil sich die Schwestern so ähnlich sahen. Sie hatten auch dieselbe Art, sich nach dem Bad vorsichtig zu schütteln. Paulos legte sein Obergewand wieder an und ging, vor Nässe triefend, nach oben zu seinen drei Begleitern, die diskret im Gebetsraum gewartet hatten. In einem Nebenraum konnte er sich umziehen. Die Frauen fanden in der Miquwe genügend Tücher vor, um sich abzutrocken, dazu frische Hemden, die Hannah fürsorglich für sie bereitgelegt hatte.

Evodia fühlte sich von dem Bad im frischen und klaren Wasser wie neu geboren. Eine Welle des Glücks breitete sich in ihrer Seele aus. Unwillkürlich kam ihr der Traum, den sie während des Heilschlafes gehabt hatte, in die Erinnerung: Jesus Christos war nun ihr ständiger Begleiter. Er war der Eros, die ewige Schönheit, die Diotima in Platons »Gastmahl« besungen hatte. Evodia hatte gefunden, was sie suchte. Ein tiefer Friede und eine unbeschreibliche, stille Freude nahmen von ihr Besitz.

Syntyche umarmte ihre Cousine herzlich. Auch sie war gerührt von innerem Glück. Die beiden Mädchen fassten einander bei den Schultern und bezogen Mutter und Tante in ihre Umarmung ein.

Die vier waren nun Eingeweihte. Das erfüllte sie mit Stolz. Jetzt gehörten auch sie – wie die meisten Philipper – einem Kult an und nicht mehr einer primitiven Massenreligion, und wenn es sich auch um die römische Staatsreligion handelte.

Als die Neophytinnen, die Neugetauften, nach oben gestiegen waren und den Gebetsraum betreten hatten, trafen sie wieder auf Paulos und seine Begleiter, die ihnen geschwisterlich gratulierten. Sie spürten: Wir gehören dazu. Wir sind jetzt »Christianoi«, wie die Jesusleute genannt wurden. Lukanos erklärte: »Auch ich bin Christianos. Paulos hat mich noch in Troas getauft.«

Timon hatte sich inzwischen ganz zurückgezogen. Von ihm und seiner Frau fand sich keine Spur. Ob sie schon vor Paulos gewarnt worden waren?

Evodia hätte gern das Glücksgefühl länger und dauerhaft bewahrt, aber die allgemeine Stimmung schien sich in Richtung Aufbruch zu entwickeln. Da kam der energischen Frau eine Idee. Sie stellte sich vor die Männer hin und sagte in einem Ton, der keinen Widerspruch dulden würde: »Edler Paulos und ihr anderen Männer, seid meine Gäste für die Zeit eures Aufenthaltes in Philippi. Ich habe ein großes Haus.«

»Vielen Dank für deine Gastfreundschaft, Evodia. Aber wie haben schon in der Stadt Quartier genommen. Wir wohnen an der Emporenstraße im Gasthof ›Zum alten Kameraden‹.« Paulos war verlegen bei seiner Antwort. Eigentlich hätte er sagen müssen: »Liebe Frau, deine Einladung ist für uns und vor allem für dich ein Ding der Unmöglichkeit. Denk an deinen guten Ruf. Du kannst als alleinstehende Frau nicht drei wildfremde Männer in dein Haus aufnehmen.«

Evodia spürte Zorn in sich aufsteigen. So schnell gab sie nicht auf. Sie schaute die Männer der Reihe nach an: »Seid ihr vom Glauben an Jesus Christus überzeugt, wie ich, oder etwa nicht? Wenn ihr glaubt, dann kommt in mein Haus!«

Bei den letzten Worten schob sie Paulos vor sich her auf den Ausgang des Gebetsraumes zu. Aus dem Hintergrund wagte Silas noch einen zaghaften Einwand: »Unser Gepäck ist noch im ›Alten Kameraden‹.«

»Das werden unsere Leute dort abholen. Wenn nötig, bezahlen wir auch den vereinbarten Pensionspreis,« erwiderte die Geschäftsfrau.

Während Evodia, Charis und Chrysis die Männer nach Hause geleiteten, war Syntyche schon vorausgeeilt. Sie kündigte dem völlig überraschten Küchenpersonal Gäste an. Beschwichtigend schlug sie Strategien vor, wie man das Nachtmahl strecken könnte, so dass es für alle reichen würde. Der Einfallsreichtum der Köchinnen und Köche hatte schon manche ähnliche Situation gerettet. Syntyche wies die Haussklaven an, den Gartenhof so mit Tischen und Bänken herzurichten, dass alle Hausgenossen mit den Gästen draußen speisen könnten. Auch für ausreichende Beleuchtung war zu sorgen.

Inzwischen war Evodia mit ihren Gästen im Hause angekommen. Syzygos beherrschte das Zeremoniell eines Pförtners aufs vollkommenste. Er empfing Paulos und seine Begleiter, als wäre der der Kaiser Claudius persönlich. Dann führte er die Gruppe in den Empfangsraum. Kaum saßen sie, brachten auch schon hübsche Sklavinnen frisches Obst und kühles Wasser. Sklaven kamen mit großen Schüsseln und wuschen Timotheos, Silas und Lukanos, die ja nicht im Reinigungsbad gewesen waren, die Füße. Alles war perfekt eingespielt, es gehörte im gesellschaftlichen und geschäftlichen Alltag zur Routine. Evodia schaute mit Genugtuung auf ihre Hausgenossen. Sie hatte in diesem Augenblick nur den einen Wunsch, alle möchten sich und ihr Leben auch Jesus Christos anvertrauen können. Schon trat Syntyche heran: »In einer Stunde können wir das Nachtmahl im Gartenhof einnehmen. Alle Hausgenossen werden dabei sein. Bis dahin könnt ihr euch noch ein wenig ausruhen. Ich werde unseren lieben Gästen die Zimmer zeigen. Du, Lukanos, wirst wohl in deinem eigenen Hause hier in Philippi schlafen.«

Evodia schaute ihre Cousine dankbar an. Wie sollte sie solche Logistik ohne sie meistern? Unterdessen hatten sich die Zwillinge auf Lukanos gestürzt, zerrten ihn in eine Ecke des Empfangsraum und bestürmten den Arzt mit Fragen, die er nicht gleichzeitig beantworten konnte. Chrysis wollte alles über das Sumpffieber in Troas wissen – ob es mehr Fälle von der gefährlicheren Art, der Quartana, gegeben hätte oder mehr von der harmloseren, der Tertiana, von der sie selbst befallen gewesen war. Charis interessierte sich für die Umstände der Taufe. War Lukanos auch in so einem Renigungsbad gewesen? Wie fühlte er sich jetzt? War er glücklich? Sie jedenfalls sei der glücklichste Mensch der Welt, versicherte Charis. Lukanos hatte alle Mühe, sich ihrer Zärtlichkeiten zu erwehren. Für die Mädchen verging die Stunde wie im Fluge. Die Sklavinnen und Sklaven hingegen hatten alle Hände voll zu tun, die Vorbereitungen für ein Festmahl zu treffen. Denn ein Festmahl sollte es werden, das war auch für sie eine Sache der Ehre.

Als die Glocke zum Nachtmahl rief, brannten die großen Öllampen an den Säulen des Gartenhofes und die kleinen auf den Tischen. Sie zauberten eine feierliche Stimmung in den Peristyl, auf dessen Südseite die Tische zu einem Quadrat aufgestellt waren. Es dauerte nicht lange, da waren Gäste und Hausgenossen versammelt. Die Haussklaven kannten ihre Plätze, den Gästen wies Evodia sie an. Alles hatte sie genau bedacht: Den Ehrenplatz in der Mitte der Schmalseite erhielt Paulos, den Platz zu seiner Rechten reservierte sie für sich, daneben hielt sie einen Platz für Chrysis frei. Lukanos folgte, daneben Timotheos, dann Pollux. Den Platz Paulos' zur Linken reservierte sie für Syntyche, den daneben für Charis, den folgenden wies sie Silas an. Neben ihm saß Telemachos. Die Hausgenossen warteten, bis die Gäste sich gesetzt hatten, dann nahmen auch sie Platz. Lukanos betrachtete die Herrin des Hauses aus den Augenwinkeln. Evodia sah an diesem Abend hinreißend aus. Sie trug ein weißes Seidenkleid mit violettem Purpursaum, das dreimal geschürzt zu Boden fiel. Ihr schwarzes Haar schmückte dezent ein feines Golddiadem. Den schlanken Hals zierte eine goldene Kette mit Edelsteinen. Längliche Ohringe aus dem gleichen Material rahmten das schmale Gesicht ein. Am auffallendsten aber waren Evodias große, schwarze, sehr aufmerksame Augen. Paulos schien sich für soviel Schönheit überhaupt nicht zu interessieren. Nachdenklich sah er die Sklavinnen und Sklaven an, ihnen schienen sein besonderes Interesse zu gelten. Evodia bat Paulos, das Mahl zu segnen.

»Zum Gastmahl der himmlischen Herrlichkeit führe uns alle Christos der Kyrios.«

Die Sklaven schauten verwundert auf. Der Titel »Kyrios« stand eigentlich nur dem römischen Kaiser zu. Hoffentlich lädt sich der alte Mann keinen Ärger an den Hals, dachten viele. Aber hier war man ja unter sich. Evodia begrüßte als Herrin des Hauses noch einmal die Gäste und stellte sie ihren Hausgenossen vor. Dann verkündete sie bewegt: »Der Anlass für dieses gemeinsame Mahl hat sich sicher schon herumgesprochen: Für Syntyche, Charis, Chrysis und für mich ist heute ein wichtiger Tag. Paulos hat uns heute Abend getauft. Wir sind in den Fluss hinabgestiegen, um mit unserem Heiland und Retter Jesus Christos zu sterben. Wir sind wieder aufgetaucht, um mit ihm wieder aufzuerstehen. Ihr wisst, dass es in unserer Stadt viele Kulte gibt, die Heilung versprechen. Jesus Christos ist der einzig wahre Heiland. Wir wollen nun dieses bescheidene Mahl – für ein größeres Mahl fehlte unserer Küche die Zeit der Vorbereitung – einnehmen zu Ehren des Paulos und seiner Begleiter Timotheos, Silas und Lukanos.«

Die Verwunderung der Hausgenossen hielt sich in Grenzen, denn sie waren in dieser Stadt einiges gewöhnt. Sicher würden sie bald mehr über den neuen Kult erfahren. Erst einmal wurde aber die Vorspeise aufgetragen: die unvermeidlichen in Salzwasser gekochten Eier heute zur Abwechslung auf Thunfisch. Dazu trank man Mulsum, ein süßes Mischgetränk aus Wein und Honig.

»Bei den Römern muss alles ›ab ovo‹ anfangen«, spottete Telemachos, um auf dieser griechisch sprechenden Insel innerhalb Philippis mit seinen Lateinkenntnissen anzugeben.

»Bei uns fängt alles mit der Taufe an«, bemerkte Silas, der neben ihm saß. »Hoffentlich können wir bei dir auch bald von vorn anfangen.« Die Gäste lachten. Nur Evodia bekam einen roten Kopf. Und wie erwartet, wurde es kritisch, als der junge Mann antwortete: »Ich bin schon in den Kult des Thrakischen Reiters eingeweiht. Es ist ja schließlich gleichgültig, zu welchem Kult man sich hingezogen fühlt. Hauptsache, man gehört irgendwo dazu.«

Evodia spürte förmlich, wie sich bei Paulos die Nackenhaare sträubten. Aber noch schwieg er, und Timotheos übernahm die lakonische Antwort: »Man kann auch aufs falsche Pferd setzen.«

Der Hauptgang, der jetzt vom Speisemeister angesagt wurde, lenkte zum Glück die Aufmerksamkeit auf sich. Eine riesige Platte wurde hereingetragen. In der Mitte lag ein gebratenes Schaflamm, um das knusprig gebackenes Geflügel gruppiert war. Der Duft des mit Knoblauch, Majoran und Basilikum zubereiteten Fleisches stieg allen in die Nase; von den Tischen der Sklaven hörte man deutliches Schnalzen. Als Beilage gab es Bohnen mit Speck. Der Rotwein kam von den Weinbergen, die im Nordosten fast in die Stadt hineinwuchsen. Man trank ihn mit Wasser gemischt. Fladenbrot wurde in großen Körben herumgereicht. Aufmerksame Tischsklaven und -sklavinnen richteten die Speisen an und verteilten die Portionen. Während alle aßen, verstummten die Gespräche, so dass man den Springbrunnen in der Mitte des Gartenhofes plätschern hören konnte.

Als die Reste des Hauptganges abgetragen waren, wäre in konservativen Häusern der Zeitpunkt gewesen, die Hausgötter mit einer Weinspende zu übergießen. Im Haus der Lydierin ergriff Paulos das Wort, nachdem er die Gastgeberin um ihr Einverständnis gefragt hatte: »Liebe Evodia, du hast mich und meine Begleiter heute in dein Haus eingeladen, um mir deine Gastfreundschaft zu gewähren. Hab Dank für das köstliche Mahl. Deine Sklavinnen und Sklaven haben es mit ihrer Hände Arbeit bereitet, auch ihnen gilt unser Dank.« Die Angesprochenen horchten auf, denn obwohl sie von Evodia immer menschlich behandelt wurden, war es nicht üblich, sich eigens bei ihnen zu bedanken. Paulos erklärte deshalb weiter mit Nachdruck: »Jesus Christos macht keinen Unterschied zwischen Herren und Sklaven. Ja, die Sklaven stehen ihm besonders nahe. Er ist selbst einer von ihnen geworden. In einer der Gemeinden, die ich besuchte, wurde von Sklaven ein Hymnus gedichtet, der mir so gefallen hat, dass ich ihn auswendig gelernt habe. Ich werde ihn euch vortragen:

Er war Gott gleich,
hielt aber nicht daran fest, wie Gott zu sein,
und wurde wie ein Sklave
und den Menschen gleich.
Sein Leben war das eines Menschen.
Er erniedrigte sich
und war gehorsam bis zum Tod,
bis zum Tod am Kreuz.

Darum hat Gott ihn über alle erhöht
und ihm den Namen verliehen, der größer ist als alle Namen,
damit alle im Himmel, auf der Erde und unter der Erde
ihre Knie beugen vor dem Namen Jesu
und jeder Mund bekennt:
Jesus Christos ist der Herr –
zur Ehre Gottes, des Vaters.

Wer zu Jesus Christos gehören will, der muss die Gesinnung Jesu annehmen. Das gilt für Herren und Sklaven gleichermaßen. Ihre Beziehung zueinander wird sich ändern. Alle sind Brüder und Schwestern des Herrn.« Paulos sah, wie die Sklavinnen und Sklaven bei diesen Worten aufhorchten. Deshalb erklärte er weiter in beschwörendem Ton: »Wenn ihr aber nun eure Freilassung fordert, habt ihr noch nichts verstanden von dem Hymnus. Außerdem – wovon wollt ihr denn als Freigelassene leben? Ihr wäret wieder von eurer Herrin abhängig.

Eure Herrin hat den innigen Wunsch, ihr möget ihr alle, Kinder und Hausgenossen, auf dem ›Weg‹ folgen. Ihr müsst wissen, dass die Christianoi ihre Lebensart Weg nennen. Das ist sozusagen ein geheimes Verständigungswort. Sprecht miteinander darüber; sprecht mit Evodia oder Syntyche. In genau einer Woche bin ich wieder im Gebetshaus der Juden unten am Fluss. Im Anschluss an den Gottesdienst werde ich euch taufen, wenn ihr glaubt, dass Jesus Christos euer Heiland und Retter ist.«

Paulos' Rede wurde mit Beifall aufgenommen. Die Sklaven erhoben sich von ihren Bänken. Solche Worte über ihren verhassten Status hatten sie vorher noch nie gehört.

Evodia wurde schlagartig klar, worauf sie sich mit diesem Jesus eingelassen hatte. Ihr Beziehung zu den Sklaven war immer gut gewesen, hatte sie doch noch bis vor kurzem selbst diesem Stand angehört. Jetzt genoss sie es allerdings, Herrin zu sein. Was Paulos über das Verhältnis von Herren und Sklaven gesagt hatte, war umwälzend, ja ungeheuerlich! Was würden die Nachbarn sagen, wenn sie mit ihren Sklaven wie mit Geschwistern umging? Aber Evodia beruhigte sich, denn vorläufig war es ja noch nicht so weit.

Jetzt war erst einmal der Nachtisch an der Reihe. Es gab zwar nur einen Gang, aber der hatte es in sich: Fruchtmus aus Aprikosen und der berühmte makedonische Honig. Das war die Stunde der Zwillinge. Lukanos ließ seine Portion zu ihnen bringen. Sie bedankten sich mit ihrem schönsten Lächeln. Spät löste Evodia die Tafel auf und wünschte allen eine gute Nacht.

Auch die Sklaven aus Lydias Haus hörten sich nun in der Gebetsstätte der Juden die Predigten des Paulos an. Die waren rhetorische Meisterstücke. Meistens ging es dem neuen Prediger darum zu beweisen, dass Jesus wirklich der verheißene Messias sei. Dazu argumentierte Paulos direkt aus der Geschichte der Juden, wie sie in den Heiligen Schriften niedergelegt ist. Wenn er nachzuweisen versuchte, dass das Gesetz durch Jesus Christos abgelöst worden sei, meldete sich Timon, der Synagogenvorsteher, energisch zu Wort. Eigentlich war es ein Wunder, dass er Paulos mit seinen neuen Gedanken überhaupt im Gebetsraum predigen ließ. Dieser Streit interessierte jedoch Evodias Hausgenossen nicht im geringsten, weil sie ihn nicht verstanden. Sie hörten am liebsten

Jesusgeschichten, in denen Paulos erzählte, wie Jesus sich der Kleinen, der Kinder, der Armen, Kranken und Benachteiligten annahm. Meisten allerdings legte Paulos die Heiligen Schriften aus, doch versprach er, demnächst eine Sammlung von Jesusgeschichten mitzubringen.

Das Herrenmahl

Am folgenden Sabbat war Paulos wieder zur Gebetsstätte unterwegs. Trotz der abendlichen Stunde war die Straße noch sehr belebt. In Gedanken versunken, näherte sich Paulos mit seinen Begleitern dem Flusstor, als er ein junges Mädchen wahrnahm. Sein Haar war gelöst, sein Kleid in Unordnung, und seine Bewegungen wirkten hektisch. Das Mädchen war schon hinter Paulos und seinen Begleitern, zu denen nun auch Evodia gehörte, hergelaufen, seit sie das Haus der Purpurhändlerin verlassen hatten, und schrie ununterbrochen mit durchdringender Stimme: »Diese Menschen sind Diener des höchsten Gottes. Sie verkünden euch den Weg des Heils!«

Paulos hielt inne, denn innerlich gab er der jungen Frau Recht. Lukanos aber trat schnell an ihn heran und sagte leise, aber bestimmt: »Paulos, du darfst nicht meinen, dieses Mädchen verkünde den einzigen und wahren Gott, an den wir glauben! Sie meint den ›Höchsten Zeus‹, wie er in ganz Makedonien und Thrakien verehrt wird. So verstehen das auch die Leute hier, wenn sie rufend durch die Straßen läuft. Übrigens ist sie eine stadtbekannte

Wahrsagerin. Die abergläubischen Leute meinen, sie sei vom pythonischen Wahrsagegeist besessen, der für ein Geschenk Apollos gehalten wird. Für ihre Besitzer ist sie jedenfalls eine reichlich fließende Einnahmequelle. Beachte sie nicht!«

Paulos war dankbar für die Informationen. Lukanos' Kenntnisse seiner Heimatstadt waren dem Fremden hier in Philippi schon oft von Vorteil gewesen. Also ignorierte er das Mädchen, das mit seinem Geschrei fortfuhr.

Als sie an die Holzbaracke kamen, wo sich die Juden zu versammeln pflegten, wurden sie schon von Timon, dem Gemeindevorsteher, vor der Tür erwartet. Er schaute auffallend verlegen drein, kam aber ohne Umschweife zum Kern seiner Rede.

»Paulos, du bist ein hochgelehrter Rabbi und ich nur ein kleiner Synagogendiener. Aber ich kann deiner Lehre über den Nazarener einfach nicht zustimmen, selbst wenn manche Stellen in den Schriften für ihn sprechen. Auch die Lehre Philons, wonach der Logos die personifizierte Weisheit Gottes ist, könnte auf den ersten Blick auf Jesus zutreffen, den du den Messias und Sohn Gottes nennst. Aber der Gedanke, der Hochgelobte könnte einen Sohn haben« – Timon schluckte vor Erregung – »ist für uns Juden einfach gotteslästerlich und deshalb auch für mich unannehmbar. Außerdem gab es schon Rundschreiben aus Jerusalem, in denen vor einem gewissen Saulus – damit bist du doch gemeint, Paulos – gewarnt wurde. Ich kann euch leider unseren Gebetsraum und auch die Miquwe nicht mehr zur Verfügung stellen.« Der hoch gewachsene Timon vermied es, auf den kleinen Paulos hinunterzublicken, um nicht herablassend zu wirken. Die Sache war ihm sichtlich unangenehm.

»Also auch hier«, stellte Paulos mit traurigem Lächeln fest. Mit einem kurzen Gruß wandte er sich ab, so dass sein Gesicht nicht mehr zu sehen war. Was ging in ihm vor? Evodia und Syntyche schauten sich an und schauten dann gemeinsam zu Timon, dessen Miene unbeweglich blieb. Lukanos bemerkte die Ratlosigkeit von Evodias Hausgenossen. Sie hatten in Weidenkörben Badetücher und frische Untergewänder dabei, weil sie sich im Baderaum der Juden taufen lassen wollten. Jetzt standen sie unschlüssig an der Seite. Aber Lukanos wusste Rat: »Edler Paulos, lieber Timotheos und lieber Silas, Wasser haben wir hier genug. Folgen wir doch dem Fluss. Ich weiß eine Stelle, die tief und ruhig genug ist für die Taufe. Dort gibt es auch genug grünes Gebüsch, um sich umzukleiden.«

Ohne eine Antwort abzuwarten, führte Lukanos, der Ortskundige, die Gruppe zunächst zurück zum Flusstor, dann an der Stadtmauer entlang in nördlicher Richtung bis zum Amphipolistor. Dort trafen sie auf die Via Egnatia. Bis hierhin hatte sie auch die schreiende Wahrsagerin begleitet. Am Stadttor verließ sie die Gruppe, die nun der Via Egnatia bis zu der Stelle folgte, wo diese über einer Brücke den Fluss überquerte. Da hörten sie hinter sich heftiges Hufgeklapper.

»Militärpolizei, auch das noch!«, konnte Lukanos gerade noch hervorstoßen. »Das ist eine Militärstraße, die wichtigste Verbindung des Römischen Reiches nach Osten. In Kürze wird die Kohorte der Prätorianergarde hier durchreiten. Verschwindet sofort von der Straße. Sie ist kein Spazierweg. Wer seid ihr überhaupt? Könnt ihr euch ausweisen?« Der Ton des Streifenführers war ausgesprochen rüde.

Evodias Erfahrung sagte ihr, dass am besten sie als Frau jetzt mit dem allgewaltigen Unteroffizier, der sich als Rückgrat des römischen Imperiums fühlte, reden sollte, und zwar in lateinischer Sprache: »Edler Hauptmann, wir werden sofort die wichtigste Straße des Imperiums räumen, um die Kohorte, der in jedem Falle der Vortritt gebührt, vorbei zu lassen. Ich bin eine Bürgerin der Colonia Julia Augusta Philippensis mit ihren Hausgenossen auf dem Wege zu unserer Badestelle im Fluss.«

Ohne die Reaktion des Streifenführers abzuwarten, ging sie erhobenen Hauptes den Trampelpfad zum Fluss hinunter, und alle folgten ihr, ohne sich noch einmal nach der Militärstreife umzusehen. Lukanos sagte: »Wir gehen noch zwei bis drei Stadien flussaufwärts. Dort ist die ideale Stelle, von der ich sprach. Sie kann auch von der Straße nicht mehr eingesehen werden.«

Der Platz war wie geschaffen. Hohe Platanen säumten das Flussufer. Ihre herbstlich gefärbten Blätter glühten in der Abendsonne auf. Der Lärm der Straße drang nur noch gedämpft herüber. Selbst der Hufschlag der Kohorte war nur noch zu ahnen. Auf einer Länge von einhundert Ellen floss das Wasser ruhig in seinem Bett. Es war klar und rein. In der Mitte des kleinen Flusses lag ein großer Stein, auf dem man sicher stehen konnte.

Paulos versammelte seine Taufgemeinde im Halbkreis um sich. Sein Gesicht war ernst, seine Augen leuchteten. Eindringlich sprach er zu den Frauen und Männern: »Liebe Brüder und Schwestern, versteht ihr, was wir gleich an euch tun? Ihr werdet in die Fluten dieses Wassers eingetaucht. Das Wasser wird in diesem Augenblick für euch zum Grab. Der alte Mensch der

Sünde stirbt in euch. Nach wenigen Augenblicken taucht ihr wieder auf aus den tödlichen Fluten. Das Wasser hat keine Macht mehr über euch. Ihr seid durch das Wasser neu belebt, erfrischt, auferstanden vom Tod. Das neue Leben, zu dem ihr erweckt worden seid, ist das Leben Jesu Christi. Mit ihm seid ihr gestorben, und mit ihm werdet ihr auferstehen. Wie Jesus Sohn Gottes ist, seid auch ihr dann Söhne und Töchter Gottes, nicht durch Geburt, sondern durch Adoption. Eine höhere Würde kann niemand verleihen, nicht einmal der Kaiser in Rom. Und damit ihr das alles versteht, werdet ihr noch mit Heiligem Geist gesalbt. Es ist der Geist Jesu, der euch in alle Wahrheit einführen wird. Er wird euch Weisheit geben, damit ihr denen antworten könnt, die euch nach dem Grund eurer Hoffnung fragen. Er wird euch Kraft geben, dass ihr auf dem Wege nicht ermattet.«

Ergriffenheit breitete sich auf alle aus. Selbst Pollux, der immer noch seinen älteren Bruder vermisste, ahnte etwas von seiner neuen Würde, die ihm gleich zuteil werden sollte. Seine Mutter legte ihm von hinten zärtlich die Hände auf die Schultern. Er hörte Paulos reden: »Die Taufe setzt den Glauben voraus, den Glauben jedes Einzelnen. Ich frage euch deshalb alle und bitte euch einzeln zu antworten: Wollt ihr der Sünde und den Machenschaften des Bösen abschwören? Glaubt ihr an Jesus Christus, den Sohn des lebendigen Gottes?«

Der alte Mann ging durch den Kreis, schaute jeden eindringlich an und wartete auf sein »Ja«. Dann erst bat er die Männer, sich der Oberkleider zu entledigen und an den Fluss zu kommen. Er selbst legte auch sein Obergewand ab und sprang – für sein Alter noch ganz behende – auf den Stein. Als ersten Täufling beugte er Pollux mit dem Oberkörper in das Wasser und sprach: »Pollux, ich taufe dich auf den Namen Jesu Christi.«

Evodia küsste ihren Jüngsten auf die Stirn, trocknete ihm den Oberkörper ab und gab ihm Badetuch sowie trockene Wäsche mit in das Gebüsch, das als Umkleidekabine diente. Als er erfrischt und in trockenen Kleidern wieder herauskam, nahm Silas ihn in Empfang, salbte sein Haupt mit duftendem Öl und sagte dabei: »Sei besiegelt mit der Gabe Gottes, dem Heiligen Geist.« Dann gab Silas ihm den Bruderkuss. Silas, der sich meistens zurückhielt, war ein noch sehr junger Mann. Er erinnerte Pollux tatsächlich ein wenig an seinen Bruder Telemach. Als der Junge wieder aufschauen konnte, sah er, dass auch Timotheos die Neugetauften salbte. Er hatte schlanke Hände, und Pollux konnte nicht verstehen, was er mit leiser Stimme zu den Neugetauften sagte. Zum Schluss kamen die Frauen an die Reihe. Die Sonne war schon untergegangen, als die letzten fertig waren. Paulos' Stimme klang zum Abschluss freudig und zuversichtlich, aber es schien Pollux, als hörte er auch etwas Sorge heraus, was er sich nicht erklären konnte.

»Wir wollen uns auf den Heimweg machen, damit keiner sich erkältet. Silas und Timotheus bitte ich, mit mir ein Danklied auf die Großtaten Gottes anzustimmen:

Der Herr ist mein Hirte,
Er führt mich ans Wasser des Lebens.
Der Herr ist mein Hirte,
nichts wird mir fehlen.
Er lässt mich lagern auf grünen Auen

und führt mich zum Ruheplatz am Wasser.
Er stillt mein Verlangen.
Er leitet mich auf rechten Pfaden, treu seinem Namen.
Muss ich auch wandern in finsterer Schlucht,
ich fürchte kein Unheil,
denn du bist bei mir,
dein Stock und dein Stab geben mir Zuversicht.
Du deckst mir den Tisch
vor den Augen meiner Feinde.
Du salbst mein Haupt mit Öl,
du füllst mir reichlich den Becher.
Lauter Güte und Huld werden mir folgen mein Leben lang,
und im Hause des Herrn darf ich wohnen für lange Zeit.«

Alle waren tief berührt. Sie wussten nicht, dass sie diesen Psalm in der Septuaginta, der berühmten griechischen Bibelübersetzung, hätten nachlesen können. Sie empfanden nur, dass das, was die Männer gerade gesungen hatten, sich gerade an ihnen selbst erfüllte.

Dankbaren Herzens kamen sie durch das Amphipolistor in die Stadt zurück. Dabei redeten sie nicht, um nicht die Wahrsagerin auf sich aufmerksam zu machen. Ihnen war auch nicht nach Plaudern zumute. Sie versammelten sich wieder im Gartenhof zum Nachtessen, das Syntyche mit den Zwillingen für ihre Sklaven bereitet hatte. Mit Hilfe einer Garküche hatten die drei ein respektables Mahl zusammengestellt.

Als die Hauptgänge abgeschlossen, die Speisenreste und das Geschirr abgetragen waren, wurde es still im Gartenhof. Es war, als hätten sich alle vor diesem Zeitpunkt der Mahlzeit eine gewisse religiöse Scheu bewahrt. Wie erwartet, ergriff Paulos das Wort: »Liebe Brüder, liebe Schwestern, diese Anrede kommt mir aus dem Herzen. Wir sind durch die Taufe in eine neue Beziehung zueinander getreten. Alle sind wir Geschwister Jesu, Söhne und Töchter Gottes, des Vaters. Es ist deshalb recht, dass ihr teilhabt an dem Hochzeitsmahl des Lammes, das Jesus selbst am Abend vor seinem Tode gestiftet hat.« Die Hausgenossen wunderten sich zunächst, hatten sie doch gerade ausgiebig gegessen. Doch gespannt verfolgten sie, was Paulos jetzt zelebrierte. Er nahm einen Fladen aus dem Brotkorb, hielt ihn empor und sprach: »Ich habe es vom Herrn empfangen und ich werde es auch euch weitergeben: Der Herr Jesus nahm in der Nacht, da er verraten wurde, Brot, und als er das Dankgebet darüber gesprochen hatte, brach er es und sagte: ›Das ist mein Leib für euch. Das tut zu meinem Gedächtnis.‹«

Das konnten sich die Hausgenossen vorstellen, denn Paulos tat so wie Jesus, der Herr: Er brach das Brot in viele Stücke und ließ den Brotkorb weiterreichen. Jeder nahm sich ein Stück des Brotlaibs. Alle aßen und waren sich dabei bewusst, dass sie Anteil hatten an Jesus Christos. Er wurde in diesem Augenblick zum Brot ihres Lebens. Anteil an der Gottheit zu haben, das war die Sehnsucht vieler religiöser Menschen in dieser Zeit.

Danach ließ Paulos seinen Kelch mit dem köstlichen Biblinos-Wein nachfüllen, der in Philippi gereift war und den Syntyche zur Feier des Tages hatte auftischen lassen. Er galt schon in klassischer Zeit als göttlicher Trank. Nachdem er ihn mit nur ein wenig Wasser vermischt hatte, erzählte Paulos weiter: »Dann nahm der Herr Jesus auch den Kelch nach dem Essen und sagte:

›Dieser Kelch ist der neue Bund in meinem Blut.
Sooft ihr daraus trinkt, tut das zu meinem Gedächtnis.
Denn sooft ihr dieses Brot esst und den Kelch trinkt,
verkündet ihr den Tod des Herrn, bis er wiederkommt.‹«

Paulos ließ seinen Kelch aus gebranntem Ton in der Runde kreisen. Jeder trank daraus und gedachte seines neuen Herrn Jesus, seines Lebens und Sterbens, aber auch seiner Auferstehung. Eine dichte Atmosphäre der Sammlung lag über der Runde. Evodia spürte etwas in ihrem Herzen, das ihr vorkam wie ein stummer Schrei, nicht der Not, sondern des unsagbaren Glücks. Paulos spürte das und wagte es fast nicht, seine Begleiter Timotheos und Silas aufzufordern, mit ihm im Wechselgesang den Psalm anzustimmen, der am Fluss die Gefühle der Gruppe so adäquat zum Ausdruck gebracht hatte:

»Der Herr ist mein Hirte,
Er führt mich ans Wasser des Lebens.«

Bald sang die ganze Hausgemeinschaft die beiden ersten Verse als Refrain nach jeder Strophe. Frohe Stimmung kam auf. Evodia fürchtete, das Ganze könnte in Ausgelassenheit ausarten, wie sie es von den dionysischen Festen her kannte. Sklaven waren anfällig für heftige Emotionen. Ihr Sorge war jedoch unbegründet. Spätesten bei den drei Nachtischgängen mit den leckeren Süßigkeiten trat wieder Ruhe ein.

Bald schickte Evodia ihre Hausgenossen und Gäste mit guten Wünschen für eine geruhsame Nacht zu Bett. Sie ging in Telemachs Zimmer, um auch ihm eine gute Nacht zu wünschen, denn er hatte sich während des Nachtmahls nicht sehen lassen. Der Junge schaute trotzig aus. Er tat ihr leid.

Die Verhaftung

Am folgenden Abend gingen Paulos und seine Begleiter mit dem Gottesfürchtigen Epaphroditos und dessen Hausgenossen zur Taufstelle am Fluss, weil ihnen ja die Gebetsstätte der Juden verschlossen worden war. Es war eine große Schar, denn Epaphroditos führte als Weinhändler ein großes Haus, zu dem fast fünfzig Sklavinnen und Sklaven gehörten. Kaum hatten Paulos, Silas und Timotheos Evodias Haus verlassen, lief wieder das Mädchen hinter ihnen her und plärrte sein bekanntes Lied: »Diese Menschen sind Diener des höchsten Gottes. Sie verkündigen euch den Weg zum Heil!«

Obwohl die Weissagung im Wortlaut genau zutraf, war sie für die Philipper im höchsten Maße missverständlich. Für Paulos und seine Weggefährten aber war sie sogar gefährlich, denn sie verschaffte ihnen eine Öffentlichkeit, die sie gar nicht brauchen konnten. Glücklicherweise ließ die Wahrsagerin am Amphipolistor von ihnen ab. Sie scheute sich wohl, die Stadt zu verlassen.

Am nächsten Abend war Clemens mit seinem ganzen Hause an der Reihe, getauft zu werden. Clemens gehörte, wie sein lateinischer Name schon verrät, der römischen Bevölkerung der Kolonie an. Er war keineswegs Angehöriger der Oberschicht, etwa ein Purpurträger, ein hoher Offizier, aber er hatte ein gutes Einkommen durch seine Stellung bei der Militärverwaltung, wo er für Unterkunft und Verpflegung der Truppen sorgte. Sein Haus bestand mit Frau, Kindern und Sklaven nur aus achtzehn Köpfen. Der Arzt Lukanos ging als Dolmetscher mit, denn Paulos hatte nur in der Schule etwas Latein gelernt, ohne es sprechen zu können, und Clemens als Angehöriger der Besatzungsmacht sprach kein Griechisch. Auf dem Wege zur Taufstelle wurden sie wieder von der Wahrsagerin belästigt. Jetzt war das Maß voll, Paulos wurde zornig. Am Amphipolistor drehte er sich zu dem Mädchen um und befahl dem Wahrsagegeist mit scharfer Stimme: »Ich befehle dir im Namen Jesu Christi, dieses Mädchen zu verlassen!«

Das geschah im selben Augenblick. Das Mädchen hatte schlagartig alles Exaltierte, Auffällige abgelegt. Es bedankte sich sogar bei Paulos. Die Besitzer des Mädchens, die ihm heimlich gefolgt waren, erkannten aber gleich, dass sie damit ihre wertvollste Einnahmequelle verloren hatten. Das wollten sie sich nicht bieten lassen. Sie ergriffen Paulos und Silas, von denen sie in Erfahrung gebracht hatten, dass sie Juden waren. Paulos konnte Timotheos und Lukanos nur noch zurufen: »Führt an meiner Stelle aus, was wir uns vorgenommen haben!«

Thimotheos und Lukanos, denen der Schreck in die Glieder gefahren war, fassten sich schnell. Sie geleiteten die Gruppe um Clemens zur Taufstelle und beteten stumm für ihre Gefährten. Gleichzeitig versuchten sie auch, Clemens und seine Angehörigen zu beruhigen. Clemens war zwar ein ein couragierter Mann, aber auch er konnte nicht wissen, wie die Sache ausgehen würde. Das Mädchen als Anlass des Vorfalls allerdings war verschwunden.

Paulos und Silas aber wurden von den Besitzern der ehemaligen Wahrsagerin mit großem Geschrei durch die Hauptverkehrsstraße der Stadt zum Forum geschleppt. Die zweifelhaften Geschäftsleute hatten offensichtlich einen guten Draht zu den Behörden, denn die beiden Spitzenbeamten, die »Duum Viri Jure Dicundo«, wie sie in der Kolonie genannt wurden, ließen sich persönlich herab, den Rechtssstreit zu entscheiden.

Die Ankläger wussten, wie man sich bei einer römischen Behörde Gehör und Recht verschafft: »Edle Herren, diese beiden Männer sind Juden. Sie wagen es, jüdische Sitten, die wir großzügig bei den Juden dulden, auch bei der römischen Bevölkerung einzuführen. Das würde für die Bürger der Colonia Julia Augusta Philippensis bedeuten: Ablehnung des Kriegsdienstes, strenges Arbeitsverbot am Saturnstag, auch für Sklaven, Einhaltung von Speisegesetzen, zum Beispiel das Schächten von Tieren, regelmäßige Geldsammlungen für den Tempel in Jerusalem, religiöse Sondergerichte nach dem jüdischen Gesetz. Nicht umsonst hat unser göttlicher Imperator Claudius erst im Frühjahr dieses Jahres alle Juden aus Rom ausgewiesen. Seine Geduld mit diesem Volk war am Ende. Nun sind sie hierher in unsere Kolonie gekommen, um auch hier Unruhe zu stiften.«

Diese Anklage tat ihre Wirkung. Das Forum war inzwischen schwarz von Menschen. Die zahlreich herbeigeströmte Masse tobte vor Wut. Das wiederum blieb nicht ohne Wirkung auf die Stadtoberhäupter. Sie riefen nach den Liktoren. Die ließen sich nicht lange bitten. Sie rissen Paulos und Silas die Kleider vom

Leibe, packten ihre Rutenbündel aus und prügelten die beiden Männer damit blutig. Es war ein ungleiches, absurdes Schauspiel: Eine Überzahl kräftiger, bewaffneter Büttel schlug auf zwei wehrlose, schmächtige Männer ein, von Beifallrufen der Menge angestachelt. Vergebens versuchte Paulos, sich in dem Lärm verständlich zu machen. Er rief, so gut es ging, den einzigen lateinischen Satz, den er beherrschte: »Civis Romanus sum! Ich bin römischer Staatsbürger!«

Doch die Erklärung seiner römischen Staatsbürgerschaft wurde einfach überhört. Die beiden wurden wie rechtlose Sklaven behandelt, misshandelt und ins Gefängnis gesperrt. Sie bekamen verschärften Arrest. Dem Kerkermeister wurde lautstark bedeutet, die Männer, die keinen Widerstand leisteten, sofort in den Block zu schließen, damit eine Flucht dieser gemeingefährlichen Hochverräter ausgeschlossen bliebe.

Lukanos war gleich nach der Taufe im Fluss zum Forum gegangen, um festzustellen, was mit Paulos und Silas geschehen war. Als er erfuhr, dass die Freunde von den Stadtoberhäuptern ausgepeitscht und ins Gefängnis geworfen worden waren, versuchte er, die beiden hohen Beamten zu sprechen. Das war nicht mehr möglich, weil die Behördendienststellen bereits geschlossen hatten. Lukanos nahm sich daher vor, am nächsten Morgen bei den Behörden als Anwalt für das römische Bürgerrecht der beiden Angeklagten einzutreten.

Von all diesen Vorgängen wusste und ahnte Evodia nichts. Da an diesem Abend ein anderes »Haus« getauft werden sollte, hatten sie und die Ihren die Zeit genutzt, notwendige Hausarbeiten und vernachlässigte Geschäfte zu erledigen. Evodia war davon überzeugt, dass Paulos und seine Begleiter den Abend im Hause des Clemens beim Herrenmahl verbrächten. Als sie auch zu später Stunde nicht zum Übernachten bei ihr erschienen, nahm sie an, dass Clemens ihnen gern Gastfreundschaft auch für die Nacht gewährt hätte. In der Nacht wurde Evodia von ein paar Erdstößen aufgeschreckt, die sie leicht beunruhigten. Sie wusste nicht, ob es Traum war oder Wirklichkeit. In Thyathira hatte die Erde öfter gebebt, ohne dass das jemals einer Katastrophe gleichgekommen wäre.

Beunruhigt wachte Evodia am Morgen danach auf. Sie machte ihre Toilette und saß gerade beim Frühstück, als sie durch ein heftiges Pochen des Türklopfers erneut aufgeschreckt wurde. Im nächsten Augenblick stand Syzygos im Speiseraum und meldete ihr Lukanos und Timotheos. Die Männer berichteten erregt von der Gefangennahme und Auspeitschung ihrer Gefährten Paulos und Silas. Evodia schlug erschrocken ihre Hände vors Gesicht und stöhnte. Lukanos konnte aber zum Glück gleich weiter versichern, dass er bei den beiden obersten Beamten der Stadt gegen die Behandlung der beiden römischen Bürger protestiert habe. Daraufhin habe man ihm die sofortige Freilassung der beiden Gefangenen versprochen. Er rechne damit, dass Paulos und Silas noch im Laufe des Morgens bei Evodia auftauchen würden.

Es dauerte noch keine Stunde, da wurde der Türklopfer wieder in Bewegung gesetzt, wenn auch nicht so energisch. Syzygos brachte sie gleich in den Speiseraum: Paulos und Silas. Evodia erschrak, als sie die beiden sah. Ihre Augen waren verquollen, ihre Gesichter grün und blau. Das Gehen fiel ihnen offensichtlich schwer. An Armen und Beinen waren deutlich die Spuren des Holzblocks zu sehen, in den jeder gesperrt gewesen war. Auch die Kleider waren zerrissen und schmutzig. Evodia verspürte heftiges Mitleid, besonders mit dem älteren der beiden Männer. Liebevoll nahm sie Paulos in den Arm.

»Es ist ja alles vorbei. Der Herr war mit uns.« Paulos' Stimme war belegt. Nach und nach erzählten die beiden die Geschichte ihrer Gefangennahme und ihrer Folterung durch die römische Behörde. Evodia war empört: »Du bist doch römischer Bürger, Paulos. Was bilden die sich denn ein! Hast du denn nichts gesagt?«

Paulos musste noch einmal die turbulente Szene auf dem Forum schildern, um der Frau mit ihrem ausgeprägten Selbstbewusstsein klarzumachen, dass ein Pochen auf das römische Bürgerrecht in so einer Situation vor der aufgebrachten Menge kein Gehör finden konnte. Dann erzählte er Erstaunliches aus dem Gefängnis: »Wir saßen da in unsere Blöcke gesperrt. An Schlaf war nicht zu denken, schon wegen unserer Schmerzen nicht. Wir wissen selber nicht, woher wir die Kraft hatten. Aber wir haben gesungen. Alle Christos-Hymnen, die in den Gemeinden gesungen werden, auch Psalmen. Die anderen Gefangenen hörten uns zu, ganz still. Keiner fluchte. Plötzlich, kurz nach Mitternacht, erbebte die Erde gewaltig. Ein Erdbeben! Es erschütterte die Grundmauern des Gefängnisses. Wir dachten, sie stürzen ein. Unser Block ging entzwei, die Türen sprangen auf, die Fesseln der Mitgefangenen fielen aus der Wand. Alle waren frei.«

Evodia dachte an ihre nächtliche Unruhe und war überzeugt, dass hier ein Höherer seine Hand im Spiel hatte. Paulos' weiterer Bericht gab ihr Recht: »Als der Kerkermeister aufwachte und alle Türen offen sah, zog er sein Schwert, um sich zu töten, so wie es in Philippi schon Cassius und Brutus, die Cäsarmörder, getan hatten, denn er dachte, alle Gefangenen seien entflohen. Ich aber rief ihm zu: ›Tu dir nichts an. Wir sind alle noch da!‹

Der Kerkermeister rief nach Licht. Und als er sich überzeugt hatte, dass alle Gefangenen ausnahmslos – auch wir beiden Hochverräter – noch da waren, fiel er uns zitternd zu Füssen, führte uns in seine Wohnung und fragte: ›Ihr Herren, was muss ich tun, um gerettet zu werden?‹

Wir antworteten: ›Glaube an Jesus Christos, den Kyrios, und du wirst gerettet werden, du und dein Haus.‹ Und wir fassten die Gelegenheit beim Schopf und verkündetem dem Kerkermeister und seinem ganzen Haus die gute Nachricht von Jesus Christos, dem Retter.« Jetzt lächelte Paulos sogar wieder ein wenig bei der Erinnerung an das verdutzte Gesicht des Kerkermeisters und fuhr fort, als sei nichts gewesen: »Dann pflegte er unsere Striemen, um Wiedergutmachung zu leisten, und ließ sich mit seinem ganzen Hause taufen. In seiner Freude deckte er den Tisch und hielt mit uns und seinem ganzen Hause ein Festmahl.

Am anderen Morgen – wahrscheinlich hatte jemand interveniert – schickten die beiden Stadtoberhäupter einen Amtsboten, der unsere sofortige Freilassung befahl. Der Kerkermeister setzte uns freudestrahlend davon in Kenntnis und verabschiedete uns ganz selbstverständlich: ›Gehet nun hin in Frieden.‹ Ich aber erklärte dem Amtsboten: ›Sag deinen Herren: Ihr habt uns ohne Gerichtsurteil öffentlich auspeitschen und anschließend ins Gefängnis werfen lassen. Und jetzt möchtet ihr uns heimlich fortschicken? Nein! Ihr sollt persönlich kommen und uns hinausführen.‹«

Silas hatte immer wieder die Arme um seinen schmächtigen Körper geschlagen, als wollte er seine Wunden schützen, aber jetzt sah es aus, als riebe er sich bei Paulos' Worten vom guten Ausgang vor Freude die Hände. Er nickte beifällig, als Paulos fortfuhr: »Der Amtsdiener überbrachte alles den obersten Beamten der Stadt. Sie bekamen einen gewaltigen Schrecken, als sie hörten, sie hätten römische Bürger auspeitschen lassen. Unter tausend Entschuldigungen führten sie uns möglichst unauffällig aus dem Gefängnis. Sie baten uns aber, wegen des aufgebrachten Pöbels die Stadt zu verlassen.

Nun sind wir hier, liebe Evodia, denn du hast uns ja in dein Haus aufgenommen. Deine Gastfreundschaft hat uns und dem Evangelium eine neue Heimat geschenkt.«

Zorn und Mitleid rangen in Evodia miteinander. Am liebsten hätte sie ihre Wut auf die römischen Beamten und ihre Büttel hinausgeschrien. Aber jetzt war erst einmal Hilfe angesagt. Die beiden geschundenen Männer taten ihr Leid. Energisch ordnete sie an: »Ihr bleibt erst einmal eine Woche hier in meinem Haus, damit ihr euch auskurieren könnt. Geht in der Zeit nicht auf die Straße. Dich, edler Lukanos, bitte ich, kümmere dich als Arzt um sie. Syntyche wird dir zur Seite stehen.«

Dank der bewährten Zusammenarbeit der beiden konnten sich Paulos und Silas prächtig erholen. Ihnen taten Fürsorge und Ruhe sichtlich gut. Aus Silas schmalem Gesicht wich das Angestrengte. Paulos legte das Kämpferische ab, das sein ganzes Wesen bisher auszumachen schien, und suchte Harmonie. Es gelang ihm, die Herzen der Sklavinnen und Sklaven für sich und seine Botschaft zu gewinnen.

Evodia und Syntyche mit den Kindern wurde er ein guter Freund. Pollux interessierte sich besonders für die Reiseabenteuer des alten Mannes. Nur Telemachos mied seine Gegenwart. Er verbrachte ganze Abende im Vereinshaus des Heros Aulonitis. Aber Paulos schien das dem jungen Mann nicht übel zu nehmen. Vielleicht dachte er an seine eigenen Irrwege, vielleicht vertraute er einfach der Zeit und dem Ratschluss Gottes. Ganz besonders fühlte sich Paulos zu dem alten Türhüter Syzygos hingezogen. Er suchte ihn öfter in seiner Pfortenstube auf. Dabei kam er immer wieder auf die Gemeinde im Hause seiner Herrin zu sprechen: »Lieber Syzygos, dein Name ist ein Programm für einen, der in Jesus Christos ist. Du bist wirklich – wie dein Name sagt – mit anderen in ein Joch gespannt: in das Joch der Freiheit. Du hast die Reife des Alters. Wenn du Streit aufkommen siehst, versuche ihn zu schlichten. Auf dich hören die Jüngeren, weil sie dich schätzen. Auch wenn es zwischen Evodia und Syntyche zum Streit kommen sollte – die beiden rivalisieren wohl ein wenig miteinander –, dann gieße Wasser ins Feuer.«

Die Woche verging schneller, als allen lieb war. Der Abschied nahte. Paulos sagte zu Evodia und Syntyche: »Bevor wir abreisen, wollen wir am Abend des Sabbats noch einmal die Vorstände der Häuser um uns versammeln, die den Glauben an den Herrn angenommen haben. Eure Hausgenossen können auch daran teilnehmen.«

Syntyche hatte wieder ein einfaches, aber sehr wohlschmeckendes Mahl bereitet. Paulos, Timotheos, Silas und Lukanos saßen Evodia und Syntyche, Epaphroditos, Clemens und dem Kerkermeister Stephanas gegenüber. Durch die Erinnerungsworte über Brot und Wein wurde das Abendessen zur Mysterienfeier im Gedenken an Jesu Tod und Auferstehung. Paulos schärfte allen ein, an jedem Sabbatabend im Gedenken an den Herrn in ihren Häusern zusammenzukommen, um mit Gebeten und Hymnen dem ersten Tag der Woche, dem Auferstehungstag, entgegenzugehen. Dabei sollten sie das tun, was Jesus seinen Jüngern aufgetragen habe. Paulos erhob sich und legte Epaphroditos, Clemens, Stephanas und Evodia seine Hand auf den Kopf. Als er zu Syntyche kam, sagte er: »Du wirst der Gemeinde dienen, wie du es schon immer getan hast.« Dabei berührte er auch ihr Haupt.

Nachdenklich, dennoch zuversichtlich formulierte er seine Schlussworte. Dabei sah Evodia und sahen die anderen ebenfalls in seinen Augen jenes Feuer, das den unscheinbaren Mann von innen erleuchtete, wenn er die Botschaft von Jesus Christos verkündete.

»Habt Mut. Es werden sicher schwere Zeiten kommen. Denkt daran, ihr seid nicht allein. Der Herr ist bei euch. Vermeidet Streitereien, besonders um Nichtigkeiten.

Achtet auf die Menschen, die euch in euren Häusern anvertraut sind. Ihr seid jetzt eine große Familie in Christi Blut. Nehmt die Verantwortung, die ihr tragen wollt, ernst. Übt in euren Häusern auch die Aufsicht über das Glaubensleben aus. Nennt Missstände beim Namen! Ermahnt, ermutigt und straft, wenn es notwendig wird. All das gehört zu euren Pflichten.

Vertraut auf den Geist Jesu. Er wird euch durch seine Propheten Weisung geben. Oft sind es unscheinbare Frauen und Männer in der Gemeinde, aus denen er spricht. Ich werde so schnell zu euch zurückkommen, wie es meine Reisen gestatten, zu denen mich andere Menschen rufen, die die Botschaft von Jesus Christos hören wollen. Schreibt mir, wie es euch geht! Ich habe euch hier in Philippi lieb gewonnen.«

Paulos wischte sich verstohlen über die Wange. In der großen Runde schluchzten nicht nur Frauen, auch Männer hatten Tränen in den Augen.

Am nächsten Morgen stand alles zur Abreise bereit. Syntyche hatte für Marschverpflegung gesorgt. »Damit können wir ja eine ganze Schlacht gewinnen«, meinte Lukanos. Er wollte den Frauen um Evodia die Nachricht von der bevorstehenden Trennung nicht auf den Kopf zu sagen. Als die Zwillinge auf diese Weise erfuhren, dass auch ihr geliebter Lukanos mitreisen würde, drängten sie sich traurig an ihre Mutter. Auch Evodia war durch diese plötzliche Bemerkung betroffen. Sie hatte die Trennung geahnt, aber nicht wahrhaben wollen.

Paulos erklärte Evodia und ihren Töchtern: »Wir brauchen Lukanos als Ortskundigen. Er kennt sich auch in den makedonischen Bräuchen aus. Deshalb habe ich ihn gebeten, uns zu begleiten. Außerdem hat er sich angeboten, mit mir für das Evangelium zu arbeiten.«

Lukanos nickte nur stumm mit dem Kopf. Auch ihm war der Trennungsschmerz anzumerken. Währen Evodia und Syntyche ihre Gäste und Lukanos im Hause verabschiedeten, brachten Pollux und die Zwillinge die Reisenden noch bis zum großen Bogen, durch den die Via Egnatia nach Amphipolis führte. Während Pollux sich schnell per Handschlag verabschiedet hatte, wurde bei den Mädchen der Abschied zur tränenreichen Zeremonie. Bei aller Traurigkeit musste Paulos wieder über die Ähnlichkeit der beiden lächeln: Mit leicht geneigten Köpfen winkten sie jede mit genau derselben Gebärde, die eine mit der linken, die andere mit der rechten Hand.

Ordnung für die Hausgemeinden

Solange Timotheos noch bei uns wohnt, werden wir zur Feier des Herrentages alle Häuser, die in Philippi den Glauben an Jesus Christos angenommen haben, zu uns einladen. Mit ein bisschen gutem Willen muss das gehen.« Syntyche unterstrich ihre Worte durch eine energische Handbewegung.

Aber Evodia war ganz anderer Meinung: »Werden wir nicht! Ich kann doch nicht jede Woche einmal für hundert Leute ein Nachtmahl ausrichten! Damit ist unsere Küche ebenso überfordert wie unsere Haushaltskasse. So viele Tische haben wir auch nicht. Außerdem ist es besser, wenn unser Haus erst einmal im neuen Glauben zusammenwächst. Timotheos kann reihum alle Häuser besuchen, um sie tiefer in den Weg einzuführen.«

Das war Evodias Antwort, und die schien wohl überlegt zu sein. Syntyche verlor jedoch gleich die Beherrschung: »Ich bin ja nur eine Sklavin! Es ist ja nur zu klar, wer hier die Herrin des Hauses ist! Daran ändert auch das neue Leben nichts!«

Das Knallen gleich mehrerer Türen verstärkte die Agressivität ihrer Worte. Evodia war zutiefst erschrocken. Sie fiel in eine bodenlose Traurigkeit, die sie glaubte, längst überwunden zu haben.

»Sind wir nicht durch die Taufe neue Menschen geworden?«, zweifelte sie. »Und jetzt das! Vielleicht hat Syntyche doch Recht mit ihrer Auffassung, die ganze philippische Gemeinde hierher einzuladen. Die Arbeit hätte sie ja selbst gehabt.«

Während Evodia noch überlegte, ob sie auf Syntyche zugehen sollte, kamen Chrysis, Charis und Pollux aus der Schule. Sie suchten sofort ihre Mutter auf. Pollux erklärte mit finsterer Miene: »Ich mag nicht mehr in diese Schule gehen! Die anderen Jungen hänseln mich. Sie rufen mir ›Nazarener‹ nach. Ich weiß zwar nicht genau, was das bedeutet. Aber ich merke, dass sie damit mich und meinen Glauben an Jesus Christos lächerlich machen wollen.«

Die Mädchen bestätigten das. Sie schienen sehr traurig zu sein, denn sie liebten ja die Schule und ihren Lehrer Timon besonders. Evodia streichelte ihre Kinder. Auch Pollux wehrte sich diesmal nicht.

»Ich werde morgen zur Schule gehen und mit Timon sprechen. Ihr braucht euch keine Sorgen zu machen«, beruhigte die Mutter.

Als die Kinder gegangen waren, sank die Frau auf die Liege. Sie dachte: »Jetzt bricht aber auch alles über mich herein. Sollte das die Frucht des neuen Glaubens sein? Paulos hatte es schon vorhergesagt: ›Ihr werdet es schwer haben.‹«

Evodia raffte sich auf und schickte einen Sklaven zu Timotheos mit der Bitte, er möchte doch, wenn es seine apostolischen Pflichten erlaubten, zu Evodia kommen. Timotheos kam gleich mit dem Jungen zurück. Mit hochgezogenen Augenbrauen schaute er Evodia an. Er ahnte wohl bereits, was los war.

»Timotheos, ich habe dich rufen lassen, weil ich in Sorge bin wegen der Schule meiner Kinder. Sie werden wegen ihres Glaubens an den Herrn von den Mitschülern gehänselt. Wird ihnen Timon noch ein guter Lehrer sein können? Soll ich die Drei nicht lieber in eine andere Schule schicken? Ich täte das nur ungern, weil ich Timon als Lehrer und auch als religiösen Erzieher schätze. Ich selbst verdanke ihm doch so unendlich viel.«

Timotheos nickte. »Evodia, ich verstehe dich gut. Auch ich empfinde großen Schmerz darüber, dass Timon uns aus der jüdischen Gemeinde ausgeschlossen hat. Der Einzige, der sich als ein Gott für die Menschen und mit den Menschen offenbart hat, ist auch der Vater unseres Herrn Jesus Christos. Dieser Glaube war und bleibt unsere Wurzel. Wenn ich dir einen Rat geben soll: Geh zu Timon. Sprich offen mit ihm. Er besitzt die nötige Weite. Schließlich hat er in Alexandrien bei Philo studiert. Wegen des unterschiedlichen Messiasglaubens wird er die Kinder nicht von der Schule entfernen. Ich denke, dass seine Handlungsweise neulich, als Paulos in der Gebetsstätte predigen wollte, mehr von außen als von seinem Inneren gesteuert wurde.«

Evodia drückte Timotheos stumm die Hand. Sie fühlte sich von ihm verstanden und angenommen. Dankbar schaute sie ihm nach, als er in der Emporenstraße verschwand.

Mit gemischten Gefühlen, aber unverzüglich schickte Evodia den Sklaven zu Timon, dem Lehrer ihrer Kinder, mit der Bitte um ein Gespräch. Als der Junge mit einer positiven Nachricht zurückkam, machte sich die Mutter schweren Herzens auf den Weg. Gern hätte sie das Gespräch mit dem Vorsteher der jüdischen Gemeinde vermieden. Einerseits mochte sie den Mann, der ihr in der Schulfrage ihrer Kinder so entgegengekommen war. Er hatte ihr selbst zur Erkenntnis des wahren und einzigen Gottes verholfen. Andererseits hatte er sich der Predigt des Paulos verschlossen. Er wollte oder konnte einfach den letzten Schritt nicht mitgehen. Evodia wusste auch nicht recht, wie sie das Gespräch beginnen sollte. Sie hatte nur den einen Wunsch: Ihre Kinder sollten nicht leiden, weil sie den Glauben an den Herrn Jesus angenommen hatten.

Es kam alles so, wie Timotheos es vorhergesagt hatte: Timon war ein typischer Diaspora-Jude. Er lebte in einer Welt religiöser Pluralität. Bei aller Grundsatztreue zu seinem angestammten Glauben wusste er die Überzeugung anderer zu achten. Das zeigte sich auch diesmal in seinem Umgang mit der Purpurhändlerin. Er hieß sie freundlich willkommen und fragte sie nach ihrem Anliegen. Evodia war verlegen. Das passte eigentlich nicht zu ihr. Aber der Respekt vor dem Judentum und vor diesem Manne mit alexandrinischer Bildung machte es ihr nicht leicht, ihr Anliegen vorzutragen, ohne ihn zu verletzen: »Meine Kinder beschweren sich, dass sie in der Schule gehänselt werden mit dem Schimpfwort ›Nazarener‹!«

Timon schien nicht überrascht: »Wenn das geschehen ist, dann nicht in meinem Beisein. Neuerdings werden die Juden, die den Glauben an Jesus als den Messias angenommen haben, ›Nazarener‹ genannt, weil Jesus aus dem Dorf Nazareth in Galiläa stammt. Das ist nicht sehr freundlich gemeint. Da du und deine Kinder keine geborenen oder konvertierten Juden sind, ist dieses Wort gänzlich unangebracht. Ich werde es den Kindern verbieten.«

»Ich danke dir, edler Timon«, flüsterte Evodia erleichtert. Timon ermahnte jedoch eindrücklich: »Allerdings erbitte ich mir von deinen Kindern, dass sie nicht die Thora, das Gesetz des Mose, schmähen, wie es Paulos getan hat. Auf ihr ruht der Bund, den Gott mit uns am Sinai geschlossen hat. Wenn sie meinen Rat befolgen, können deine Kinder ruhig und unbelästigt bis zum Abschluss die jüdische Schule besuchen. Die Mädchen sind ausgezeichnete Schülerinnen! Der Junge hat wohl noch andere Interessen.«

Das sagte Timon ohne Kritik, mit einem verständnisvollen Lächeln, um die Situation zu entkrampfen. Evodia fiel ein Stein vom Herzen. Eine Sorge war von ihr genommen. Sie versprach, die Thora zu ehren, deren Kern, die Zehn Gebote, sie sehr hoch schätzte. Er schien ihr nach wie vor eine gute ethische Grundlage zu sein. In diesem Punkte hatte sie Paulos nicht richtig verstehen können. Sie bedankte sich nochmals aufrichtig bei Timon. Zum erstenmal spürte Evodia das Bedürfnis, sich auf dem Nachhauseweg auch beim Herrn zu bedanken. Sie hatte das Gefühl seiner ständigen Nähe. War er die lichte Gestalt, die sie während des Heilschlafes im Sanatorium von Pergamon gesehen hatte?

Timotheos nutzte den Monat, den er in Philippi verbrachte, um die einzelnen Hausgemeinden tiefer in den Glauben an Jesus Christos einzuführen. Paulos hatte den Gefährten zurückgelassen, weil ihm an der Neugründung von Hausgemeinden in Makedonien so viel lag. Paulos empfand es als seine Berufung, das Evangelium im Westen des Reiches unter den Griechen und Römern zu verkünden. Auf seinem Weg nach Westen war Philippi die erste Station. Weitere würden folgen, davon war der Missionar fest überzeugt.

Nun war die Trennung nahe. Timotheos hatte alle Hausvorstände noch einmal in das Haus der Purpurhändlerin gebeten. Epaphroditos, Clemens, Stephanas und Evodia mit Syntyche hatten sich um Timotheos im Speisezimmer versammelt. Keiner achtete auf die Speisefolge, nicht einmal auf das Gericht. Alle waren bei dem Gedanken von Sorge erfüllt, dass sie jetzt allein, ohne Timotheos' Hilfe, die volle Verantwortung für die Gemeinde tragen sollten.

An der gewohnten Stelle, nach den Hauptgerichten, ergriff Timotheos das Wort: »Die Stunde des Abschieds rückt näher. Ich habe vor allem dir, liebe Evodia, für deine Gastfreundschaft zu danken. Du warst – wie dein Name sagt – für uns ein ›Wohlgeruch‹. Das Evangelium Jesu Christi lebt ja von der Gastfreundschaft, sie ist ein Gütezeichen unseres Glaubens. Ich habe auch Syntyche dafür zu danken, dass sie stets um meinen schwachen Magen besorgt war. Euch allen aber habe ich zu danken für eure Bereitschaft, das Wort Gottes aus meinem Munde zu empfangen und meinen Weisungen, die ich im Auftrage des Paulos an euch richtete, zu folgen.

Aber eines muss ich noch mit euch besprechen, denn ich möchte bei meinem Fortgehen klare Verhältnisse zurücklassen: Wer ist für die jeweilige Hausgemeinde verantwortlich? Welchen Titel soll der Betreffende führen? Und wer hilft ihm bei der Durchführung seines Auftrages?«

Epaphroditos meldete sich als erster zu Wort: »Ich denke, Paulos hat schon den Verantwortlichen für jedes Haus bevollmächtigt. Es ist der jeweilige Pater familias, wie die Römer sagen. In Evodias Haus ist es eben eine Mater familias. Wichtig ist doch nur, dass die natürliche Autorität in familiären und wirtschaftlichen Fragen nach unserer Tradition eben auch für die religiösen Belange zuständig ist.«

Was für den Griechen Epaphroditos selbstverständlich war, sah Clemens ganz anders. Er warf mit einem Seitenblick auf Evodia ein: »Ich stamme aus Italien. Unsere Traditionen, die ja durch Kaiser Augustus neu zu Ehren gekommen sind, sehen für Frauen eine andere Rolle vor. Sie nehmen keine öffentlichen Aufgaben wahr. Sie reden auch nicht in der Öffentlichkeit. Ihr Wirkungsfeld ist das Haus. Ich meine, wir sollten uns hier in einer römischen Kolonie nach der altrömischen Sitte richten, nach der Leitungsaufgaben in religiösen Vereinen, die ja immer auch Öffentlichkeitscharakter haben, von Männern wahrgenommen werden. Wir wollen doch keinen Anstoß bei den römischen Behörden erregen! Verehrte Evodia, das gilt natürlich unbeschadet deiner Rechte als Herrin deines Hauses einschließlich deines Geschäftes mit dem Purpurhandel. Lediglich die religiösen Angelegenheiten in deinem Hause müssten einem Manne obliegen, Lukanos etwa. So schickt es sich bei uns. Nur so finden wir unsere gesellschaftliche Anerkennung im langen Reigen der Kultvereinigungen und Beerdigungsvereine hier in Philippi.«

Evodia verschlug es den Atem. Am liebsten wäre sie Clemens, diesem Musterrömer, in die Parade gefahren. Aber sie hielt sich erst einmal zurück, denn es interessierte sie auch die Meinung der anderen. So setzte sie das unverfängliche Gesicht auf, das sie eigentlich schon abgelegt hatte, seit sie nicht mehr an den philosophischen Symposien ihres Herrn in Thyatira teilnehmen musste.

Epaphroditos meldete sich erneut zu Wort: »Edler Clemens, wenn ich mich in die römische Sichtweise hineinversetze, kann ich deine Argumente gut verstehen. Bedenke aber, dass dein Haus nur eines von vieren hier in Philippi ist, die den Glauben an Jesus Christos angenommen haben. Die anderen drei Häuser sind griechisch. Und so ungefähr ist auch das zahlenmäßige Verhältnis der Gesamtbevölkerung. Gut, ich gebe zu, dass die philippische Kolonie die römischste aller Kolonien ist. Doch es ist ein offenes Geheimnis, dass uns Griechen das nicht gefällt. Deshalb müssen wir jetzt nicht auch noch das römische Element verstärken. Außerdem entspricht es unserer griechischen Tradition, dass gelegentlich auch Frauen öffentliche Ämter innehaben, zum Beispiel als Zunftmeisterinnen oder Priesterinnen.« Jetzt erinnerte sich Evodia an ihren Auftritt bei der Prozession in Thyatira, und das rief sehr zwiespältige Gefühle in ihr hervor. Epaphroditos sprach weiter: »Dem Kybele-Kult hier bei uns in Philippi steht eine Priesterin vor. Deshalb lege ich größten Wert darauf, dass unter uns auch eine Frau die Verantwortung für die Gemeinde in ihrem Hause trägt. Außerdem ist Evodia eine anerkannte Größe im Geschäftsleben dieser Stadt.«

Auch auf diesen Beitrag hin veränderte Evodia ihren Gesichtsausdruck nicht. Sie beobachtete ihre Cousine Syntyche. Diese rutschte nervös auf ihrem Polster herum und suchte immer wieder das Gesicht von Timotheos, um das Rederecht zu erheischen. Endlich war es soweit: »Lieber Timotheos, ich denke ähnlich wie Clemens – na, vielleicht doch noch ein bisschen anders. Evodia ist eine Freigelassene. Nach römischem Recht gehört sie immer noch zur Klientel ihres ehemaligen Herrn beziehungsweise seines Erben. In ihrem Fall ist das Alexander junior in Thyatira. Das weiß in Philippi jedes Kind. Außerdem gilt der Purpurhandel immer ein wenig als zwielichtiges Geschäft – ich meine wegen der Übertretungen kaiserlicher Verbote – , so dass meine werte Cousine Evodia kaum für eine Leitungsfunktion in der Gemeinde infrage kommen dürfte.«

Evodia merkte, wie ihr das Blut zu Kopfe stieg. Jetzt konnte sie sich nicht mehr zurückhalten: »Dumme Gans, was redest du für einen Unsinn! Hättest du geschwiegen, wärst du eine Philosophin geblieben. Außerdem hast du mit deiner Rede nicht nur mir, sondern auch dir geschadet. Vielleicht kannst du dich noch erinnern, dass Paulos nicht nur mir, sondern auch dir die Hand aufgelegt hat zur Übertragung einer Aufgabe für die Gemeinde. Und du bist immerhin noch immer im Status einer Sklavin!«

Evodia stand die Erregung ins Gesicht geschrieben. Sie versuchte, ihre Fassung wiederzufinden. Als Retter in der Not hielt

Timotheos den Zeitpunkt für gekommen, nun selbst das Wort zu ergreifen: »Schwestern und Brüder, streitet euch nicht um Dinge, die für Christen längst überholt sind! Ihr habt gehört, was Paulos euch immer wieder eingeschärft hat: Es gibt nicht mehr Juden und Griechen, nicht Sklaven und Freie, nicht Mann und Frau; denn ihr alle seid eins in Christos Jesus! Was das für unsere Frage bedeutet, ist klar: Eine Funktion für die Gemeinde kann jeder und jede übernehmen: Sklave oder Freier, Frau oder Mann, Grieche oder Jude, Römer oder Grieche. Außerdem betont Paulos immer wieder: Wir haben Bürgerrecht am himmlischen Gemeinwesen. Bemüht euch also nicht durch allzu große Anpassung um die Bürgerrechte in einer römischen Kolonie! Kein Zweifel, es bleibt bei der Wahl, die Paulos getroffen und durch Handauflegung bestätigt hat.«

Alle nickten zum Einverständnis, auch Syntyche, der es allerdings nicht leicht fiel. Aber Paulos' Worte lösten das Problem auf ganz einfache und logische Weise. Timotheos rief den nächsten Punkt der Tagesordnung auf: »Mit welcher Bezeichnung wollt ihr die benennen, die in der Gemeinde die Aufsicht führen? Ich meine, hier in Philippi solltet ihr dafür einen Titel finden.«

Und wieder trafen die Meinungen aufeinander. Clemens argumentierte mit seinen Erfahrungen aus dem Militär: »Ich halte das, lieber Timotheos, gerade hier in Philippi für außerordentlich wichtig. In allen Kultvereinen hier am Ort wird der größte Wert auf klingende Titel gelegt. Diese sollen den staatlichen möglichst nahekommen. So werden die beiden leitenden Funktionäre in dem hoch angesehenen Kult des Thrakischen Reiters ›Prokuratoren‹ genannt. Da spürt doch jeder, welche Verantwortung die beiden Herren tragen. Es sind – nebenbei gesagt – hohe Offiziere aus der hiesigen Garnison. Ich schlage für uns den lateinischen Titel ›Inspektor‹ vor. Er bringt so recht die Aufsichtsfunktion, von der auch Paulos sprach, zum Ausdruck.«

Epaphroditos machte auf kluge Weise seinen Einwand geltend, ohne sich gemeldet zu haben: »Der Sache nach bin ich mit dir einig, lieber Clemens. Doch, warum schon wieder ein lateinisches Wort in der mehrheitlich griechisch sprechenden Gemeinde? Übersetzen wir ›Inspektor‹ ins Griechische, dann wird daraus ›Episkopos‹.«

Alle waren mit diesem Titel einverstanden und zeigten das durch spontanen Beifall. Auch Clemens konnte sich damit anfreunden. Timotheos sagte: »Den ersten Titel haben wir. Wie sollen wir nun diejenigen benennen, die mit der Sorge um das Alltägliche in der Gemeinde betraut sind, die sich um Nahrung und Kleidung, um Kranke und Notleidende kümmern?«

Syntyche meldete sich und sprach jetzt ohne zu eifern, aber mit Eifer: »Da Paulos mich für diese Aufgabe vorgesehen hat, habe ich mir schon Gedanken um eine Bezeichnung gemacht. Wir kennen alle in unserer Gesellschaft den Tischdiener. Er wird bei uns ›Diakonos‹ genannt. Er führt beim Mahl nicht den Vorsitz, sondern er sorgt dafür, dass alle zu ihrem Recht kommen. Er muss einen guten Überblick haben, auch muss er gut organisieren können, um das Mahl vorzubereiten. Da wir auch so eine Mahlgemeinschaft im Herrn sind, wäre das doch eine treffende Bezeichnung für diese Aufgabe.«

Der Beifall gab der Frau Recht und ließ auch ihre vorhergehende Entgleisung vergessen. Timotheos stellte fest: »Jede Gemeinde sollte wenigstens einen ›Diakonos‹ – gleich, ob Mann oder Frau – haben. Evodia hat in Syntyche eine tüchtige Diakonin. Die anderen suchen sich eine geeignete Person und übertragen ihr die Aufgabe. Im Judentum geschieht das durch Handauflegung. Paulos hat diese Geste beibehalten, wie ihr auch schon erleben konntet.«

Nachdem man beinahe alle Anwesenden aufatmen hörte, weil sich die problematischen Fragen so gut gelöst hatten, nahm Evodia noch einmal das Wort, um einen praktischen Vorschlag zu unterbreiten: »Liebe Schwestern und Brüder, die Bürger der Stadt Philippi zeichnen sich durch Wohltätigkeit aus. Der neue Brunnen auf dem Forum trägt stolz den Namen seines Stifters: Lucius Decimius Bassus. Das ist nur ein Beispiel für viele Stifter. Jene tun es des Ruhmes wegen. Sie suchen einen Ehrenplatz in unserem Gemeinwesen. Wir sollten es tun unserer neuen Gemeinschaft wegen. Wir sollten Paulos und Silas, die uns die Gemeinschaft des Evangeliums geschenkt haben, in Thessaloniki nicht hungern lassen. Wir wollen ihnen unsere Solidarität zeigen, indem wir ihnen durch Timotheos eine Geldspende übermitteln. Ich werde dafür 150 Denare stiften.«

Evodias Vorschlag fand sogleich beifällige Zustimmung. Jeder nannte eine Summe, die seiner Finanzkraft entsprach, und am Ende konnte Epaphroditos 360 Denare zusammenzählen. Alle versprachen, das Geld am nächsten Morgen im Hause der Purpurhändlerin abzuliefern. Timotheos, der damit nicht gerechnet hatte, bedankte sich herzlich in Paulos und Silas Namen.

Der Abschied von Timotheos fiel den Episkopen der christlichen Gemeinde von Philippi an diesem Abend schwer. Sie hatten ihn, der neben Paulos ein bisschen blass erschienen war, kennen- und schätzengelernt und ebenfalls lieb gewonnen. Denn Timotheos hatte eine unaufdringliche, aber zielbewusste Art, Dinge zu verhandeln. Als Sohn eines griechischen Vaters aus Asien war er den Griechen ein Grieche. Als Sohn einer jüdischen Mutter, die erst später gläubig geworden war, verstand er die Juden. Wenn ihn auch Paulos hatte beschneiden lassen, um Ärger bei den Juden zu vermeiden, so war er doch ein Vorkämpfer der gesetzesfreien Verkündigung unter den Griechen. Am anderen Morgen begleiteten den reichlich mit Wegzehrung versorgten Reisenden zwei Sklaven aus dem Hause Evodias bis an den Bogen, der der Via Egnatia den Weg nach Thessaloniki freigab. Dort wollte Timotheos Paulos und Silas wiedertreffen.

Religion und Geschäft

Seit Timotheos' Abreise fühlten sich die vier Episkopen von Philippi verlassen. Auf die jüdische Gemeinde und ihren Synagogengottesdienst konnten sie sich nicht mehr stützen. Sie selbst kamen sich in ihren Häusern wie Anfänger in Sachen Evangelium vor.

Regelmäßig führten sie ihre Hausgemeinden am Abend des Saturnstages zur Feier des Brotbrechens zusammen, um in den Herrentag hineinzufeiern. Dabei gedachten sie des Todes und der Auferstehung Jesu. Sie hätten gern noch mehr von Jesus und seinen Worten und Taten gehört, wussten aber nicht, ob darüber bereits schriftliche Aufzeichnungen zu bekommen waren. Paulos hatte zwar angedeutet, er wolle ihnen gelegentlich Jesusgeschichten schicken, doch der Rabbi war weit weg. So gaben sich die Neugetauften alle Mühe, das Evangelium auf ihre Weise zu buchstabieren.

Eines Abends, kurz nachdem Evodia eine solche Versammlung eröffnet hatte, meldete sich schüchtern eine junge Sklavin zu Wort. Es fiel ihr sichtlich nicht leicht, ihre Herrin mit dem bloßen Vornamen anzureden: »Evodia, neulich traf ich auf dem Markt eine gleichaltrige Sklavin, die zu einem Haus gehört, das dem Dionysoskult anhängt. Sie fragte mich: ›Welcher Unterschied besteht eigentlich zwischen uns und euch? Wir glauben an das Fortleben nach dem Tode wie ihr. Vielleicht ist euer Christos unser Dionysos! Man hat einfach neue Namen für eine alte Sache eingesetzt.‹ Ich gestehe, ich konnte nicht antworten. Ich kenne mich weder im Dionysoskult aus, noch kenne ich den Glauben an Jesus Christos richtig. Ich spüre nur, dass es mit unserem Herrn doch anders ist.«

Eine ältere Sklavin mit Namen Sophrosyne antwortete: »Ich war früher Anhängerin des Dionysoskultes, der ja bei uns in Thrakien uralt ist. In meiner Kindheit, bei meinem früheren Herrn, musste ich anlässlich des Begräbnisses eines Kindes ein Gedicht aufsagen. Hört zu:

›Du, Knabe, lebst in Ruhe verklärt
auf der Elysischen Au.
So war es der Ratschluss der Götter,
dass fortlebe in ewiger Form,
der so hohes Verdienst sich erwarb

um die himmlische Gottheit:
Gnaden, die dir verhieß
in dem keuschen Lauf dieses Lebens
die Einfalt, die einst der Gott dir befahl.‹

Ich werde nie vergessen, wie vor allem die Mutter um den zehnjährigen Jungen trauerte. Die Verse, die ich bei der Begräbnisfeier vortragen durfte, waren ihr ein hilfreicher Trost.«

Evodia merkte, wie sie von der Unsicherheit der beiden Frauen mitgezogen wurde in den Strudel des Zweifels. Jetzt hieß es, klaren Verstand zu behalten. Sie besann sich auf die Philosophie. Nach einer Denkpause erklärte sie ruhig und gelassen: »Man spricht also schon auf dem Markt über uns. Das ist gut! So wird sich unser Weg schnell verbreiten.« Dabei lächelte sie die junge Sklavin an. »Ihr habt Recht. Nicht nur im Dionysoskult, auch im Isiskult und im Kult des Thrakischen Reiters sind deutliche Parallelen zu unserem Glauben an die Auferstehung unseres Herrn Jesus zu erkennen. Doch auch die Unterschiede sind deutlich erkennbar. Die Gottheiten, deren Tod und Auferstehung in den Kulten gefeiert werden, sind mythische Gestalten, unser Herr dagegen ist ein leibhaftiger Mensch, der vor zwanzig Jahren noch gelebt hat und dessen Kreuzigung in den Gerichtsakten der Römer dokumentiert ist.

Im Grunde unterstützt das auch das schöne Gedicht, das du, liebe Sophrosyne, eben so ergreifend vorgetragen hast: Der verstorbene Junge ist gar nicht wahrhaft auferstanden, er lebt ›auf der Elysischen Au‹, also in einem Totenreich. Er führt dort eine ziemlich blutleere Existenz, denn er lebt ›in ewiger Form‹. In der Sprache der Philosophie bedeutet das ›körperlos‹. Unser

Herr Jesus dagegen ist nach seinem Tode seinen Jüngern erschienen. Er hat sich berühren lassen und hat mit ihnen gegessen und getrunken. Damit wollte er ihnen sagen: Ich bin euch zwar schon in die neue Welt vorausgegangen. Aber ich bin und bleibe Mensch.«

Evodia war froh, dass ihr diese Worte eingefallen waren. Oder waren sie ihr eingegeben worden? Jedenfalls zeigte sich auf den Gesichtern Erleichterung. Alle waren stolz auf ihre Herrin, die sie jetzt in neuem Licht sahen. Ihre Autorität als Episkopos war gewachsen.

Links neben Evodia saß Syzygos. Er war einer der wenigen, die nicht von Glaubenszweifeln wegen des Dionysoskultes geplagt worden waren: »Meine Lieben, ihr habt doch alle schon gesehen, wie hier in jedem Jahr die Dionysosmysterien gefeiert werden. Das ist kein ausgelassenes Fest mehr, das ist eine einzige Sauforgie. Wollt ihr wirklich unsere Christos-Mysterienfeier damit gleichsetzen?«

Syntyche, die links neben Evodia saß, pflichtete Syzygos sofort bei. Die Sklavinnen und Sklaven folgten bereitwillig. Die Argumentation des beliebten Alten war für sie griffiger als die imponierenden Gedankengänge ihrer gelehrten Herrin. Evodia nahm das wahr und fand es auch in Ordnung. Bei Syntyche allerdings war sie sich nie sicher, ob sich deren Reaktionen nicht gegen sie selbst richteten. Eine Aussprache mit ihrer Cousine schien fällig zu sein. Aber sie wusste nicht, wie sie das anstellen sollte, ohne die Beziehung zu Syntyche zu verschlechtern.

Über Wochen hinweg hatte die Purpurhändlerin ihre Geschäfte vernachlässigt oder durch Sklavinnen erledigen lassen. Dabei war vor allem der Verkauf der purpurgefärbten Theatertäschchen sehr gut gegangen. Damit konnte sie den Unterhalt ihres Hauses mit seinen Gästen leicht finanzieren. Inzwischen war die Theatersaison vorbei. Die Prinzipalin musste für die letzten Täschchen Sonderpreise mit saftigen Nachlässen ausschreiben, um sie an die Frau zu bekommen. Das war die Chance der unselbstständigen Beamten- und Offiziersgattinen, die sich auch nicht scheuten, die Ware noch tiefer zu handeln.

Auf dem Wege zu ihrem Gewölbe in der Emporenstraße kam die Purpurhändlerin ins Grübeln: Mit dem purpurnen Theatertäschchen hatte sie bei den Damen der Gesellschaft ein Bedürfnis geweckt. Nach diesem Muster müsste eine neue Idee geboren werden. Sie überlegte: »Wer braucht Purpur in der Colonia Julia Augusta Philippensis? Das sind zunächst die Privilegierten, die das Recht haben, Purpur an ihrem Kleidersaum zu tragen. Das sind alle, die dem Ordo Decurionum angehören, jene städtischen Funktionäre, die sich wie römische Senatoren in Taschenformat vorkommen – mit Mitgliedern ehrenhalber schätzungsweise hundert Männer. Wenn ich deren Togen alle mit neuen Purpursäumen versehen könnte, wäre das nächste Jahr gerettet!« Evodia gab acht, dass ihr Selbstgespräch nicht laut würde. Ihr Denkapparat arbeitete systematisch. »Wie wecke ich bei diesen Männern den Bedarf nach neuen Purpursäumen? Wenn ich bedenke, dass Purpur im ganzen römischen Weltreich, vor allem aber in Rom, das Statussymbol Nummer ein ist, dann fehlt eigentlich nur noch eine zündende Idee!«

Karmesinrot waren die Theatertäschchen. Rubinrot müssten die Purpursäume sein. Jetzt waren sie violett-rot. Das war die

Idee! Es müsste in Philippi für Honoratioren Mode werden, mit rubinroten Purpursäumen herumzulaufen, von denen man wüsste, dass sie sündhaft teuer seien, weil sie von der Lydierin mit den Kiemensäften des Murex trunculus gefärbt worden waren.

Im Gewölbe besprach Evodia diese Gedanken mit ihren beiden Mitarbeiterinnen. Eine von ihnen, Myrthia, fing den Ball sofort begeistert auf: »Wir haben noch so viel Stoff von dem Trunculus, dass wir eine Toga damit besetzen können. Die stellen wir dann mit Hilfe einer Puppe vor der Tür aus. Ihr werdet sehen, wie das wirkt.« Myrthia stellte sich in Pose, hob die Arme und reckte die Brust heraus wie ein Senator. Die Frauen lachten.

»Aber wo sollen wir dann den Stoff herkriegen, wenn die Nachfrage plötzlich steigt?«, gab ihre Gefährtin Navplia zu bedenken.

Evodia sah darin kein Problem. »Ich werde schon morgen unseren Purpurschneckenhändler im Hafen von Neapolis aufsuchen und bei ihm eine Ladung Purpurschnecken bestellen. Hoffentlich kann er in dieser Jahreszeit noch welche auftreiben. In jedem Fall wird er ein Riesendrama aufführen, wenn ich den Murex trunculus bestelle, allein schon, um den Preis hochzutreiben.« Evodia erinnerte sich an frühere Verhandlungen und lächelte. »Bis jetzt hat er ja auch immer gute Ware geliefert, obwohl er nie verrät, wo er die Schnecken herbekommt.«

Die lydische Purpurhändlerin von Philippi hatte Glück. Sie bekam vier Bottiche mit den ersehnten kleinen Meeresschnecken. Allerdings waren sie deutlich teurer als die, die sie vor ihrer Krankheit bei dem bärbeißigen Demosthenes in Elaia an der ionischen Küste gekauft hatte. 300 Denare musste sie zahlen. Sie hatte dafür sogar ein Darlehen aufnehmen müssen. Lächelnd stellte Evodia fest, dass Religion auch etwas mit Geld zu tun hat.

Die Geschäftsfrau hatte vor dem Flusstor flussabwärts, in unmittelbarer Nachbarschaft zum Gebetshaus der Juden, ein Grundstück gepachtet, auf dem sie die Färberei betrieb. Die vornehme Purpurhändlerin aus der Emporenstraße konnte sich immer noch nicht an ihre Doppelrolle gewöhnen. Immer noch wurde es ihr beim Gestank der Purpurschnecken vor allem während des Sudvorganges übel. Sie konnte auch nicht hinsehen, wenn sich die Kinder der Armen um die entkiemten Purpurschnecken balgten. Für die verhungerten Kinder waren es willkommene Meeresfrüchte. Wie gut, dass Evodia ihre Cousine Syntyche hatte! Die ließ sich ihren Ekel vor dem widerlichen Gestank nicht anmerken und bändigte mit dem hölzernen Kochlöffel auch die Straßenkinder. Sie kontrollierte das Feuer und maß die richtige Temperatur. In diesen Tagen vergaß Evodia alles, was ihre Verwandte ihr je angetan hatte. Es zählte angesichts dieser Situation einfach nicht. Wenn der Sud gar war, kam Evodias Stunde. Sie überwachte ihre Leute, wenn sie auf einem Stab das Wollgarn in den Sud gaben. Dann setzte sie das Garn der Sonne aus. Mit einer Eieruhr stoppte sie präzise die Zeit, bevor sie es wendete. Es kam auf den richtigen Moment an. Inzwischen war sie sich dank ihrer Erfahrung ziemlich sicher, dass die Färbung auch diesmal wieder gelingen würde. Dennoch war der gewünschte Farbton jedesmal ein Geschenk des Himmels. So kam es Evodia vor. Ob der Herr, den sie zum Mittelpunkt ihres Lebens gemacht hatte, auch mit der Färberei von Purpur etwas zu tun hatte? Oder lief dieses etwas zwielichtige Gewerbe ganz nebenher und stand mit religiösen Gedanken gar nicht im Zusammenhang? Sie wollte darüber nachdenken, mit Lukanos darüber sprechen, später auch in der Versammlung mit ihren Hausgenossen. Nur nicht jetzt! Gerade wurden wieder Stäbe mit Wollgarn in den gelblichen Sud gegeben. Die Frau war hochkonzentriert. Niemand sprach ein Wort. Alles hörte auf Evodias kurze Kommandos.

In weniger als einer Stunde stand das Ergebnis fest. Nach dem Trocknen leuchtete der Wollstoff in einem Rubinrot, das die Aufmerksamkeit unwiderstehlich auf sich zog. Diese Farbe war absolut lichtecht. Selbst die heißeste Sonne konnte ihr nicht einen Schimmer von Blässe anhaben.

Die Kalkulation der Purpurhändlerin war aufgegangen. Nachdem der erste Würdenträger die mit Signalfarbe besetzte Toga trug, gab es für die anderen 99 kein Halten mehr. Sie äußerten freilich ihre geheimen Herzenswünsche nicht selbst, denn Männer sind ja nicht eitel. Das überließen sie ihren Frauen. Die Mütter fanden auch, dass ihre kleinen Söhne entzückend in einer Toga praetexta mit den neuen, rubinroten Purpurstäben aussehen würden. So kam es, dass Evodia schon nach einem Monat ihren Kredit bei der Thessalonischen Bank zurückzahlen konnte.

Die Achillesferse

Telemachos ließ sich bei seiner Mutter melden. Als sie sich im Empfangsraum gegenübersaßen, stellte Evodia fest, dass ihr Sohn erwachsen geworden war. Sie hatte ja sonst kaum Zeit und Gelegenheit, ihn bewusst anzuschauen, dachte sie verlegen. Meistens wich er ihr aus. Wenn er jetzt zu ihr kam, hatte er sicher etwas auf dem Herzen.

»Mutter, dank deiner Güte konnte ich jetzt schon drei Jahre lang die Rhetorenschule hier in Philippi besuchen. Dir ist sicher nicht entgangen, dass ich diese Zeit gut genutzt habe. Die lateinischen und griechischen Klassiker habe ich studiert und mir zum Vorbild genommen. Die Prüfung in drei Monaten ist für mich reine Formsache, wie meine Lehrer mir sagten. Sie empfahlen mir auch, weiter zu studieren, in Alexandrien oder Athen. Mit deiner gütigen Unterstützung würde ich gern nach Athen gehen, um in der Schule der Peripatetiker meine Studien zu vollenden. Ich möchte später gerne ein höheres Staatsamt bekleiden. Ich bin einfach nicht zum Kaufmann geboren.«

Die Mutter musste sich eingestehen, dass sie ihren Sohn schon lange aus dem Blickfeld verloren hatte. Ja, er war in ihrem Hause zum Außenseiter geworden, der nicht den Weg der Christen ging, ein Intellektueller, der sich nicht um die Alltagssorgen des Hauses kümmerte. Ihr war lediglich aufgefallen, dass er auch Abstand zur Kultgemeinschaft des Heros Aulonitis genommen hatte. Es schien, als habe er die religiöse Dimension aus seinem Leben ausgeklammert. Für Telemachos zählte allein die Arbeit an der künftigen Karriere, die Meisterung des Lebens aus eigener Kraft. Würde das in Athen noch verstärkt werden? Konnte Evodia für ihren Sohn noch einen Schimmer der Hoffnung haben, dass er auch noch den Weg der Christen fände?

Nachdenklich antwortete Evodia ihrem Ältesten: »Mein lieber Telemachos, ich freue mich sehr, dass deine Studien auf der Rhetorenschule so erfolgreich waren. Ich glaube, dass dein Vater Alexandros ebenfalls stolz auf dich gewesen wäre und deinen Berufswunsch sehr unterstützt hätte. Auch ich möchte deinem Wunsch, in Athen deine Studien zu vollenden, nicht im Wege stehen. Ich selbst hätte ja zu gern an einer berühmten Schule Philosophie studiert, wenn es mir als Frau und Sklavin möglich gewesen wäre! Als Geschäftsfrau muss ich allerdings ausrechnen, was so ein Studienjahr in Athen kosten wird. Bislang gingen unsere Geschäfte gut. Was bleibt, sind die Unsicherheit und die Verantwortung für vierzig Hausgenossen. Von diesen Problemen bist du in den letzten Jahren unberührt geblieben.«

»Liebe Mutter, ich kann deine Sorgen nachvollziehen. Meine Studien sind natürlich auch eine Frage des Geldes. Deshalb möchte ich selbst zur Finanzierung beitragen, indem ich mich um eine Stelle als Nachhilfelehrer an einer Rhetorenschule bewerbe.« Telemachos schaute seiner Mutter treuherzig ins Gesicht.

Aber Evodia hatte den Wunsch, das Gespräch für heute zu beenden: »Telemachos, wir haben noch ein Vierteljahr Zeit, um die Entscheidung zu fällen. Bis dahin werden wir klarer sehen. Chäre!« Sie fragte sich, ob es Feigheit oder Klugheit gewesen war, die religiöse Frage mit ihrem Sohn jetzt nicht zu erörtern. Sie entschied sich für Letzteres.

Die Zwillinge waren der Elementarschule entwachsen und halfen schon im Verkauf mit. Mit ihrem angeborenen Charme fanden sie schnell die Sympathie der Kundinnen, vor allem, wenn sie gemeinsam in Erscheinung traten. Evodia hatte ihnen den Verkauf der Purpurschminke überlassen. Das war ihr Metier. Sie wurden nicht müde, ihren Kundinnen die Wirkung der verschiedenen Farbtöne an ihren jungen Gesichtern vorzuführen.

Pollux besuchte weiter ohne große Lust die Elementarschule des Timon. Sein Latein war – gelinde gesprochen – noch ausbaufähig. Telemachos hatte die Sprachkünste des Jüngeren auf einen Nenner gebracht: »Wenn mein verehrter Bruder lateinisch spricht, dann hört man nicht nur, dass er aus der Provinz Lydien kommt. Man merkt auch nicht nur, dass er aus Thyatira stammt, sondern sogar, aus welchem Stadtteil.«

Solche Sprüche trugen zwar zur Erheiterung bei, halfen aber dem armen Kerl in keiner Weise. Seine Mutter hielt es für gut, ihn noch für das letzte Schuljahr auf eine Schule zu schicken, die von Kindern der römischen Oberschicht besucht wurde, damit sich seine lateinische Aussprache verbessern sollte. Über seine berufliche Zukunft waren sich weder er noch seine Mutter im Klaren. Seine Bezugsperson war ohnehin seine Tante Syntyche. Von ihr fühlte er sich verstanden und so angenommen, wie er war. Geschickt verstand es der mittlerweile Zwölfjährige, die beiden erwachsenen Frauen gegeneinander auszuspielen, ohne dass sie seine Spielchen durchschauten.

In den drei Jahren, die seit dem ersten Besuch des Paulos und seiner Mitarbeiter ins Land gegangen waren, war das Haus der Purpurhändlerin zu einer Lebens-, Produktions- und Glaubensgemeinschaft zusammengewachsen. Es gab keine Trennung der Bereiche. Das war der Episkopin sehr bald bewusst geworden. Sie bemühte sich nach Kräften, ihr Verhältnis zu den Sklaven nach dem Vorbild Jesu zu gestalten. Das war bei allem guten

Willen nicht leicht. Immer wieder sagte sie sich und den anderen: Jesus Christos ist nicht gekommen, um zu herrschen, sondern um zu dienen! Ihre Art des Umgangs mit ihren Sklavinnen und Sklaven führte zu mancherlei Getuschel bei ihren Nachbarn, vor allem bei den Nachbarinnen: »Wo kommen wir denn hin, wenn wir so mit unseren Sklaven umgehen? Sklaven müssen kurz gehalten werden, sonst tanzen sie einem auf dem Kopf herum. Evodia wird schon sehen, wo das hinführt, wenn sie ihre Sklavinnen und Sklaven wie Freie kleidet. Die bewegen sich in der Stadt mit einem Selbstbewusstsein wie Halbgötter.«

Was die Nachbarn nicht wahrhaben wollten, war die hohe Arbeitsmoral im Hause der Purpurhändlerin. Jeder machte sich die Sache des Hauses zu eigen. Alle bemühten sich um ein geschwisterliches Miteinander. Streit wurde offen ausgetragen, Zorn nicht mit in die Nacht genommen. Am schlechtesten klappte es allerdings zwischen Evodia und Syntyche. Man schob das auf ihre enge familiäre Beziehung.

Für die nächste Herrenmahlfeier hatte sich Lukanos überraschend von seiner Reise zurückgemeldet. Eigentlich war es selbstverständlich, dass der Arzt im Hause der Purpurhändlerin den Herrentag feierte. Da er selbst kein Haus führte – für ihn sorgte seine inzwischen betagte Kinderfrau –, hatte er sich der Hausgemeinde der Lydierin angeschlossen. Alle mochten ihn, weil er trotz seines hohen Ansehens als Arzt keine Sonderrolle spielen wollte.

Evodia konnte den Vorabend des nächsten Herrentages kaum erwarten. Sie freute sich immer, wenn sie Lukanos wiedersehen konnte. Schon als Arzt hatte er eine liebevolle Ausstrahlung, die seinen Patienten gut tat. Lukanos war freundlich zu Kranken wie zu Gesunden. Manchmal ertappte sich Evodia bei dem Wunsch, er möchte sie mit bevorzugter Liebenswürdigkeit behandeln, doch nie hatte sie den Eindruck, dass Lukanos sich zu ihr oder einer anderen Frau auf besondere Weise hingezogen fühlte.

Evodia eröffnete wie immer die Feier des Herrenmahles. Diesmal begrüßte sie Lukanos eigens: »Lukanos, unser lieber Freund, hat uns für heute eine Überraschung angekündigt. Auch ich weiß nicht, worum es sich handelt.«

Lukanos erhob sich, schnürte sorgfältig das Päckchen auf, das er mitgebracht hatte, und holte eine Schriftrolle aus Papyros hervor. Alle reckten die Köpfe und taten so, als könnten sie lesen. Lukanos ließ sich nicht lange bitten.

»Meine Lieben, immer wieder kam aus euren Reihen der Wunsch, mehr Jesusgeschichten zu hören. Paulos hat sich für uns bei der Jerusalemer Gemeinde verwendet. Dort existieren Sammlungen von Jesu Worten und Taten. Er hat für uns eine Übersetzung des aramäischen Textes in Griechische anfertigen lassen. Hier ist sie! Bei unserer nächsten Sammlung für die Jerusalemer Gemeinde möchten wir dann etwas reichlicher spenden, so sagte Paulos.«

Alle in der Versammlung klatschten begeistert Beifall. Die Schrift galt ihnen jetzt schon als Symbol heiliger Gegenwart.

»Lies uns daraus vor, bitte!«, rief es von allen Seiten. Lukanos rollte auf, bis er an eine bestimmte Stelle kam. Er las so laut und deutlich, dass ihn auch der alte Syzygos ohne Mühe verstehen konnte: »Als Jesus von den Pharisäern gefragt wurde, wann das Reich Gottes komme, antwortete er: Das Reich kommt nicht so, dass man es an äußeren Zeichen erkennen könnte. Man kann auch nicht sagen: Seht, hier ist es!, oder: Dort ist es! Denn: Das Reich Gottes ist schon mitten unter euch.«

Wie an solchen Abenden üblich, folgte ein angeregter Austausch. Evodia begann: »Wir haben ja schon oft darüber gesprochen, dass Jesus wie ein Herold die Ankunft des Reiches Gottes angekündigt hat.«

»Die Frage, die die Leute gestellt haben, deren Namen ich mir nicht merkte, könnte auch meine Frage sein: Wann wird das Reich Gottes kommen? Wann wird es keine Sklaverei mehr geben?«, fragte ein junger Mann, der erst kürzlich seine Heimat hatte verlassen müssen.

»Was sind das denn für Leute, die solche Fragen stellen? Ich habe ihren Namen noch nie gehört«, bohrte ein anderer.

»Ich kann mich erinnern, dass unser jüdischer Religionslehrer von ihnen gesprochen hat. Ich glaube, die Pharisäer, das waren ganz fromme Leute, die pingelig genau die Gesetze einhalten wollten«, wusste Charis.

»Jedenfalls kann man das Kommen dieses Reiches, das Jesus da meint, nicht an äußeren Ereignissen erkennen, wie zum Beispiel der Abschaffung der Sklaverei«, meinte die erfahrene Sophrosyne. »Vielleicht meint Jesus, dass es in unserem Herzen ist.«

Syntyche reagierte auf Sophrosynes klugen Beitrag wieder einmal ein wenig zu heftig: »Hast du nicht gehört, Sophrosyne, was Lukanos vorgelesen hat? ›Das Reich Gottes ist schon mitten unter euch.‹ Dann kann es doch nicht in unseren Herzen oder nur in unseren Herzen verborgen sein! Es ist zwischen uns, und wir haben es nur noch nicht gemerkt.« Lukanos nickte.

»Syntyche ist dem, was Jesus den Pharisäern sagen wollte, schon ganz nahe gekommen. Hier unter uns und zwischen uns wächst das Reich Gottes. Es ist die Art, wie ihr miteinander umgeht, die das Reich Gottes Wirklichkeit werden lässt: Herrin und Sklavin, Mann und Frau, Alter und Junger. Manch einer von euch hat es mir ja anvertraut, dass er richtig glücklich ist, in einem Haus zu leben, das gemeinsam ›auf dem Wege‹ ist.«

Die meisten dachten, dass ausgerechnet die Beziehung zwischen Evodia und Syntyche nicht ganz in das ideale Bild passte. Sie versuchten, die beiden nicht zu beobachten. Vielleicht spürte das Evodia, denn sie schloss an dieser Stelle das Gespräch ab: »Lukanos, edler Freund, du könntest doch auch für uns hier in Philippi einen Bericht über alles abfassen, was sich um Jesus, den Christos, ereignet und erfüllt hat. Daraus könnten wir dann in unseren Versammlungen vorlesen und es auch an die anderen Häuser ausleihen.«

»Daran habe ich, teuerste Evodia, bereits gedacht«, bestätigte Lukanos. »Natürlich fehlt mir noch viel Material, vor allem über die Taten Jesu. Dann könnte ich für die Griechen die frohe Botschaft von Jesus Christos so schreiben, wie es ihrer Lebensart entspricht. Das Griechisch der Jerusalemer Übersetzung klingt – mit Verlaub gesagt – in griechischen Ohren ziemlich barbarisch. Das ist ja aber gar nicht schlimm. Hauptsache, die gute Nachricht, das Evangelion, findet überall Verbreitung.«

Alle klatschten. Lukanos wurde rot und sagte: »Bitte, keinen Beifall! Das ist wirklich noch zu früh. Ungelegte Eier sollte man nicht bebrüten.«

Die Mahlzeit, in die das Herrenmahl integriert war, nahm ihren Lauf. Beim Gedächtnis des Todes und der Auferstehung Jesu waren sich alle sicher: Das Reich Gottes ist schon mitten unter uns. Lange währte an diesem Abend die gesammelte Stille, bevor die drei Nachtischgänge serviert wurden. Dann sorgten die Süßigkeiten für heitere Stimmung. Evodia sah sich genötigt, die Stimmen zu dämpfen. Sie wusste, dass die Nachbarn auf Horchposten saßen.

Gegen Mitternacht wollte Evodia die Tafel aufheben. Plötzlich merkte sie, dass ihr die gewohnten Worte fehlten. Sie war sprachlos. Sie wollte »Gute Nacht« sagen. Aber das Wort für Nacht stand ihr nicht mehr zur Verfügung! Mit einem kurzen Kopfnicken verabschiedete sie sich von Lukanos, dann verschwand sie in ihrem Zimmer und legte sich angezogen aufs Bett. Was war das nur? Ein neuer Anfall? Ängste, längst vergessen oder verdrängt, begannen sie zu umklammern. Wenn sie jetzt wenigstens mit Lukanos als Arzt sprechen könnte! Aber ihr fehlte die Sprache, ihn rufen zu lassen.

Kaum quälte sich Evodia damit, ihren Wunsch nicht aussprechen zu können, trat Syntyche mit Lukanos ein. Der Arzt sagte nur, indem er der irritierten und erschrockenen Frau leicht die Hand auf den Arm legte: »Evodia, bitte, versuch nicht zu sprechen. Bleib ruhig liegen. Syntyche wird dir einen Beruhigungstee bringen. Das ist ein kleiner Anfall, nichts Aufregendes. Ich werde morgen früh bei dir hereinschauen. Dann wirst du schon wieder auf den Beinen sein, und deine Sprache ist auch wieder da.«

Am Morgen war alles so, wie es der Arzt vorhergesagt hatte. Nur ein wenig abgeschlagen fühlte sich die Patientin. Ratlos meinte sie zu Lukanos: »Ich dachte, ich hätte das alles hinter mir. Lukanos, warum ist mir das gestern Abend widerfahren? Ich war mir so sicher, dass die Heilige Krankheit meiner Vergangenheit angehört.« Bei dem Wort »Heilige Krankheit« lächelte sie unsicher.

Lukanos erklärte ihr: »Was du Heilige Krankheit nennst, heißt medizinisch Epilepsie. Sie bleibt, selbst wenn sie nie wieder bei dir auftreten würde. Die Anfallbereitschaft ist einfach in deinem Gehirn vorhanden. Damit musst du leben. Aber das ist kein blindes Schicksal, gegen das du dich aufbäumen müsstest. Das ist die Fügung eines liebenden Gottes, deren Sinn du vielleicht jetzt noch nicht verstehst. Insofern – und nur insofern – ist es tatsächlich eine ›Heilige Krankheit‹. Übrigens, an dieser Krankheit soll auch unser verehrter Paulos leiden, wie man sich in der Gemeinde von Korinth erzählt. Woher ich das weiß? Der Austausch zwischen den Gemeinden ist rege. Da blüht auch der Klatsch. Paulos soll sich übrigens sehr über die finanzielle Unterstützung gefreut haben, die wir ihm voriges Jahr dorthin geschickt haben.«

Evodia ließ sich nicht so schnell ablenken. Sie fragte ängstlich: »Verehrter Lukanos, was kann ich tun, um solche Anfälle in Zukunft zu verhindern?«

»Meine Liebe, du kannst im Prinzip gar nichts tun. Du kannst dich nur in die Tugend der Gelassenheit einüben. Dazu kommen alle Anwendungen, die dir dein Arzt im Asklepeion von Pergamon verschrieben hatte. Du hast dich in den letzten Wochen übernommen, sowohl im Geschäft als auch in deinem Hause. Ich rate dir, nimm die bewährte Hilfe deiner Cousine Syntyche voll in Anspruch. Übertrage ihr alle Aufgaben, die mit starken Emotionen verbunden sind, wie es wohl bei der Purpurfärbung zwangsläufig der Fall ist.«

»Ich danke dir, lieber Lukanos. Du hast mir sehr geholfen, meine Krankheit zu verstehen. Vielleicht kann ich sie auf diese Weise auch annehmen. Schwerer wird es mir wohl, etwas abzugeben, was ein Teil von mir selber ist. Ich meine das Purpurgeschäft. Selbst wenn ich nur einen Teil der Verantwortung in Syntyches Hände – ausgerechnet Syntyches Hände – lege, kommt es mir vor, als wäre das die erste Rate meines Todes.«

Lukanos nickte.

»So ist es, meine Liebe, wir müssen unsere kleinen Tode sterben, bevor wir den letzten großen Schritt tun, der das unzerstörbare Leben in uns zur Vollendung führt.«

Große Worte für einen so jungen Mann! Evodia nickte ihrem Arzt zu. Sie hatte wieder das intensive und beglückende Gefühl völliger Geborgenheit. Sie hatte den Wunsch, es zu verewigen. Wehmütig schaute sie zu Lukanos hoch. Obwohl er verstanden hatte, blickte er durch sie hindurch. Da ahnte sie das Geheimnis seiner Einsamkeit.

Envodia hatte nun immer öfter das Bedürfnis, die Stille ihres Zimmers aufzusuchen. Sie fand dort tiefen unaussprechlichen Frieden, wenn sie sich in die tiefste Tiefe ihrer Seele versenkte. Dort wusste sie sich eins mit ihrem Herrn. War das das »Urschöne«, von dem Diotima in Platons »Gastmahl« sprach? Wenn sie es auch nicht schaute, so war sie sich doch ganz sicher, dass sie es gefunden hatte. Sie war am Ziel ihrer Sehnsucht angekommen.

Drei Jahre waren vergangen, seit Paulos Evodia, Epaphroditos, Clemens und Stephanas als Episkopen für den Weg in ihren Häusern verantwortlich gemacht hatte. Die Zahl derer, die den Glauben an den Herrn Jesus Christos angenommen hatten, hatte sich fast verdoppelt. Teilweise waren die Neugläubigen zu den Häusern der Christianoi gestoßen, teilweise hatten sie auch neue Häuser gegründet. Eines Tages ließ Epaphroditos sich bei Evodia melden. Sein Gesicht war ernst, und er wirkte ziemlich erregt.

»Ich komme gerade von einer Geschäftsreise, die mich nach Ephesos führte. Dort habe ich bei einem Zeltmacher-Ehepaar, bei Aquila und Priska, Marktzelte eingekauft. Die beiden gehören übrigens auch zu den Christen. Dabei erfuhr ich, dass unser verehrter Paulos von den dortigen Behörden wegen Unruhestiftung verurteilt und ins Gefängnis geworfen wurde. Das Schlimmste kommt noch: Er soll zur Tierhatz ins Theater geführt werden.«

Evodia presste erschrocken die Hände an den Mund und stieß hervor: »Das ist ja furchtbar! Wir müssen helfen. Hat denn keiner Beziehungen zur kaiserlichen Bezirksregierung in Ephesos? Wir müssen Paulos Geld zukommen lassen. Vielleicht kann er damit eine Kaution für sich erwirken. Ich schicke sofort einen Sklaven in alle Häuser und bitte um eine Versammlung aller Episkopen noch heute Abend. Dann können wir über das weitere Vorgehen beraten.«

Am Abend klang erregtes Stimmengewirr aus dem Atrium in Evodias Haus, obwohl sich alle bemühten, die Nachbarn nicht mithören zu lassen. Die Betroffenheit bei den Versammelten war groß. Alle waren sich einig: Wir müssen Paulos Geld schicken! Die Summe sollte schon beträchtlich sein. Aber wie sollte man so viel Geld übers Meer nach Asien bringen? Epaphroditos meldete sich zu Wort: »Ihr wisst, dass ich mit Zelten handle. Ich möchte ohnehin in Bälde – jedenfalls noch vor den Herbststürmen – wieder nach Ephesos und zurück nach Neapolis segeln, um noch einmal einen Posten Planen für Marktstände einzukaufen. Bei dieser Gelegenheit könnte ich auch das Geld übergeben.«

Alle waren hocherfreut über die praktische Lösung und versprachen, das Geld möglichst schnell durch Kollekten bei ihren Hausgenossen und vor allem durch eigene Spenden aufzutreiben. Auch die Sklaven würden sich beteiligen, denn sie waren nicht mittellos.

Anfang September war Epaphroditos in Neapolis aufs Schiff gegangen, um über Troas Ephesos zu erreichen. Mitte bis Ende Oktober wollte er wieder zurück sein. Als er Ende Oktober noch nicht zu Hause war, machte sich seine Frau Sorgen um ihren Mann. Auch Evodia und die anderen Episkopen waren besorgt. Wie mochte es Paulos gehen? Hatte Epaphroditos ihm das Geld im Gefängnis übergeben können?

Anfang November erhielt Epaphroditos' Frau endlich Nachricht von ihrem Mann aus Ephesos. Der Brief war von einem Schreiber namens Onesimos verfasst worden. Nach dem Anrede- und Grußteil berichtete er, dass er selbst als Verbindungsmann zwischen der ephesischen Gemeinde und Paulos das Geld ins Gefängnis geschmuggelt hätte. Paulos hätte sich sehr darüber gefreut, weil er damit eine Kaution für seine Freilassung stellen konnte. Leider wäre aber ihr werter Gatte Epaphroditos bald darauf von einer heftigen Malaria befallen worden, die ihn an den Rand des Grabes gebracht hätte. Das inständige Gebet der Gemeinde und die liebevolle Pflege durch Priska, die Zeltmacherin, hätte ihn wieder aufgerichtet. Er würde, sobald die See im Frühjahr wieder befahrbar sei, mit einem Brief des Paulos nach Philippi zurückkehren. Bis dahin sollte sie Geduld haben. Epaphroditos würde die Zeit zur vollständigen Genesung nutzen.

Nach so langer Zeit ohne Nachricht konnte Epaphroditos' Frau endlich aufatmen, und mit ihr die Gemeinden in Philippi. Die Liste der Fürbitten wurde wieder um einen Namen länger.

Im neuen Jahr schien der Winter kein Ende zu nehmen. Die Seefahrt ruhte. Endlich – es war schon Ende März – traf Epaphroditos von der Malaria gezeichnet in Philippi ein. Nachdem er Frau und Kinder umarmt hatte, ging er gleich zu Evodia. Die Lydierin sollte als erste den Brief von Paulos lesen, denn mit ihr hatte alles in Philippi angefangen, meinte Epaphroditos. Sie sollte auch das Siegel öffnen, was er sich während der langen Überfahrt verkniffen hatte. Evodia begrüßte den Rückkehrer herzlich mit einem schwesterlichen Kuss, fand Worte für Anteilnahme und Genesungswünsche. Schnell kam sie auf den Brief zu sprechen: »Nein, das Siegel werde ich auch nicht aufbrechen, obwohl ich vor Neugierde platze. Leider haben wir kein Haus, in dem alle Christen Platz fänden. Deshalb wollen wir den Brief reihum in den Häusern lesen. Du, mein lieber Epaphroditos, hast am meisten gelitten. Dir gebührt daher die Ehre, den Brief vor deiner Gemeinde zu öffnen und ihn zuerst vorzulesen. Wer sind wir Episkopen denn, das wir der Gemeinde etwas voraus hätten?«

Evodia zu widersprechen, war einfach nicht möglich, auch nicht für einen Mann. Epaphroditos machte am nächsten Herrentag den Anfang mit dem Vorlesen des Briefes.

Für Evodia war die Spannung bis zum nächsten Sabbat unerträglich. Immer wieder nahm sie den Brief in die Hand. Das Siegel war zwar schon geöffnet, doch sie verbot sich die Vorab-Information.

Endlich war es soweit. Auf die drei Gerichte des Hauptganges hätten alle zugunsten einer Gerstensuppe verzichtet, nur um schneller Paulos' Worte zu hören. Niemand hätte auch hinterher sagen können, was es denn an diesem Abend im Hause der Purpurhändlerin zu essen gab. Evodia selbst ließ es sich nicht nehmen, den Brief vorzulesen, obwohl sie sich keine Gelegenheit eingeräumt hatte, sich auf die Lesung vorzubereiten. Nach langer Zeit trug sie wieder einmal ein Seidenkleid, dessen Säume dezent mit einem ganz schmalen Purpursaum aus dem Farbstoff der Haemastoma gefärbt worden waren. Es floss an ihrem immer noch schlanken Körper herab und wurde raffiniert dreimal durch Gürtungen geschoppt. Aber nicht einmal die Frauen nahmen dieses textile Kunstwerk mit Bewusstsein wahr. Aller Augen richteten sich auf ein Päckchen, das eine Papyrosrolle enthielt. Evodia hielt mit der linken Hand den Anfang der Rolle, mit ihrer rechten zog sie sie nach rechts. Befriedigt stellte sie fest, dass der Schreiber eine übersichtliche, gut lesbare Schrift hatte, die ihr keinerlei Probleme schaffte, obgleich der ganze Brief der damaligen Praxis entsprechend ohne Abstand zwischen den

Wörtern und ohne Punkt und Komma geschrieben war. Damit war Evodia aber seit ihrer Kindheit vertraut. Sie begann mit Anschrift und Gruß:

»Paulos und Timotheos, Sklaven Christi Jesu,
an alle Heiligen in Christos Jesus, die in Philippi sind,
mit ihren Episkopen und Diakonen.
Gnade sei mit euch und Frieden von Gott, unserem Vater,
und dem Herrn Jesus Christos.«

Evodia besaß das Talent, die Worte des Paulos so lebendig werden zu lassen, dass sie die Atmosphäre der Freundschaft, von der dieser Brief geprägt war, vermitteln konnte. Gebannt lauschten die Zuhörer. Nur einmal kam Bewegung in die Hausgemeinde. Verlegen schauten sie Evodia und ihre Cousine aus den Augenwinkeln an, als sie die leisen, aber deutlichen Worte vernahmen: »Ich ermahne Evodia, und ich ermahne Syntyche, einmütig zu sein im Herrn. Ja, ich bitte auch dich, lieber Syzygos, nimm dich ihrer an. Sie haben mit mir für das Evangelium gekämpft, zusammen mit Clemens und meinen anderen Mitarbeitern. Ihre Namen stehen im Buche des Lebens.«

»Das musste ja kommen«, dachten die Zuhörer. »Zwei- oder dreimal hat Paulos zur Eintracht aufgefordert. Jetzt kommt er zur Sache.«

Evodia las den Brief scheinbar ungerührt zuende. Der Brief hatte den Hausgenossen gut getan. Sie sonnten sich in Paulos' Freundschaft.

Evodia eröffnete nun das Gespräch: »Was ist in diesem Brief für unsere Hausgemeinde besonders wichtig? Wen hat Paulos besonders angesprochen?«

Zunächst trat betretene Stille ein. Dann meldete sich Sophrosyne, um der Peinlichkeit ein Ende zu bereiten: »Paulos hat uns alle ins Herz geschlossen. Obwohl er im Gefängnis sitzt, denkt er noch an uns und muntert uns auf.«

Der Beitrag löste die angestaute Unsicherheit. Viele Wortmeldungen lösten jetzt einander ab.

»Obwohl Paulos gefangen ist, freut er sich im Herrn. Wie ist das möglich?«

»Paulos warnt uns auch vor falschen Lehrern aus dem Judentum, die bei uns die Beschneidung einführen wollen.«

»Wie schön, dass er das Lied von dem Sklaven Christos, das er uns schon bei seinem persönlichen Besuch vorgetragen hatte, jetzt schriftlich mitgeteilt hat. Paulos fühlt sich ja mit Timotheos als Sklave Jesu Christi, das hat er gesagt. Wenn wir auch alle so gesinnt wären, gäb es bei uns keinen Streit mehr.«

Jetzt sprang Syntyche mit ihrer ganzen Spontaneität auf und sagte: »Ich bin es, die den Streit mit meiner Cousine immer wieder vom Zaune bricht. Vergib mir, Evodia. Auch euch alle bitte ich um Vergebung!«

Evodia entgegnete: »Liebe Syntyche, ich habe dich durch meine Arroganz provoziert. So trage ich meinen Anteil an dieser Schuld.«

Syzygos nahm die beiden Frauen in den Arm und drückte sie aneinander. Die anderen sprangen auf und klatschten. Es war, als würde eine Last von dem Hause der Purpurhändlerin genommen. Das anschließende Gedächtnismahl stand heute ganz besonders im Zeichen der Versöhnung.

Der Schrei der Seide

Das Frühjahr war zu Ende gegangen und mit dem Sommer kam die erste Hitze nach Philippi. Der Pförtner Syzygos öffnete die Haustür, um die Kühle des Abends ins Haus zu holen. Als er sie wieder schließen wollte, entdeckte er zwei Männer, die offensichtlich das Haus der Purpurhändlerin anstrebten. Einen erkannte er. Es war Timotheos.

»Timotheos, chäre.« Er umarmte den jungen Mann herzlich. »Wen hast du denn mitgebracht?«

»Das ist Erastos, ein Mitarbeiter des Paulos aus Korinth.«

Der Alte hieß beide willkommen, führte seine Gäste in den Empfangsraum und meldete sie Evodia. Die Hausherrin zeigte sich über die Ankunft des hochverdienten Mitarbeiters ihres Lehrers Paulos hocherfreut. Timotheos wies auf seinen Begleiter: »Ich darf dir Erastos vorstellen. Er stammt aus Korinth und ist dort Stadtkämmerer. Erastos hat sich sehr für das Evangelium eingesetzt. Er gehört zum engeren Mitarbeiterkreis des Paulos. Deshalb begleitet er ihn auch auf seiner Reise von Ephesos über Philippi nach Korinth und von dort nach Jerusalem. Wir sind sozusagen das Vorauskommando. Paulos wird in absehbarer Zeit nachkommen.«

Evodia richtete sich auf, verbeugte sich leicht und sagte: »Es ist für mich eine große Ehre, dich, edler Erastos, den Stadtkämmerer von Korinth, in meinem Hause begrüßen zu dürfen. Eine noch größere Ehre aber ist es, einem verdienten Mitarbeiter des Paulos Gastfreundschaft zu gewähren. Wie dein Name sagt, bist du in meinem Hause ein ›Ersehnter‹.«

Erastos nickte und bedankte sich. Der Anblick der schönen Frau beglückte ihn. Er dachte: »Wenn der Weg der Christen nur von Sklaven begangen würde, hätten wir keine Chance, in der römischen Gesellschaft Fuß zu fassen. So wie es in Ephesos schon geschehen ist: Dort gehören sogar Angehörige der kaiserlichen Bezirksregierung zur Gemeinde.«

In der Hausversammlung am Abend mussten die beiden Gäste von den Weltstadt-Gemeinden Korinth und Ephesos erzählen, vor allem von Paulos und seinen Kämpfen mit den Juden in Korinth, aber auch mit den Widersachern in der eigenen Gemeinde und von dem Aufstand, den die Silberschmiede in Ephesos angezettelt hatten.

Die Zuhörer dachten: »Wir leben hier richtig in der Provinz. Paulos kann sich freuen, dass es uns gibt. Das hat er in seinem Brief ja auch deutlich zum Ausdruck gebracht.«

Am nächsten Morgen zogen die beiden Missionare weiter. Sie wollten möglichst schnell in Korinth sein, um in der Gemeinde einen Brief des Paulos abzugeben. Diesmal brauchte Evodia die beiden Reisenden nicht mit Zehrgold auszustatten. Erastos gehörte zu den Reichen in Korinth. Timotheos hatte ihr vor der Abreise noch zugeflüstert: »Evodia, du brauchst uns nichts mitzugeben auf die Reise. Erastos hat in Korinth einen öffentlichen Platz pflastern lassen. Auf einem Plasterstein am Anfang des Platzes steht eingemeißelt: ERASTOS LEGTE DIESEN BODEN FÜR SEINE ÄDILENSCHAFT AUS SEINEN EIGENEN MITTELN.«

Für die Zwillinge und Pollux war es eine Ehrensache, die beiden bis zum Bogen in Richtung Amphipolis zu begleiten.

Jetzt warteten alle Hausgemeinden in Philippi gespannt auf Paulos' Ankunft. Die Sonne hatte schon fast ihren höchsten Stand im Jahreslauf erreicht, als er endlich eintraf. Evodia bestand wieder in ihrer energischen Art darauf, dass er auch diesmal in ihrem Hause wohne. Aber von dem kleinen, quirligen Mann war tagsüber wenig zu sehen. Er besuchte nicht nur alle Hausgemeinden in Philippi, sondern schwärmte auch in die Umgebung aus. Wo er hinkam, entstanden neue Gemeinden: in Neapolis, dem Hafen von Philippi, in Doxato und in Drama.

»Es ist eigenartig«, sagte Evodia zu Paulos, als er eines Abends müde und erschöpft heimkam. »Wir sind schon seit drei Jahren auf dem Weg. Wir haben es aber nicht geschafft, ihn in den Nachbarorten bekannt zu machen.«

Paulos lächelte: »Wenn ich überall das Evangelium verkünde, dann kann ich mich deshalb nicht rühmen, denn ein Zwang liegt auf mir. Wehe mir, wenn ich das Evangelium nicht verkünde!« Wieder kam das Feuer in seine Augen.

»Bist du ein Sklave des Evangeliums?«, fragte die Frau.

»Ja, so kann man es sagen, Evodia. Es ist die Sklavenschaft der Söhne und Töchter Gottes. Sie macht frei.«

Solche Gespräche unter vier Augen liebte Evodia. Dann verschwammen die Züge des alten Mannes mit jenen ihres Therapeuten Eusebios vom Asklepeion in Pergamon. Was Eusebios an menschlicher Weisheit vermittelte, das konnte Paulos persönlich verkörpern und auf Jesus Christos beziehen. Dabei fiel immer ein überraschendes Licht auf die alte menschliche Weisheit, so dass Evodia jedesmal aufs Neue fasziniert war. Die Philosophin hätte gern im Stil des Platon mit Paulos über den Logos spekuliert, so wie sie es mit Timon im Anschluss an die Lehre Philos gemacht hatte. Sie merkte aber bald, dass der Jude Paulos kein Platoniker war. Dagegen hatte er mit dem Denken der Stoiker Bekanntschaft geschlossen. Das lag ihm mehr, denn es war lebenspraktischer und betraf eher das ethische Handeln der Menschen im Alltag.

Schnell war der Sommer in den Herbst übergegangen. Paulos kündigte seine Abreise an. Er wollte durch Makedonien und Achaia nach Korinth, um in der dortigen Gemeinde Klarheit über seine Autorität herbeizuführen. Bei seinem letzten Besuch hatte er kläglich Schiffbruch erlitten. Ein Brief von Timotheos und Erastos hatte ihm aber mittlerweile signalisiert, dass die Stimmung in Korinth zu seinen Gunsten umgeschlagen war.

Evodia konnte Paulos für die Jerusalemer Gemeinde eine namhafte Summe überreichen. Sie war in den letzten Monaten, wie angekündigt, in den Häusern gesammelt worden. Paulos hatte nicht umsonst Timotheos und Erastos vorausgesandt, um für diese Kollekte zu heischen. Ihm war die Unterstützung der Urgemeinde ein großes Anliegen. Für sich selbst würde er dagegen nie etwas erbitten. Als er das Geld entgegennahm, sagte er: »Das Heil kommt von den Juden. Es hat in Jerusalem seinen Ausgang genommen. Der Jerusalemer Gemeinde verdanken wir alles. Bei ihnen sind wir immer in der Schuld, zumal sie ärmer sind als wir.«

Durch diese Worte bekam die ganze Spendenaktion für Evodia ihre Rechtfertigung. Sie hatte enorm gegen Syntyches Widerstand ankämpfen müssen, um diese Sammlung durchzusetzen. Für sie – und das galt eigentlich für alle – war Jerusalem weit weg. Ihr Mann war Paulos. Und der schien auch noch eine Autorität über sich zu haben. So ganz blickten beide da nicht durch.

Evodia ließ es sich nicht nehmen, Paulos persönlich bis zum Amphipolis-Bogen zu begleiten. Wehmut erfasste sie. Würde sie den alten, abgezehrten Mann, dessen Tage gezählt schienen, jemals wiedersehen? Sie hatte ihn lieb gewonnen. Hinter seinem Eifer für die Sache Jesu verbarg sich ein liebevoller Mensch, der für Freundschaft empfänglich war. Das spürte sie an der herzlichen Art, mit der er sich von ihr verabschiedete. Bei ihm hatte sie – wie bei wenigen Männern – das Gefühl, dass er sie nicht wegen ihrer aparten Schönheit, sondern um ihrer selbst willen schätzte.

Kurz bevor der Herbst sein Ende fand und das stürmische Meer den Fang von Purpurschnecken unmöglich machte, hatte Syntyche, die inzwischen selbstständig die Purpurfärberei betrieb, eine ganze Ladung Purpurschnecken geordert.

Als sich eines Tages im Flusstorviertel ein ungewöhnlich starker bestialischer Gestank ausbreitete, wurde Evodia unruhig. Sie hatte zwar nach dem letzten Anfall auf Anraten ihres Arztes das Purpurfärben in die Hände ihrer Cousine gelegt. Aber der Gestank war so ungewöhnlich, dass sie sich gedrängt fühlte, der Belästigung nachzugehen.

Die Prinzipalin musste heftig gegen ihren Widerwillen ankämpfen, als sie sich ihrer Purpurfärberei näherte. Die Mitarbeiterinnen waren gerade dabei, den Sudtopf erneut zu füllen, während die Männer das Holz stapelten. Zu ihrem Entsetzen musste Evodia feststellen, dass die Sklavinnen ganze Schnecken – es waren, wie sie gleich erkannte, die der minderen Sorte Murex branduaris – in den Topf warfen. Das Sezieren der Kiemendrüsen machte ja die

Ware so teuer. Für Evodia bestand kein Zweifel mehr: Hier wurde billige Ware produziert, dunkel-violettes Wollgarn für die Stäbe der Knabentogen. Die Garne des ersten Arbeitsganges lagen bereits in ihrem schmutzigen Violett im Schatten.

Evodia wunderte sich, dass sie ihren Zorn nicht laut herausschrie. Es war weniger der Zorn, der ihre Seele überschwemmte, als vielmehr eine maßlose Traurigkeit, die sich eher in einem stummen Schrei ausdrücken wollte. Etwas starb in Evodia. Es war die Exklusivität ihrer Persönlichkeit, wie sie sich in ihrer Philosophie und im Purpurgeschäft ausdrückte. »Die Lydierin«, das bedeutete etwas Besonderes in Philippi. Ihren exquisiten Purpurton suchte man vergebens bei der Konkurrenz, jedenfalls in Philippi. Ihn gab es nur noch in Tyros, und dann für sehr viel mehr Geld als bei ihr. Ein Topf übel riechender, billiger, gekochter Purpurschnecken hatte genügt, um sie selbst in Frage zu stellen.

Evodia machte auf dem Absatz kehrt. Es wäre ihr in ihrer jetzigen Gemütsverfassung nicht möglich gewesen, Syntyche etwa wie folgt zur Rede zu stellen: »Warum, Syntyche, redest du nicht einmal mit mir, wenn du eine Entscheidung treffen willst, die alles auf den Kopf stülpt, was bisher in meinem Geschäft oberstes Prinzip war?«

Evodia ging schnellen Schrittes in ihr Haus, weil sie nicht wollte, dass die Nachbarn ihre Tränen sähen, die in ihren Augen schon bedenklich angestiegen waren. Sie warf sich auf ihre Liege und heulte hemmungslos.

Als sie ruhiger geworden war, wurde ihr plötzlich die Marktlage für Purpur in Philippi bewusst, wie sie diese vorher nicht eingeschätzt hatte: Von ihr war die reiche Kundschaft mit hochwertigen

Purpurerzeugnissen eingedeckt worden. Dieser Markt war gesättigt, die Lagerbestände in ihrem Hause aber unübersehbar.

»Syntyche hat sich nach dem Markt gerichtet«, sagte Evodia laut zu sich. »Und sie hat keine Hemmungen, mit der billigen Ware die Rotznasen der Mittelschicht mit der Kindertoga zu schmücken. Ich selbst hätte länger gebraucht, von meinem hohen Ross herunter zu steigen.«

Die Anwandlung von Ehrlichkeit schmerzte Evodia. Sie hatte das Bedürfnis, mit Lukanos darüber zu sprechen. Wie automatisch stand Evodia auf und wusch sich das Gesicht, in dem die Purpurschminke den fließenden Tränen standhielt. Sie betätigte die Klingel, die sie schon lange nicht mehr gebraucht hatte. Die Sklavin, die sofort hereinstürzte, schaute ein wenig überrascht. In altgewohnter Weise wollte sie fragen: »Was wünscht die Herrin?« Im letzten Augenblick schaltete sie um auf: »Was wünschst du, Evodia?«, wie es seit einigen Jahren in diesem Hause Brauch war.

»Liebe Myrthia, ich bitte dich, lass deine Arbeit im Hause liegen und gehe zu Lukanos, dem Arzt. Er möchte bitte zu mir kommen, sobald es seine ärztlichen Pflichten erlauben. Beeile dich!«

Das Mädchen traf Lukanos, der gerade von einem Krankenbesuch kam, auf der Straße. Er begleitete sie sofort. Sein Gesicht zeigte tiefe Besorgnis, als er Evodia im Empfangsraum gegenübersaß. Erst als ein Diener das Erfrischungsgetränk serviert und den Raum verlassen hatte, konnte Lukanos sprechen: »Du hast mich rufen lassen, Schwester?«

Mit belegter Stimme breitete Evodia ihren ganzen Kummer vor ihm aus. Mit schonungsloser Ehrlichkeit kam sie auch auf den Kern des Problems zu sprechen: »Ich bin zutiefst in meinem

Stolz verletzt. Immer habe ich mich für eine Besondere gehalten und wurde auch immer so behandelt. Jetzt bin ich irgendeine Purpurhändlerin, wie sie zu Dutzenden in Makedonien Billigware feilbieten.«

Lukanos schwieg zunächst. Dann antwortete er mit einem gequälten Lächeln: »Ich verstehe dich gut, liebe Evodia. Ich kenne die Gefühle, die sich in deiner Seele eingenistet haben, aus eigener Erfahrung. Sieh, ich selbst will in Philippi nicht irgendein Arzt sein. Ich will der Beste sein. Und ich bin ja auch ein guter Arzt, der schon vielen Menschen geholfen hat. Auch ich neige dazu, daraus mein Selbstwertgefühl und mein Würdeverständnis zu speisen. Das bedeutet aber, dass ich meine Würde verlöre, wenn ich im Alter vielleicht wegen schlechter Augen nicht mehr praktizieren könnte oder wenn ein neuer tüchtigerer Arzt sich hier niederließe.

Ich denke deshalb, dass unsere Würde etwas mit dem Weg zu tun hat: Wir sind durch die Taufe Brüder und Schwestern unseres Herrn Jesus Christos geworden. Jesu Vater hat uns als seine Söhne und Töchter adoptiert. Darin liegt unsere Würde, nicht in unseren Werken.«

Das klang nicht auswendig gelernt. Es war erlitten, meditiert und von paulinischen Gedanken durchdrungen. Nachdenklich sagte die Frau: »Ich stehe erst am Anfang des Weges. Immer wieder muss ich feststellen, dass ich noch in die falsche Richtung laufe. Ich will umkehren und den in den Blick nehmen, den meine Seele sucht.«

Lukanos berührte ihre Hand. Sein Lächeln tat ihr gut. Sie hatte wieder das dankbare Gefühl, verstanden worden zu sein.

Evodia wunderte sich über sich selbst, als sie wenig später ihrer Cousine im Empfangsraum gegenübersaß. Erstaunlicherweise war sie nicht nur ruhig, sondern auch voller Wohlwollen ihrer Konkurrentin gegenüber. Syntyche hatte um das Gespräch gebeten. Sie kam auch sofort zur Sache: »Liebe Cousine, ich bin hergekommen, um mich bei dir zu entschuldigen. Als du gestern plötzlich am Fluss auftauchtest und sofort wieder kehrtmachtest, wurde mir klar, was in dir vorging. Jahrelang hast du höchste Qualität produziert. Gestern musstest du mit ansehen, wie in deiner Purpurfärberei mit dem Murex branduaris Billigware hergestellt wurde. Das muss dich tief getroffen haben.

Ich hätte das bedenken müssen und vorher die ganze Sache mit dir besprechen sollen. Ich habe das nicht getan, weil ich vorgab, dich schonen zu wollen, weil du mit der Hausgemeinde, dem Gemeindeverband und mit den Gästen vollauf beschäftigt warst. In Wirklichkeit habe ich es genossen, eigene Entscheidungen zu treffen.

Liebe Evodia, meine Entscheidung habe ich aufgrund meiner Beobachtung der Marktlage wohlüberlegt getroffen. Im Gewölbe in der Emporenstraße stapelt sich die hochwertige Ware aus der Murex trunculus. Selbst die Purpurhändler von Tyros haben die Preise senken müssen. Sie überschwemmen jetzt damit auch unseren Markt. Tyrenischer Purpur hat nun mal seinen Ruf, mag der unsere auch genauso gut sein. Da habe ich nach neuen Produkten Ausschau gehalten. Wie in Rom, so kommt allmählich auch hier die altmodische und unpraktische Toga aus der Mode – jedenfalls im Alltag. Dafür tragen die Männer lieber einen Mantel. Der letzte Schrei ist die ›Lacerna‹. Das ist ein Umhang, der auf der Schulter mit einer Fibel zusammengehalten wird und fast bis an die Knie reicht. Wer ein wenig auf sich hält und sich von der Plebs unterscheiden will, der trägt einen purpurfarbenen Umhang. Das zieht vor allem im Theater die Aufmerksamkeit auf sich. Für die wenigen wirklich Reichen haben wir dann noch die Wolle mit dem hellroten Purpur auf Lager. Mit einem solchen Mantel erzielen wir locker zehntausend Sesterzen. Überhaupt möchte ich wieder auf den gehobenen Standard zurückkehren, sobald der Markt es hergibt.« Das meinte Syntyche ehrlich, ihr Ton war ohne jede Hinterlist. »Bedenke bitte, Teuerste, dass wir ein großes Haus zu versorgen haben. Und die Spenden für Paulos und die Jerusalemer werden mit Sicherheit nicht weniger.«

Evodia sprang auf und nahm ihre Cousine voll Herzlichkeit in den Arm. Wie zierlich sie ist und doch voller Energie, dachte sie. Als die beiden Frauen wieder Platz genommen hatten, antwortete Evodia: »Ich danke dir, liebe Syntyche, dass du gekommen bist. Du hast Recht. Ich schätze die geschäftliche Lage inzwischen genauso ein. Du hast richtig entschieden. In Zukunft werden wir solche Entscheidungen gemeinsam treffen. Dein Name Syntyche ist für uns ein Programm. Wir sind durch das Schicksal zusammengeschmiedet. Mit Paulos sollten wir lieber sagen: Wir sind ein Herz und eine Seele im Herrn.«

Syntyche weinen zu sehen, das war für Evodia ein seltenes Ereignis, das sie ansteckte.

Die Kalkulation der praktischen Frau sollte aufgehen. Die »Lacernae« wurden ihnen förmlich aus dem Gewölbe gerissen. Die Verkäuferinnen mussten sogar Wartenummern vergeben. Das wiederum machte die Umhänge noch begehrenswerter.

Mitten in die Hektik des geschäftlichen Treibens, in das alle im Hause der Purpurhändlerin einbezogen waren, platzte eine Nachricht: »Paulos ist wiedergekommen. Aber nicht allein! Er hat noch sieben Männer mitgebracht: Sopater aus Beröa, Aristarchos und Secundus aus Thessaloniki, Gaius aus Derbe, Tachikos und Trophimos aus der Provinz Asien und Timotheos, den wir ja schon kennen. Sie hatten ursprünglich vor, vom korinthischen Hafen Kenchreae aus nach Syrien in See zu stechen, um der Jerusalemer Gemeinde durch ihre Vertreter die Geldsammlung der griechischen Gemeinden zu überbringen. Doch sie bekamen einen Wink, dass die Juden einen Anschlag auf Paulos vorbereitet hätten. Deshalb zogen sie es vor, auf dem Landwege durch Griechenland über Makedonien den Hafen Neapolis zu erreichen.«

Die Begleiter des Paulos zogen am nächsten Morgen schon weiter, um sich in Neapolis nach Troas einzuschiffen, wo sie auf Paulos warten sollten. Dieser wollte die Tage der Ungesäuerten Brote in Philippi verbringen. Er konnte sich als Jude einfach nicht vorstellen, in dieser Zeit irgendwo auf Reisen zu sein. In diesen Tagen, die angefüllt waren mit der Erinnerung an die Befreiung seines Volkes Israel aus der ägyptischen Sklaverei, die für ihn durch die Erinnerung an Tod und Auferstehung Jesu eine ganz neue Bedeutung bekommen hatten.

Für Evodia war es eine unvergessliche Zeit. Am Vorabend des Passahfestes gab es zum Abendessen Lamm. Paulos erzählte, wie er diesen Abend – Sederabend genannt – in seinem Elternhaus erlebt hatte. Wie sie sich als Kinder darauf gefreut hätten. Wie sein Großvater damals, so erzählte Paulos heute von der Befreiungstat Jahwes in Ägypten. Es wurde ein langer Abend. Bevor Paulos von dem ungesäuerten Brot nahm, sagte er: »Mir ist erst später aufgegangen, dass dieser Sederabend in Jesus Christos seine volle Erfüllung gefunden hat: Jesus Christos ist das wahre Passahlamm, das Ungesäuerte Brot, das Blut des Bundes.«

Auf einmal verstand Evodia den Zusammenhang zwischen den Juden und den so genannten Nazarenern: »Mit ihnen hat alles angefangen.« Sie dachte an Timon, den Magister und Synagogenvorsteher, und wurde traurig. Wieviel sie doch diesem Mann verdankte!

Der Speisemeister traute sich nicht, nach dem Gedächtnismahl den Nachtisch auftragen zu lassen. Paulos redete. Seine Zuhörer signalisierten wortlos: »Sprich weiter. Wir haben noch nicht genug.«

Mitternacht musste längs vorüber sein, als Paulos noch einmal einen Anlauf nahm. Das Feuer brannte in ihm, und seine Kraft war anscheinend unerschöpflich: »Ich habe euch schon geschrieben: Freut euch im Herrn zu jeder Zeit! Noch einmal sage ich euch: Freut euch! Eure Güte werde allen Menschen hier in Philippi und anderswo bekannt. Der Herr ist nahe. Sorgt euch um nichts, sondern bringt in jeder Lage betend und flehend eure Bitten mit Dank vor Gott! Und der Friede Gottes, der alles Verstehen übersteigt, wird eure Herzen und eure Gedanken in der Gemeinschaft mit Jesus Christus bewahren.«

»Amen!«, rief die Tischgemeinschaft und gab damit dem Speisemeister das Signal für die Nachspeise. Der hatte sich für diese »Cena« besondere Mühe gegeben. »Bellaria!«, hörte man von den Tischen der Sklavinnen und Sklaven rufen. Sie hatten das lateinische Wort längst in ihren Wortschatz übernommen, um die süßen Köstlichkeiten aus Backwerk zu bezeichnen. Als das erste Kosten sich gelegt hatte, ergriff Paulos noch einmal das Wort. Er war jetzt selbst lockerer geworden: »Liebe Evodia, du trägst deinen Namen zu Recht, denn du bist Gott und den Menschen ein Wohlgeruch. Mit dir fing hier in Philippi, ja in ganz Makedonien und Griechenland alles an. Deiner Gastfreundschaft verdanken meine Mitarbeiter und ich den Zugang zum Westen. Der Herr möge es dir und deinen Hausgenossen vergelten.«

Als die Tischgenossen ans Nachtischbüfett traten, um den zweiten Nachtischgang zu holen, bestehend aus eingelegtem Dörrobst, zeigte die Morgenröte schon ihre ersten Rosenfinger. Paulos nahm noch einmal das Wort. Dabei schaute er Lukanos, der zu seiner Linken saß, besonders liebevoll an.

»Liebe Brüder und Schwestern, nach Ablauf der Tage der Ungesäuerten Brote werde ich abreisen, um in Troas die anderen Mitarbeiter zu erreichen. Ich habe die große Freude, dass mich Lukanos, euer verehrter Arzt, auf meinem Weg nach Jerusalem begleiten wird. Er wird dort Augenzeugen und Diener des Wortes befragen, um das Evangelion aufzuschreiben.«

Während alle überrascht auf Lukanos schauten, senkte Evodia den Kopf. Etwas verkrampfte sich in ihr. Sie glaubte, Lukanos und ihr ganzes Leben festhalten zu müssen. Sie griff in den Bausch ihres Seidenkleides, der auf ihrem Schoße lag, und presste ihn heftig zusammen. Dabei verursachte die Seide ein knirschendes Geräusch, das nur die Purpurhändlerin vernahm. »Der Seidenschrei ist das Zeichen für Echtheit«, sagte sie zu sich, »und alles Echte ist zart.«

Nachwort

Die Purpurhändlerin von Philippi hat mich fasziniert. Mir ging es wahrscheinlich so wie Lukas, dem mutmaßlichen Verfasser der Apostelgeschichte. Er hält es für bemerkenswert, dass die erste Frau, die in Europa den Glauben an Jesus Christus annimmt, einem Gewerbe nachgeht, das ein immenses Betriebskapital voraussetzt. Um ein Gramm Purpur zu erzeugen, mussten 8.000 Purpurschnecken die Kiemendrüsen entfernt werden. Daraus wurde ein Saft gewonnen, der - kurz an der Sonne getrocknet - jene begehrte Färbung hervorbrachte, die nie mehr verblasste.

Der Purpur war in der Antike das Prestigeobjekt Nummer eins. Daher ist es nur zu verständlich, dass ein volles Purpurgewand nur dem Kaiser und der Kaiserin zustanden. Senatoren, Beamte und Knaben mussten sich mit mehr oder weniger breiten Purpur-Streifen begnügen.

»Eine Frau namens Lydia ...« Damit ist nicht der Vorname der Purpurhändlerin gemeint, sondern der Herkunftsname. »... eine Purpurhändlerin aus der Stadt Thyatira ...« Die Stadt liegt in Lydien, in der Nähe von Pergamon, und war bekannt für ihre Purpurherstellung. Sie war außerdem eine makedonische Kolonie von Philippi.

So fügt sich alles wie ein Puzzle zusammen. Wenn eine vornehme Frau in Philippi etwas kaufen wollte, was mit hochwertigem Purpur zusammenhing, sagte sie: »Ich gehe zur Lydierin« (griech./lat. Lydia). Das war ein Markenzeichen. Ich nenne die Frau »Evodia« (dt. Wohlgeruch) nach Phil 4,2: »Ich ermahne Evodia, und ich ermahne Syntyche, einmütig zu sein im Herrn ... Ihre Namen stehen im Buche des Lebens.« Damit folge ich einigen Bibel-Exegeten. Außerdem entsteht durch die Rivalität mit Syntyche, Evodias Mitstreiterin, die nötige literarische Spannung.

Lydia wird nicht namentlich in der Anrede des Philipperbriefes erwähnt. Das erübrigte sich möglicherweise, weil sie zu den in 1,1 genannten Episkopen gehörte.

Wie kommt diese Frau ins Purpurgeschäft? Sie ist offensichtlich die Prinzipalin, wie aus Apg 16,15 hervorgeht. Sie führt ein Haus. Also muss sie geschäftsfähig sein.

Das war - auch für eine vornehme Frau - in der frühen Kaiserzeit nicht selbstverständlich. Als verheiratete Frau musste sie drei, als Sklavin vier Kinder geboren haben, so sah es eine bevölkerungspolitische Maßnahme des Kaisers Augustus vor. Ich habe mich für die Rolle der Sklavin bzw. der Freigelassenen entschieden, weil der Purpurhandel oft in den Händen von Freigelassenen lag. Ihm haftete eine gewisse Zwielichtigkeit an, weil man als

Angehöriger niederen Standes »unter der Hand« auch ein vollendetes Purpurkleid kaufen konnte, was bei Entdeckung schwer bestraft wurde.

Diese Frau ist eine Suchende. Das zeigt ihre Hinwendung zum Judentum. Um ihre Suchbewegung zu intensivieren, habe ich sie zu einer Philosophin gemacht. Die »Frau des Andros« von Thornton Wilder hat dabei Pate gestanden.

Die Metapher vom »Seidenschrei«, einem technischen Terminus für die Echtheitsprüfung von Seide, weist auf den stummen Schrei von Evodias Seele hin.

Eine besondere Rolle spielt der junge Arzt Lukanos. Nicht nur für mich ist er jener Makedonier, der in Troas den Paulus ruft: »Komm herüber nach Makedonien und hilf uns!« Der Lukanos in dieser Erzählung wird mit dem Evangelisten Lukas gleichgesetzt. Lukas stammt wahrscheinlich aus Philippi. Dort kennt er sich in den geografischen, politischen und religiösen Verhältnissen bestens aus. Von Philippi aus begleitet er den Paulus. Von diesem Bericht der Apostelgeschichte an gebraucht er in seinen Reiseberichten das »Wir«.

Wie Lukas, werden auch andere aus der Bibel namentlich bekannte Personen, einschließlich Paulus, mit der griechischen Entsprechung ihrer Namen bezeichnet. Das weist einerseits auf das größtenteils griechisch sprechende Umfeld in Philippi hin.

Beim Schreiben dieses Buches trat mir die junge Hausgemeinde der Purpurhändlerin immer lebendiger vor Augen. Ich betrachte es nicht als Zufall, dass ich auf dem Ausgrabungsfeld in Philippi einen deutschen Gelehrten traf, der seinen Forschungsschwerpunkt damals in Philippi hatte. Es war Prof. Dr. Peter Pilhofer, heute Professor für Neues Testament in Erlangen. Seinen Forschungsarbeiten und Dokumentationen verdanke ich detaillierte Kenntnisse über die römische Kolonie Philippi und damit auch indirekt über die frühe Gemeinde. Ich möchte ihm an dieser Stelle herzlich danken. Besonderen Dank schulde ich meiner Lektorin, Frau Beate Bahnert, für die einfühlsame und sorgfältige Betreuung des Manuskripts.

Liebe Leserin, lieber Leser, wenn Ihnen beim Lesen das Erfolgsmodell »Hausgemeinde« mit ihrer Leiterin lebendig vor Augen getreten ist, dann hat sich meine Mühe gelohnt. Sie versteht sich als Beitrag zu einer narrativen Theologie.

Paderborn, im September 2005
Josef F. Spiegel

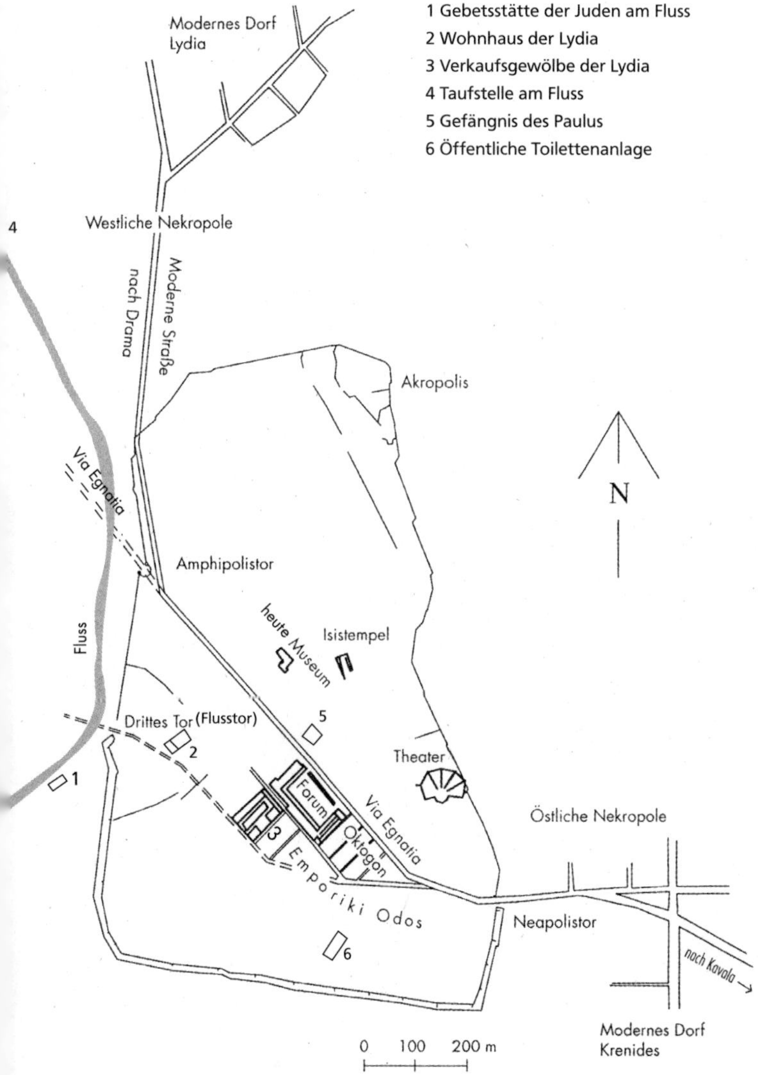
1 Gebetsstätte der Juden am Fluss
2 Wohnhaus der Lydia
3 Verkaufsgewölbe der Lydia
4 Taufstelle am Fluss
5 Gefängnis des Paulus
6 Öffentliche Toilettenanlage
Modernes Dorf Lydia
4
Westliche Nekropole
nach Drama
Moderne Straße
Akropolis
N
Via Egnatia
Amphipolistor
Fluss
heute Museum
Isistempel
Drittes Tor (Flusstor)
5
2
1
Theater
Forum
3
Oktogon
Via Egnatia
Östliche Nekropole
Emporiki Odos
Neapolistor
6
nach Kavala
0 100 200 m
Modernes Dorf Krenides

Namens- und Sachregister

Adept	*Anwärter*
Ädil	*röm. Beamter: Inhaber der Polizeigewalt über öffentl. Gebäude, übte die Marktgerichtsbarkeit aus*
Architriklinos	*Verantwortlicher für das Festmahl*
Asklepeion	*Heiligtum des Asklepios, des Gottes der Ärzte, mit Sanatorium*
Chärete	*griechischer Gruß: Freuet Euch!*
Charis	*Mädchenname: ›Anmut‹*
Chrysis	*Mädchenname: ›Goldene‹*
Cursus Publicus	*Dienstpost im Römischen Reich*
Diotima	*Priesterin und Philosophin, Sokrates' Lehrerin*
Ecce, ecce, Mater	*lat.: Schau mal, Mutter!*
Efcharisto poly	*griech.: Vielen Dank!*
Embolos	*›Keil‹, Hauptgeschäftsstraße in Ephesus*
Eros	*die erotische Liebe, im platonischen Verständnis: das Schöne*
Eusebios	*der Fromme, Gottesfürchtige*
Euthymia	*die Wohlgestimmte*
Garum	*lat.: Vorspeise aus gegorenem Fisch*
Georgias	*Platons Dialog über die Tugend: nicht die Rhetorik, sondern die Philosophie bewirkt sie.*
Häterenmahl	*Mahl mit gebildeten Prostituierten*
Hermes	*Gott der Händler*
Inkubationsraum	*Raum für den Heilschlaf im Asklepeion*
Kyrios/Kyria	*Herr / Frau, Titel, der nur dem Kaiser und der Kaiserin zustand*
Libatio	*Trankopfer: Übergießen der Hausgötter mit Wein*
Liktor	*römischer Polizist, trug das Liktorenbündel als Zeichen seiner Vollzugsgewalt*
Lysis	*Platons Dialog über Freundschaft und Liebe*
Mikwe	*rituelles, jüdisches Tauchbad*

Nikomachische Ethik	*bedeutendes Werk des Aristoteles über das sittliche Verhalten*
Paidagogos	*›Knabenführer‹, brachte die Jungen zur Schule, um sie vor den Pädophilen zu schützen. Später: Erzieher*
Pater familias	*Hausvater mit besonderen Rechten, z. B. über Leben und Tod eines neugeborenen Kindes zu entscheiden*
Peristyl	*mit Säulen umstandener Binnenhof*
Platon	*griech. Philosoph v. 427 v. Chr. – 347 v. Chr., Gründer der ›Akademie‹, eine der berühmtesten Philosophenschulen*
Polyx	*Jungenname aus der griech. Mythologie: als Sohn von Zeus und Leda Halbgott, Zwillingsbruder des Castor*
Portikus	*überdachte Wandelhalle*
Purpura hämastoma	*›blutige‹ Purpurschnecke von höchster Qualität*
Purpuraria Lydia	*lat.: Lydische Purpurhändlerin*
Purpurarius Lydius	*lat.: Lydischer Purpurhändler*
Quästor	*röm. Beamtentitel, wörtl.: Fahnder*
Symposion	*Gastmahl mit philosophischen Gesprächen; platonischer Dialog über die Liebe*
Syzygos	*der Kollege (wörtlich: der unter das gleiche Joch Gespannte)*
Telemachos	*Sohn des Odysseus, Jungenname*
Theogonie	*Stammbaum der Götter*
Tirocinium Fori	*erster öffentlicher Auftritt eines jungen Mannes auf dem Marktplatz, nachdem er seine Knabentoga abgelegt hat*
Toga prätexta	*Knabentoga mit Purpurstreifen*
Tyrimnos	*Stadtgott von Thyatira, Doppelaxt als Würdezeichen. Jedes Jahr fand ihm zu Ehren ein Fest statt.*